oscar wilde.

王尔德代表作

道连·格雷的画像

THE PICTURE
OF DORIAN GRAY

〔英〕奥斯卡·王尔德 著

苏福忠 译

人民文学出版社

图书在版编目(CIP)数据

道连·格雷的画像/(英)王尔德著;苏福忠译. —北京:人民文学出版社,2015
(2021.1 重印)
(王尔德代表作)
ISBN 978-7-02-010934-0

Ⅰ.①道… Ⅱ.①王… ②苏… Ⅲ.①长篇小说—英国—近代 Ⅳ.①I561.44

中国版本图书馆 CIP 数据核字(2015)第 093978 号

责任编辑　马爱农　马　博
装帧设计　马诗音
责任印制　任　祎

出版发行　人民文学出版社
社　　址　北京市朝内大街 166 号
邮政编码　100705
网　　址　http://www.rw-cn.com

印　　刷　三河市中晟雅豪印务有限公司
经　　销　全国新华书店等

字　　数　181 千字
开　　本　880 毫米×1230 毫米　1/32
印　　张　11.625　插页 3
印　　数　17001—20000
版　　次　2015 年 11 月北京第 1 版
印　　次　2021 年 1 月第 5 次印刷

书　　号　978-7-02-010934-0
定　　价　25.00 元

如有印装质量问题,请与本社图书销售中心调换。电话:010-65233595

目次

前言

　　奥斯卡·王尔德生于一八五四年，卒于一九〇〇年，只活了四十六个春秋。他的写作涉及诗歌、童话、长篇和短篇小说、杂文和戏剧，且每一种体裁的作品都给世人留下了珠玑之作。随着当代世界文坛对这位英年早逝的作家的深入研究，许多颇具权威的百科全书都公认他为"才子"，这或许算是对他生前恃才傲物的"盖棺"之论吧；因为他活着时曾在不同场合和不同作品里说过这类的话：

　　　　只有我的天才需要申报①。

　　　　像我这样的天才总有一天会被人赏识。②

　　　　伟大的激情为灵魂的伟大而设，伟大的事件只有一样伟大的人才看得见。③

---

① 在纽约海关说的话。
② 引自童话《非凡的火箭》。
③ 引自《自深深处》。

　　　　恶大莫过于浮浅。①

　　　　我是我的时代的艺术和文化的象征性人物。②

　　然而，王尔德活着时，他的不羁行为却是他树敌过多的主要原因。他引起争议还由于他的文学和艺术主张：为艺术而艺术，即批评家所谓的"唯美主义"。他相信艺术优于生活。他活着时表现出来的花花公子习气其实是他试图把生命转化成艺术的努力。他在这方面实践的最灾难性的事件是，他和青年美男子道格拉斯勋爵彼此吸引，双双出入上流社会、文学圈子和伦敦各剧场、饭店、咖啡馆，成为当时伦敦上流社会的一道风景线。他的这种行为还应了他的另一个著名主张："艺术是世界上最严肃的事业，而艺术家的生活却最不宜严肃。"

　　显然，王尔德的主张和行为都是超前的，他尽可以在象牙之塔里谈论，甚至在其作品里阐述，哪怕在讲演里张扬尚可让人忍受，但他在大庭广众面前招摇，就必定会踩住卫道士们的痛处了。老道格拉斯·昆斯伯里侯爵和儿子一向矛盾重重，又见儿子和王尔德一起伤风败俗，便把矛头对准王尔德进行攻讦。一场官司由此引起。在法庭对证时，小道格拉斯当证不证，当说不说，大有关键之时血浓于水之嫌，结果王尔德败诉，以同性恋有伤风化罪判刑两年，在皇家雷丁监狱服苦役，身心受到

---

① 引自《自深深处》。

② 引自《自深深处》。

无可估量的摧残。出狱后移居巴黎，三年后便客死他乡。

王尔德的一生就是这样简单明了，恐怕连一张履历表都填不满几栏：上学——写诗——娶妻生子——一帆风顺地写作——一场官司。由此，他的许多传记作家都把他的写作和他的生涯比作一出戏：从闹剧开始，以悲剧结束。他的整个创作过程几乎是他在文学艺术方面的自然流露和天才表述。他年轻气盛激情满怀时写诗；思想成熟时写剧本；生儿育女时写童话；受到迫害时写杂文抨击人性堕落和社会腐败。

《道连·格雷的画像》是他的唯一一部长篇小说，有哥特式小说情节的特色。故事的主人公是一位名叫格雷的美少年，他幻想一辈子保持青春和美貌，画家霍尔华德为他画了一幅肖像。格雷不满足于欣赏美和保持美，还尽可能地享受生活，甚至不惜伤风败俗和作恶犯罪来发泄他的物欲。他这种金玉其外败絮其中的生活在他的画像上反映出来：格雷依然青春貌美，但画像渐老渐丑。格雷最终忍受不了这种变化，用刀捅向画像。但人们却发现墙上的画像青春焕发，容貌美丽，地上躺着一个死人，一把刀插在他的胸口，面貌丑陋不堪。

小说构思奇谲，情节怪诞，是一部现代寓言：格雷象征生活；画像象征艺术，象征美；画家象征灵魂之浊。王尔德认为：人的灵魂像小女孩，躺在地上又哭又闹。人在灵魂驱使下尽可能多地享受生活以致作恶堕落。然而物欲是没有尽头的，终有

自杀的那一天，而艺术虽可能为生活所累，但一旦挣脱世俗缧

绁便依然美丽。这就是王尔德的唯美主义的最成熟也是最著名

的论断：艺术优于生活。

苏福忠

序　言

艺术家是美好作品的创造者。

彰显艺术，隐藏艺术家，是艺术的宗旨。

批评家是能够把他对美好作品的印象移植成另一种风格或者一种新题材的人。

批评的形式，最高的也好，最低的也罢，都是一种自传的方式。

在美好作品中发现丑陋意义的人是腐败的，毫无魅力。这是一种舛误。

在美好作品中发现美好意义的人都是有教养的人。在他们看来，这是希望所在。

认为美好作品就是美的人，都是精英。

没有什么道德的书或者不道德的书之说。书写得好，或者写得不好。如此而已。

不喜欢现实主义的十九世纪，好比看见镜子里自己的面孔的凯利班①怒从中来。

不喜欢浪漫主义的十九世纪，像未看见镜子里自己的面孔的凯利班怒从中来。

人的道德生活是艺术家的主题的组成部分，不过，艺术的道德包括完美地使用不完美的手段。艺术家不要求证明任何东西。即使是真实的东西也可以加以证实。

艺术家没有伦理方面的同情。艺术家的伦理上的同情是风格的不可原谅的矫揉造作。

艺术家从来没有病态。艺术家可以表现任何东西。

对艺术家来说，思想和语言是艺术的工具。

对艺术家来说，恶与善都是表现艺术的材料。

从形式的角度看，音乐家的艺术是所有艺术的范式。从感觉的角度看，演员的技艺则是范式。

所有艺术既是表面，也是象征。深入表面的人深入表面，如飞蛾扑火。阅读象征的人阅读象征，如飞蛾扑火。

艺术真正反映的是旁观者，而非生活。

对一件艺术作品的看法不尽相同，表明作品新颖、复杂而充满活力。

批评家们看法相左时，艺术家和自己的意见一致。

---

① 莎士比亚名剧《暴风雨》中的人物，面目丑陋，半人半兽的模样，心地残忍。

一个人制造无用的东西却根本不欣赏它，我们可以原谅他。

制造无用之物的唯一借口是有人欣赏有加。

所有的艺术都不怎么有用处。

第一章

画室里到处都是浓郁的玫瑰花香，徐缓的初夏的暖风搅动起了花园的树木，敞开的门刮进来紫丁香醉人的醇香，抑或是粉红争艳的刺丛更加沁人肺腑的芳香。

亨利·沃顿勋爵躺在波斯鞍囊面长沙发上，一如他养成的习惯，一支接一支地吸烟，从沙发的角落，他瞅见了金链花甜腻腻香喷喷的花朵闪烁，那些颤动的枝丫好像难以承受如同火焰般燃烧的美的重压；翻飞的鸟儿那些怪异的影子，时不时掠过遮挡住那面大窗户前面的长长的柞丝绸窗帘，映出了一种瞬间闪烁的日本效果，令他想起东京那些脸色苍白如玉的画家，通过必要的固定的艺术手段，专心传达那种瞬息变幻的运动的感觉。蜜蜂在没有刈割的深草丛中飞舞，或者在蔓延的五叶地锦的蒙尘的金刺儿周围没完没了地旋转，嗡嗡的鸣响似乎让宁静更加沉闷了。伦敦城模糊的喧嚣如同远处一台管风琴发出的隆隆低音。

屋子中间，在一个直立的画架的画布上，一个长相格外英俊的年轻人的真人般大小的画像赫然挺立，画像前面，相隔不远的地方，坐着画家本人，巴兹尔·霍尔沃德，一些年前他突然消失，当时引起了尽人皆知的轰动，因此招来了各种奇奇怪怪的猜测。

画家打量这幅优美而喜人的肖像，他栩栩如生地反映在了他的艺术里，快活的笑意在面孔上油然而生，似乎要滞留下来。

然而，他突然一惊，闭上了眼睛，手指搭在眼睑上，仿佛他一心要把某个奇怪的梦关闭在脑海里，他害怕从梦中醒来。

"这是你最好的作品，巴兹尔，是出自你手的最好的作品，"亨利勋爵说，一副疲倦的样子，"你明年无论如何要送到格罗夫纳去。美术学院太大了，也太庸俗。我不管什么时候去，那里都人满为患，我根本无法观看那些画作，让人不寒而栗，要不就是画作拥挤不堪，我又无法看见人了，让人更加毛骨悚然。格罗夫纳确实是唯一可选之地。"

"我哪里都不想送去。"他回过话，把头向后一甩，怪模怪样的，在牛津上学时总会引发他的朋友们的大笑。"不会的。我不会把它送到任何地方。"

亨利勋爵扬起两道眉毛，打量着他，甚是吃惊，眼前的蓝色烟雾缭绕，从他那含有浓烈的鸦片成分的香烟上冉冉升起，一圈摞一圈，煞是好看。"哪里都不送吗？我亲爱的老兄，为什么？你有什么心事吗？你们这些画家都是些奇怪的家伙！你们为了获取名声什么事情都干。可等到混到名声了，却又恨不得把它扔掉。这就是你在卖傻了，因为这世上唯一比有人品头论足更闹心的事情，就是没有人说三道四。这样一幅肖像画会让你声名鹊起，一下子凌驾于英格兰的年轻人之上，让那些老家伙妒火中烧，如果老家伙们还有点脾气的话。"

"我知道你会笑话我的,"他回答道,"不过我真的不能展览它。我把自己很多东西都画进画儿里了。"

亨利勋爵在长沙发上伸了伸身子,哈哈笑起来。

"是的,我早知道你会笑话我的;可是事情本来如此,怎么都是一回事儿。"

"把你自己的很多东西都画进去了!好家伙,巴兹尔,我不知道你还很爱虚荣呢;瞧你那张棱角分明的糙脸,煤黑煤黑的头发,可这个年轻的阿多尼斯[1]看起来像是象牙和玫瑰叶子捏弄出来的,我真的看不出来你们之间有什么相像之处。哎呀,我亲爱的巴兹尔,他就是一个纳西瑟斯[2],而你——哦,当然你生就一副富有智力的表情,的确如此。但是,美,真正的美,哪里开始一种智力的表情,就会在哪里完结。智力本身是一种夸张的方式,毁坏了脸上的和谐。一个人一旦坐下来思考,就只会变成一个鼻子,或者一个脑门儿,或者某种可怕的东西。看看博学职业里的那些成功的男人吧。他们是多么让人一看就倒胃口!当然,教会不在此列。可是,话说回来,教会里没有人思考啊。一个主教活到八十岁还一直在说他十八岁男孩儿时教给他的那些话,自然而然,他始终看上去高高兴兴的,绝对的。

①　希腊神话中的美男子,为维纳斯所爱恋。
②　希腊神话中的美少年,因爱上水中的自己的美丽影子,溺水而死,死后成为水仙。后来泛指有自恋倾向的人,这也是本书的一个写作点。

你的神秘的年轻朋友，你一直没有告诉我他叫什么名字，不过他的肖像真的让我着迷，从来不思考。我对这点是相当有把握的。他是那种没有脑子的美丽胚子，我们冬季没有鲜花养目的时候，他就应该一直待在这里，而且夏天我们需要来点什么刺激我们的智力的时候，他也应该一直待在这里。别往你脸上贴金了，巴兹尔；你和他毫无相像之处。"

"你不了解我，哈里①，"画家回答道，"我当然不像他。我对此再清楚不过。确实，我看上去要是像他，倒是应该感到遗憾了。你耸肩干什么？我在跟你说正经的。凡是长得英俊和头脑聪明的人，都命运多舛，这种劫难似乎贯穿了历史，连国王们的步子也难迈过这道坎儿。还是不要在身边的同胞中出类拔萃的好啊。丑人和蠢人在这个世界上占尽了好处。他们可以随意坐下来，大张着嘴看戏。如果他们不知道胜利是何物，那他们至少也用不着了解失败的滋味儿。他们像我们大家一样生活，无牵无挂，没心没肺，没有烦恼。他们不会给别人带来毁灭，也不会遭受别人的手惹下的灾难。你的身份和财富，哈里；我的头脑，尽管不过尔尔——我的艺术，不管价值几文吧；道连·格雷俊朗的相貌——我们都将为诸神赐予我们的东西遭受一切苦难，遭受可怕的苦难。"

---

① 亨利的昵称。

"道连·格雷？这就是他的名字吗？"亨利勋爵问道，一边穿过画室，走向巴兹尔·霍尔沃德。

"是的，这就是他的名字。我本来不想告诉你的。"

"为什么不告诉呢？"

"哦，我一时说不清楚。要是我对什么人骨子里喜欢了，我无论如何都不会把他们的名字告诉别人。那就像把他们的一部分交了出去。我生来喜欢秘不示人。这个习惯好像不坏，能让我们的现代生活保持神秘，别有洞天。最普通的东西才让人快活，只要你能藏得住。我现在离城而去，我从来不告诉我的家人我要去哪里。如果我说了，那我就失去了我所有的快活。我也知道这是一种犯傻的习惯，但是却似乎给我的生活带来了很多浪漫。我知道你对我的行为不以为然，完全在卖傻，是吧？"

"哪会呢，"亨利勋爵答道，"才不是呢，我亲爱的巴兹尔。你好像忘了我是有家室的人，而婚姻的魅力就是它构成了一种双方都感到很有必要的欺骗的生活。我从来不知道我的妻子在哪里，而我的妻子也从来不知道我在干什么。我们相会了——我们有时碰一碰头，比如我们一起下馆子，或者去见一见公爵一家——我们就板起一丝不苟的脸，互相说些荒诞不经的故事。我的妻子在这点上可行了——实际上要比我强多了。她从来不会弄混她的约会，可我总是颠三倒四的。不过她要是发现我外出了也不会大吵大闹。我有时还真希望她大吵一次；可她只是取笑我一番便罢。"

"我很不喜欢你谈论你的婚姻生活的口气，哈里，"巴兹尔·霍尔沃德说，一边向通往花园的那个门走去，"我相信你真的是一个非常好的丈夫，可你却完全为你的美德感到羞耻。你是一个不同凡响的人儿。你从来不说积德之事，从来不干缺德之事。你玩世不恭只是做做样子。"

"自自然然就是做做样子，也是我所知道的最让人恼火的样子。"亨利勋爵嚷叫着大笑起来；随后两个年轻人相随着走进了花园，安坐在一个摆在高高的月桂丛阴凉下的长条竹凳上。太阳光照在光溜溜的叶子上。草丛里，白色雏菊一片灿烂。

过了一会儿，亨利勋爵掏出了怀表。"恐怕我必须走了，巴兹尔。"他嘟囔说，"走之前，我还是要你回答我刚才向你提出的问题。"

"什么问题？"画家问道，两眼一直盯着地上。

"你很清楚是什么问题。"

"我不清楚，哈里。"

"哦，那我来告诉你吧。我想要你告诉我，你为什么不把道连·格雷的画像拿去参展。我想知道真正的原因。"

"我告诉你真正的原因了。"

"没有，你没有说清楚。你只说画儿里有你自己的很多东西。唉，这是小孩子才会说的话。"

"哈里啊，"巴兹尔·霍尔沃德说，直愣愣地盯着他的脸，"每张用感情画的肖像，都是画家的肖像，而不是被画人的肖像。模特儿只是偶然挑选来坐在那里的。画家画出来的不是那个坐在那里画像的人；确切地讲，那是画家把自己画在色彩斑斓的画布上了。我不拿去展览的原因，是我担心我在画里表现了我自己灵魂的秘密。"

亨利勋爵哈哈笑起来。"什么秘密呢？"他追问道。

"我会告诉你的。"霍尔沃德说；但是他脸上流露出了一种困惑的表情。

"我在恭候，巴兹尔。"画家的伙伴说，瞅了他一眼。

"噢，眼下真的没有什么可说的，哈里，"画家回答道，"恐怕你很难理解。也许，你也很难相信啊。"

亨利勋爵莞尔一笑，探身从草地上拔起来一根粉色花瓣儿的菊花，仔细查看起来。"我很有把握能够理解，"他回答过，目不转睛地盯着那朵金色的白羽毛般的小花盘，"说到相信东西嘛，我什么都相信，只要它是难以置信的东西。"

风儿摇动了树间的一些花朵，沉甸甸的紫丁香，如同成串的星星，在慵懒的空气里摇动。一只蚂蚱在墙边鸣叫起来，一只瘦长的蜻蜓如同一根蓝色的长线，闪动着褐色的薄纱翅膀，倏忽而过。亨利勋爵感觉仿佛他听见了巴兹尔·霍尔沃德的心跳，心下嘀咕接下来会发生什么事情。

"事情很简单，"画家沉吟少许后说，"两个月前，我去布兰登太太家凑热闹。你知道，我们这些穷画家不得已经常在上流社会露露面，不过是让公众明白我们不是野蛮人。正像你有一次告诉我的，一件夜礼服，一条白领带，即便是一个股票经纪人，也能博得正在文明化的名声。哦，我在那间屋子里待了大约十分钟，一直在和胡乱穿戴体态臃肿的老年贵妇以及乏味的知识人士聊天，随后突然感觉到有人在打量我。我半转过身来，第一次看见了道连·格雷。我们目光相触的瞬间，我感觉我大惊失色了。一种奇怪的恐怖感觉在全身涌动。我知道，我这下面对面碰上了一个人，其人格令人十分着迷，如果我听任摆布，它便会夺取我的整个本性、我的整个灵魂、我身体的各个部分。我这辈子不想受到任何外部的影响。哈里，你自己也知道，我的本性是多么独立。我一贯都是我自己的主人；至少一直做得到这点，直到我遇见了道连·格雷。当时——可我不知道如何向你说清楚。某种东西似乎告诉我，我一下子面临着人生一场可怕危机的边缘。我有一种奇怪的感觉，命运之神早已为我安排了非常的喜悦和非常的苦难。我胆怯了，转身退出那间屋子。不是良心让我走出屋子；是一种胆怯让我退出了屋子。临阵逃脱也不是什么值得夸耀的事儿。"

"良心和胆怯完全是一回事儿，巴兹尔。良心是公司的商标。就这么回事儿。"

"我不相信这个，哈里，而且我也不相信你信这个。但是，不管我的动机是什么——也许是自尊吧，因为我过去表现得很自负——我好不容易走到了门口。那里，不用说，我和布兰登太太撞上了。'你不会这么早就溜掉吧，霍尔沃德先生？'她惊叫道。你熟悉她那大惊小怪的声音吧？"

"是的；她在各方面都像一只孔雀，就是不美丽。"亨利勋爵说，一边用他那长长的神经质的手指头把那朵雏菊撕成了碎片。

"我一时摆脱不了她。她把我带到了达官贵人身边，那些人都有星级勋章和嘉德勋章，一些上年纪的夫人太太还戴了巨大的头饰，鼻子长得像鹦鹉似的。她把我说成她的至交。可我以前只见过她一面，但是她把这一面之交记在脑海，当名流捧我。我相信当时我的某件画作已经名噪一时，至少在那些小报上热炒起来了，这正是十九世纪名垂千秋的取向。突然，我发现和那个年轻人面对面撞上了，他的人格已经莫名其妙地让我深感不安了。我们相距很近，几乎伸手可触了。我们的眼睛再次相遇。我明知道冒昧，可我还是请布兰登太太把我介绍给他。也许这算不上什么冒昧，只是想躲都躲不过去吧。我们本来无须介绍就可以彼此交谈的。我对此深信不疑。道连后来也是这样跟我说的。他也觉得我们命中注定就会互相认识的。"

"布兰登太太是怎么描述这位奇妙的年轻人呢?"他的同伴问道,"我知道她习惯三言两语就把她的客人交代清楚了。我记得她把我带到一个身上挂满了勋章和绶带的凶巴巴的红脸老先生跟前,随后就对着我的耳朵嘶嘶一番,好一番悲惨的耳语,实际上满屋子的人都听得一清二楚,连最让人咂舌的细节都尽收耳底。我迫不及待地逃跑了。我喜欢自己找人说话。可是布兰登太太对待她的客人,完全像拍卖人对待他的拍卖物。她要么把客人交代一下,要么把客人的一切悉数说出来,可就是不说人家想知道的。"

"可怜的布兰登太太!你对她苛求了,哈里!"霍尔沃德说,懒洋洋的口气。

"我亲爱的老兄,她试图搞个沙龙,却只是成功地开了一家餐馆。我如何能钦佩她呢?不过快告诉我,她说了道连·格雷些什么呢?"

"噢,诸如'迷人的孩子——可怜的亲爱的母亲和我绝对不能分开。完全忘记他干什么——担心他——根本干不了什么——噢,是的,弹钢琴——要不是拉小提琴,亲爱的格雷,对吗?'我们两个都忍不住笑了,马上就成了朋友。"

"哈哈一笑不是友谊的坏开头,倒算得卜友谊的最好了断呢。"那年轻的勋爵说，又在撕另一朵雏菊。

霍尔沃德摇了摇头。"你不明白友谊是怎么回事儿，哈里，"他嘟哝说，"也不知道敌对是怎么回事儿，这方面一窍不通。你是人就喜欢；换句话说，你是人都不放在心上。"

"你说这种话太不公道了！"亨利勋爵喊道，向后推了推帽子，望了望那些小云块，如同纠结的一团团闪亮的白绸子，飘过夏日天空那空灵的蓝色板块。"是的，你说这种话太不公道了。我把人分成了截然不同的类型。我挑选长相英俊的人做朋友，挑选好脾气的人做熟人，挑选头脑聪明的人做敌人。人在挑选敌人时可是再小心不过了。我没有交往一个傻瓜敌人。他们都是有些智商的人，所以呢，他们都很认可我。这算得上我的虚荣吗？我想这是不折不扣的虚荣。"

"我认为这就是虚荣，哈里。不过，按照你的分类，我一定只是一个熟人而已。"

"我亲爱的老巴兹尔，你可不只是一个熟人。"

"而且远算不上一个朋友。我看，算是一个兄弟？"

"噢，兄弟！我不在乎什么兄弟不兄弟。我的哥哥不愿死，而我的弟弟们似乎永远只想一死了之。"

"哈里！"霍尔沃德大声嚷叫道，眉毛拧起来。

"我亲爱的老兄，我不过是说说而已。但是，我对亲戚就是忍不住厌恶。我想之所以这样，实际上是因为我们大家都受不了别人像我们自己一样犯同样的错误。英国民主派对他们所谓的上流社会的种种恶习深感愤怒，我感同身受。老百姓觉得醉酒、愚蠢和缺德应该是他们自己的特殊财产，可我们要是有谁让自己充当了傻瓜，那是他正在接近他们的保留地。当可怜的索斯沃克走进离婚法庭时，他们表现得义愤填膺。可是，我估摸有百分之十的无产阶级生活得都不得法。"

"你说这番话，我一句都不同意，而且，再说了，哈里，我觉得你也不同意你所说的话。"

亨利勋爵摸了摸他的棕色尖胡子，用垂花的黑檀拐杖敲了敲他那漆皮靴子的靴头。"你真是地道的英国人，巴兹尔！这是你第二次说这样的话了。如果有人向一个地道的英国人提出一个概念——总是一种贸然而为的事情——那他永远都不会想一想那个概念是对还是错。他考虑的至关重要的唯一事情是那人自己相信不相信。看吧，不管说出概念的人多么真诚，概念的价值都和他的真诚没有关系。的确，很有可能的结果是，说出概念的人越不真诚，概念倒越有纯粹的智慧，因为那样的话，他的概念不会有他的想法、欲望和偏见的色彩。但是，我不想和你讨论政治、社会学和形而上学。我喜欢人胜于原则，而我喜欢没有原则的人更胜于这世界上的任何东西。跟我说说道连·格雷先生更多的事情吧。你多长时间见他一次？"

"每天都见他。如果每天见不到他，我就很不开心。他对我来说是绝对需要的。"

"真是不可思议！我原以为你从来不在乎任何东西，只在乎你的艺术。"

"他现在就是我的艺术啊，"画家说，一脸严肃，"我有时想，哈里，在世界历史上只有两个至关重要的时代。第一个时代是艺术出现了新的手段，而第二个时代艺术出现了新的人格。油画的发明成就了威尼斯人，安提诺斯①的脸成就了稍晚的希腊雕塑，而道连·格雷的脸有朝一日会成就我的艺术。还不仅仅是我依照他画油画、作素描、画速写。当然，我已经做过这些了。但是，对我来说，他不仅仅是一个模特儿，一个坐在那里让人画像的人。我多么满意我在他身上所做的一切，他的美竟然连艺术都无法表达到位，我跟你说不清楚。世上没有什么东西是艺术表达不了的，而且我知道我完成的作品，自从我遇上道连·格雷后，是佳作，是我有生以来最好的作品。但是，在某种不可思议的方面——我不知你理解我不？——他的人格向我启示了一种艺术上的全新的风格，一种全新的风格形式。我看万物不尽相同了，我想万物不尽相同了。我现在以一种过去在我眼前藏匿起来的方法创造生活。'日有所思，夜有所梦。'——

---

① 死于公元130年，比塞尼亚无与伦比的美青年，生前得到哈德里安皇帝的宠幸，陪同这位皇帝周游四方。后来淹死在尼罗河里，很可能是自杀。皇帝为纪念他在尼罗河畔建立了安提诺波利斯城，并把他奉为神灵。

是谁说出这句话的？我忘记了；然而这正是道连·格雷给我的东西。这个少年——在我来说他似乎只能算是一个少年，尽管他实际上二十出头了——只要呈现在眼前就好，只是仅仅呈现就足矣了——啊！我不知道你明白这话中意味的一切不？不知不觉中，他为我界定了一个崭新学派的线条，一个包含了所有浪漫精神的情欲的学派，包含了所有古希腊完美精神的学派。灵魂和肉体的和谐——其中有多么丰富的内涵啊！我们发疯时，把灵魂和肉体截然分开，发明了庸俗的现实主义，一种空洞的理想。哈里啊！但愿你明白道连·格雷对我意味着什么！你记得我的那幅风景画吧，阿格纽给了我那样高的价格，但是我能轻易出手吗？那是我这辈子干得最漂亮的事情之一。为什么呢？因为我在作画的时候，道连·格雷就坐在我身边。他给了我某种微妙的影响，我有生以来第一次在平常的林地里看见了我一直苦苦寻找的却总是找不到的东西。"

"巴兹尔，真是不可思议！我一定要见见道连·格雷。"

霍尔沃德从座位上站起来，在花园里走来走去。过了一会儿，他走回来。"哈里，"他说，"道连·格雷对我来说就是一种艺术的动机。你在他身上也许什么都看不出来。我在他身上什么都看得见。他的形象不在我的作品中时，反倒更有他的东西。如同我说过的，他是一种新风格的启发。我在特定线条的曲线里发现了他，在特定的色彩的快活与微妙中发现了他。这就是全部。"

"既然这样,你为什么不展出他的肖像呢?"亨利勋爵问道。

"因为,事先没有主观意图,我却在画中表现了这种罕见的艺术崇拜,关于这点,我确实从来没有跟他讲过。他全然不知就里。他以后也永远不会知道。但是,世人也许猜得出来;我不愿意把我的灵魂裸露给他们浅薄的窥探的眼睛。我的心永远不会放在他们的显微镜下。在那件作品中,我自己的东西太多了,哈里——我自己的太多的东西啊!"

"诗人都没有像你这样心存顾忌。他们知道情欲是多么有利于发表作品。当今之日,一颗破碎的心会窜进很多版本中呢。"

"我最不喜欢他们那一套,"霍尔沃德叫道,"艺术家应该创造美的作品,却不应该把他们自己生活的任何东西放进作品里。我们生活在一个人们践踏艺术的时代,仿佛艺术就只是一种自传的形式。我们丧失了美的抽象感受。有朝一日,我会让这个世界看看美到底是什么;出于这个原因,这个世界永远不会看见我画的道连·格雷的肖像。"

"我想你搞错了,巴兹尔,但是我不会和你争辩。只有智力不健全的人才争辩。告诉我,道连·格雷喜欢你吗?"

画家考虑了一会儿。"他喜欢我,"停顿少许后,他回答说,"我知道他喜欢我。当然,我尽量阿谀奉承他。我发现跟他说那些我以后会遗憾说出的事情,有一种奇怪的快活感。通常,他对我都很有魅力，我们坐在画室里无所不谈。但是，时不时，他会表现得很轻率，似乎让我感到痛苦使他从中得到了真正的乐趣。彼时彼刻，哈里，我觉得把我的全部灵魂献给了某个会把它当作花儿放进外衣里的人，一点为他的虚荣增添美丽的装饰，一种夏日的色彩。"

"夏日嘛，巴兹尔，是容易迟迟不去的，"亨利勋爵喃喃地说，"也许，你会比他更早感到厌倦的。想来是一件悲伤的事情，但是毫无疑问，天才要比美更持久。现实中我们大家不顾种种痛苦让自己接受过多的教育，原因就在这里。为了生存野蛮地搏斗，我们只是想让某些东西持久不衰，因此我们把我们的脑子塞满垃圾和事实，愚蠢地希望保住我们的身份。那种完全塞满脑子的人——正是现代的典范。一个完全塞满垃圾和事实的人的头脑是一种可怕的玩意儿。那就是一所古董店，全是怪物和灰尘，所有东西的价格都高出了实际价值。不管怎样，你会首先感到厌倦的。有朝一日，你会审视你的朋友，在你看来似乎画得走样了，或者你索性不喜欢他对色彩的取向，或者别的什么东西。你会在内心恶狠狠地责备他，而且严重地认为他在你面前表现得很糟糕。第二次他造访时，你便会完全表现得冰冷和冷漠。那将会是很大的遗憾，因为你的表现会改变你。你告诉我的完全算得上一种浪漫，一种人们也许称之为艺术的浪漫，而且享受任何浪漫的最坏结果是让别人毫无浪漫可言。"

"哈里，别说这种话。在我有生之年，道连·格雷的人格会掌控我。你感受不到我所感受的东西啊。你太反复无常了。"

"啊，我亲爱的巴兹尔，这正是我所能感觉的。忠诚的人只知道爱情的琐碎一面：不忠之人才知道爱情的悲剧。"亨利勋爵在一个华丽的银匣子上划着了火柴，点上了一支香烟吸起来，一副悠然自得的样子，仿佛一句话点透了这个世界。常青藤那绿莹莹的叶子间，传来了麻雀叽叽啾啾的吵闹，蓝色的云彩的阴影在玻璃上你追我赶，飘然而过，如同燕子。花园里的景象多么喜人啊！别人的感情多么令人愉悦！——他似乎觉得这些远比他们两人的想法更令人愉悦。一个人自己的灵魂，以及朋友的感情——这些是生命中令人神往的东西。他默然窃喜，想着因为与巴兹尔·霍尔沃德待了这么久，自己错过了一顿烦人的午餐。如果他去姑妈那里，一准会碰见胡德博迪勋爵，整个谈话便会讨论穷人的吃饭问题，以及样板公寓的必要性。每个阶级都会宣讲这些道德的重要性，因为这些道德的实行不必体现在他们自己的生活里。富人会大讲节约的美德，闲人会大谈劳动的尊严。摆脱这一切真是太好了！想起姑妈时，他突然萌生了一个念头。他转向霍尔沃德，说："我亲爱的老兄，我刚刚想起来了。"

"想起来什么，哈里？"

"想起来我在哪里听说过道连·格雷的名字。"

"哪里？"霍尔沃德问道，眉头微微皱起来。

"别做出生气的样子，巴兹尔。是在我姑妈家，阿加莎夫人。她告诉我她发现了一个美妙的年轻人，在东区①可以帮她的忙，那个年轻人的名字就是道连·格雷。我可以肯定说，她从来没有告诉我他生得英俊。女人欣赏不了英俊的长相；至少，漂亮的女人欣赏不了。她只说他很热心，具备一种美好的本性。我立即想象出一个小青年，戴眼镜，长软的头发，满脸雀斑，大脚丫走路不利落。但愿我早知道他就是你的朋友就好了。"

"很高兴你并不知道，哈里。"

"为什么？"

"我不想让你碰见他。"

"你不想让我见到他吗？"

"不想。"

"道连·格雷先生在画室里，先生。"管家走进花园，说。

"你这下一定要引见给我了。"亨利勋爵说着，哈哈笑起来。

画家向他的仆人转过身来，见他站在阳光下眨眼睛。"请格雷先生稍等，帕克。我一会儿就去。"仆人哈腰点头，走上了小径。

然后，他看着亨利勋爵。"道连·格雷是我最好的朋友，"

---

① 指伦敦东区，过去是穷人生活的主要地区。

他说，"他生性简单，心地善良。你姑妈关于他的说法很对。别毁了他。别试图影响他。你的影响会很糟糕。世界很大，出类拔萃的人很多。别夺走一个给我的艺术带来应有尽有的魅力的人；我作为艺术家的生活，靠的就是他。小心点儿，哈里，我信得过你。"他讲得很慢，说出来的话似乎是违拗他的意志从嘴里蹦出来的。

"你胡说些什么啊！"亨利勋爵说，莞尔一笑，拉着霍尔沃德的手，差不多领进了家门。

第二章

他们一进门，就看见了道连·格雷。他坐在钢琴前，背冲着他们，正在翻动舒曼①的《森林风景》的乐谱。"你一定要把这些乐谱借给我，巴兹尔，"他喊道，"我想学学这些乐谱。它们让人爱不释手。"

"这完全取决于你今天做模特儿的表现，道连。"

"噢，我厌烦坐在那里做模特儿，我不想要一张真人大小的自己的肖像了。"那少年回答道，在钢琴凳上转过身来，一副任性的、急躁的样子。他看见亨利勋爵在跟前，脸上一下子泛起红晕，立即站了起来。"对不起，巴兹尔，我不知道你和别人在一起。"

"这是亨利·沃顿勋爵，道连，我在牛津上学时的老朋友。我刚才还在跟他讲，你是一个多么难得的坐在那里让人画像的人，这下你把一切都搞砸了吧？"

"你没有搞砸我遇见你的快活，格雷先生。"亨利勋爵说着，向前跨了一步，伸出手来，"我的姑妈经常跟我谈起你。你是她的最喜爱的人之一，而且，恐怕还是她的牺牲品之一吧。"

"我现在让阿加莎夫人打入另册了。"道连回答道，流露出一种有趣的忏悔表情，"上星期二，我答应好去惠特查佩尔②的

---

① 舒曼（Robert Schumann，1810—1856），德国著名作曲家、音乐评论家，主要作品有钢琴曲《蝴蝶》、声乐套曲《诗人之恋》《女人的爱情与生活》等；《林中景色》是一部钢琴套曲。

② 当时伦敦东区的一个贫民区。

一个俱乐部，可我完全把这事儿忘了。我们说好一起表演钢琴二重奏——我相信应该是三首曲子。我还不知道她会怎么品评我呢。我心里有鬼，很是害怕，都不敢去见她了。"

"噢，我和姑妈为你讲情，你放心吧。她一心扑在你身上了。我觉得你没有去她那里，不是什么大事儿。听众没准儿以为就是一次二重奏呢。阿加莎姑妈一坐在钢琴前，弹奏出来的声音足有两个人弹奏的那么响亮。"

"这话对她来说受不了，对我来说也不怎么好受。"道连回答着，笑起来。

亨利勋爵打量了他一下。是的，他确实生得非常英俊，弯曲别致的红嘴唇，坦率的蓝眼睛，拳曲的金黄头发。他脸上有一种东西，让人一见就能对他产生信赖。年轻人的所有率直都写在脸上，还有年轻人的所有热情的纯洁。你会觉得他生活在这个世界上却让自己一尘不染。难怪巴兹尔·霍尔沃德对他崇拜有加呢。

"你去搞慈善活动太迷人，不合适，格雷先生——简直能迷倒一片。"亨利勋爵仰靠在长沙发上，打开了他的香烟盒。

画家在忙着调颜色，把画笔准备好了。他一脸焦虑，听见亨利勋爵最后的评价，瞅了他一眼，一时间游移不定，随后说："哈里，我想今天把这幅画儿画完。我要是请你离去，你不会认为我太粗鲁吧？"

亨利勋爵莞尔一笑，看了看道连·格雷。"我离去好吗，格雷先生？"他问道。

"噢，别走，亨利勋爵。我看见巴兹尔又生闷气了；我受不了他生闷气的样子。再说了，我想听你说说，为什么我不适合去做慈善活动。"

"我没想到我会跟你谈论这事儿，格雷先生。这个话题不是一句两句话说得清楚的，得一本正经地谈论才好。不过，我当然不会一走了之，因为你已经要求我留下了嘛。你不是真的在乎，巴兹尔，是吧？你可经常跟我说，你的模特儿都喜欢有人在一旁陪着说话。"

霍尔沃德咬住了嘴唇。"如果道连愿意，当然你一定要留下的。道连使性子，大家都得乖乖服从，只有他自己例外。"

亨利勋爵拿起了帽子和手套。"你够咄咄逼人的，巴兹尔，但是恐怕我必须走了。我约好在奥尔良大厦见一个人。再见了，格雷先生。哪天下午有工夫到柯曾街来看望我。五点钟时我差不多总在家待着。你来前写信告诉我。你要是扑空了，那是很遗憾的。"

"巴兹尔，"道连·格雷喊道，"如果亨利·沃顿勋爵走了，那我也要走。你作画时从来不开口，站在台子上努力做出快活的样子，实在是让人受不了。请他留下。我非要他留下不可。"

"留下吧，哈里，看道连的面子，看我的面子，"霍尔沃德说，专注地打量他的画作,"他说的是实情,我画画儿时从来不说话,也从来不听人说话,这对我的模特儿来说,一定非常枯燥乏味。我恳求你留下来。"

"可是,奥尔良大厦的那位怎么办?"

画家哈哈大笑起来。"我看这一点也不难解决。你就坐下来吧,哈里。现在,道连,快去台子上,别扭来扭去乱动,也别对亨利勋爵说的话太在意。他的所有朋友都深受他的坏影响,只有我自己是个例外。"

道连·格雷走上台子,一副古希腊年轻殉道者的样子,向亨利勋爵做了一个小小的不满的撇嘴,因为他已经对亨利勋爵深感兴趣了。亨利勋爵和巴兹尔截然不同。他们两个形成了鲜明的对照。他说话的声音很悦耳。过了一会儿,他对亨利勋爵说:"你真的影响很坏吗,亨利勋爵?真的像巴兹尔说的那样吗?"

"问题是世界上没有好影响那玩意儿啊,格雷先生。所有的影响都是不道德的——从科学的观点看,都是不道德的。"

"为什么?"

"因为对一个人施加影响,是把自己的灵魂给了人家。他不是思考自己自然的思想,不是燃烧自己自然的情欲。他的美德对他来说不是真实的。他的罪孽是借来的,如果世上有罪孽这种玩意儿的话。他成了别人音乐的回声,成了一个没有写进剧本里的角色的演员。生活的目的是自我发展。完美地实现自己的本性——这就是我们每个人来到这个世界上的目的。当今之日，人们害怕自己。他们忘记了一切责任的最高责任，那就是对自己所负的责任。当然，他们都慈悲为怀。他们给挨饿的人饭吃，给行乞的人衣服穿，但是，他们自己的灵魂却在挨饿，赤条条的没有衣服穿。我们的种族失却了勇气。抑或我们从来就没有过勇气。社会的恐怖是道德的基础，上帝的恐怖是宗教的秘密——正是这两样东西统治着我们。不过——"

"往右边稍稍转一转你的头，道连，像个乖孩子的样子。"画家说，埋头他的工作，只是感觉到这少年的脸上出现了一种表情，是他从来没有看见过的。

"不过，"亨利勋爵接着说，声音低沉，悦耳，优雅地挥了一下手，那是他随时会有的特有动作，早在伊顿公学时就养成了，"我相信，如果一个人本本分分地活一辈子，每种感情都有形式，每种思想都表达出来，每个梦都能实现——我相信这个世界会焕然一新，喜悦不断，我们因此会忘掉中世纪遗风的所有疾病，回到一种古希腊的理想——也许比古希腊理想还华美、还丰富的某种东西。可是，我们中间最勇敢的人却害怕自己。野蛮的伤残不幸地复活了，表现为毁坏我们生活的自我否定。我们因为我们的否定受到了惩罚。每种我们不遗余力压制的冲动时刻在脑子里酝酿，毒害我们。肉体一旦造孽，便和罪孽无缘，因为行动是一种洗刷罪孽的方式。一旦洗刷罪孽，就只有快活的回忆了，或者遗憾快活远远不够。摆脱引诱的唯一方法是向引诱低头。抗拒引诱呢，你的灵魂便会生病，禁止它得到什么，它偏偏渴望什么，偏偏渴望那些荒谬的法律制造出来的荒谬的违法的东西。据说，世界上巨大的事件都是在脑海里发生的。同样在脑海里，也只能在脑海里，这世界的巨大的罪孽也才能发生的。就说你吧，格雷先生，就说你自己，风华正茂的少年，玫瑰花般娇艳的孩提时代，你具备让你畏惧的情欲、让你恐怖的思想，无论白日梦还是夜里梦，那些记忆只能让你的脸颊发红，感到羞耻——"

"别说了！"道连·格雷语无伦次地嚷道，"先别说下去了！你把我搞糊涂了。我不知道说什么好。可以回答你，可是我一时想不出答案。先别讲下去。让我想一想。说得更准确一点，是让我努力不再胡思乱想。"

差不多十分钟，他站在那里，一动不动，嘴唇微张，眼睛亮得罕见。他模糊地意识到，全新的影响在他身上产生了作用。然而，那些对他的影响似乎就来自他自身。巴兹尔的朋友跟他说的寥寥数语——毫无疑问是随口讲的，话中还充满了刻意的吊诡——已经触动了过去从来没有触动的某根秘密心弦，他现在却觉得在颤动，随着奇妙的搏动在跳动。

音乐曾经这样搅乱过他。音乐曾经很多次让他迷乱。但是，音乐是难以用话语表达清楚的。那不是一个新世界，更像一个混沌空间，在我们身上创造出来了。话语！只是一些话语！它们是多么可怕！是多么清楚、逼真、残忍！你想摆脱都摆脱不了。它们就是一种微妙的魔法！它们似乎能够给无形的东西罩上一层透明的形式，具备它们自己的音乐，听起来如同提琴和笛子一样悦耳。只是一些话语啊！还有比话语更真实的东西吗？

是的，他的孩提时代就是有些东西，他还没有明白。他现在明白了。生活突然间在他眼前成了红彤彤的烈火。他觉得他一直在火里行走。过去他怎么就不明白呢？

亨利勋爵面露诡异的微笑，打量着他。他知道这个精确的心理活动的时刻，最好什么都不说。他觉得兴趣盎然。他一下子明白他的话产生了作用，连自己都深感吃惊，而且，还想起了一本他十八岁读过的书，让他知道了许多过去他不知道的东西，心下嘀咕道连·格雷是不是也在经历这样相同的时刻。他盲目地向空中放了一箭。那支箭真的射中靶心了吗？这个少年是多么令人感兴趣啊！

霍尔沃德埋头作画，下笔罕见地胆大，艺术的真实的提炼和完美的精致，都来自他投入的力量。他对身边的无声毫无察觉。

"巴兹尔，我站累了，"道连·格雷突然嚷嚷道，"我要到外面的花园里坐坐。这里的空气闷得慌。"

　　"我亲爱的老兄，很抱歉。我在作画，我别的什么都顾不上。不过，你从来没有摆过这样好的姿势。你纹丝不动。我抓住了我想要的效果——那半张的嘴唇，眼睛里那明亮的眼神。我不知道哈里在跟你说些什么，但是他确实让你产生了那种最奇异的表情。我估计他一直在说你的好话吧。你千万别相信他说的任何话啊。"

　　"他当然没有一直说我的好话。也许正因如此，我才不相信他告诉我的话呢。"

　　"你很明白你全都信了，"亨利勋爵说，用做梦般慵懒的眼睛看着他，"我和你一起到花园里去。这画室里太热了。巴兹尔，我们来点冰镇的饮料喝吧，添加点草莓在里面。"

　　"没问题，哈里。按响铃，帕克一会儿就来，你尽管吩咐就是了。我得把这个背景画好，一会儿就去花园见你们。别让道连耽搁得太久。我从来没有画过比今天更好的姿势。这张画儿会成为我的杰作。往那里一摆，它就是我的杰作。"

　　亨利勋爵出门来到花园，只见道连·格雷把脸埋在大片凉爽的紫丁香花里，忘情地吮吸紫丁香的香气，仿佛那是美酒一般。他来到他身边，把手搭在他的肩上。"你这样拈花惹草就对了，"他喃喃地说，"只有感官能治愈灵魂，如同只有灵魂能治愈感官一样。"

　　这少年吓了一跳，往回退了一步。他光着脑袋，树叶把他那些不服打理的头发弄乱了，纠结成了一缕缕金色的发丝。他眼睛里有惧怕的神色，如同人们被突然惊醒的样子。他那雕琢般的鼻孔微微抖动，某种隐藏的神经抽动着红红的嘴唇，把嘴唇弄得直哆嗦。

"是的，"亨利勋爵接着说，"这就是生活的一大秘密——通过感官的手段治愈灵魂，通过灵魂的手段治愈感官。你是一个奇妙的创造物。你知道的远比你认为知道的多得多，正好比你了解的要比你想了解的少一样。"

道连·格雷眉头一皱，把头扭开了。他不由自主地喜欢上了这个站在他身边的高高的优雅的年轻人。他橄榄色的脸富有浪漫气息，那种表情让他很感兴趣。他的嗓音低沉，疲乏，具有某种让人一听就着迷的东西。他的手凉爽，白皙，像花朵一样，更是别有一种魅力。他像音乐一般说话时，两只手在活动，好像有它们自己的语言。但是，他感觉害怕他，又因为害怕而害羞。为什么让一个陌生人把自己剖析给自己看？他和巴兹尔·霍尔沃德认识好几个月了，可他们之间的友谊从来没有改变他什么。突然间，他人生中出现了这个陌生人，似乎把他生命的秘密揭示出来了。然而，这中间究竟有什么可害怕的呢？他又不是一个上学的娃娃。感觉害怕实在有悖情理。

"我们到那阴凉下坐坐吧，"亨利勋爵说，"帕克已经把饮料端出来了，你要是在这阳光下再多耽搁一会儿，你会晒坏的，巴兹尔可就再也无法画你了。你千万别让自己被太阳晒坏了。那可要不得。"

"那有什么关系?"道连·格雷叫道,哈哈笑起来,一边

在花园顶头的座位上坐下来。

"对你来说关系重大,格雷先生。"

"为什么?"

"因为你拥有最神奇的青春,而青春是一种千金难买的好东西啊。"

"我没有这样的感觉,亨利勋爵。"

"不,你现在感觉不到。有朝一日,等你老了,满脸皱纹,丑陋不堪,思想在你的脑门儿上刻下了纹路,情感在你的嘴唇上烙上了恼人的火焰,你会感觉到的,你会从骨子里感觉到的。现在,不论你到哪里,都会让世人着迷。难道总能这样吗?……你生就了一张奇妙的俊美的脸,格雷先生。别皱眉头呀。你真的生就了这样一张脸。美是一种天才的形式——当然比天才还高级,因为美是无须解释的。美是这人间的重大事实,好比阳光,好比春光,好比那个我们称之为月亮的银地壳的深色水域的反光。美毋庸置疑。美拥有神圣的主权。美让那些拥有美的人成为王子。你笑了吗?一旦你没有美了,你可就笑不出来了……人们有时说,美只是表面性的东西。也许是这么回事儿。但是,美至少不像思想那样表面性。在我看来,美是奇迹的奇

迹。只有肤浅的人才不以貌取人。这世界的真实秘密是可见的，而不是不可见的……是的，格雷先生，诸神待你不薄啊。可是，神灵赐予的东西，很快就会取走的。你只有几年可以生活得真实、完美、充实。等你的青春去了，你的美也就去了，那时你会突然发现，没有什么胜利留给你，要么你守着那些贫瘠的胜利自我满足，过去的回忆只能让你更加痛苦，更加失败。每过一个月，时光就会推你一把，距离某种可怕的东西更近。时光嫉妒你，把你的百合花和玫瑰花摧折。你会变得肤色暗淡，脸颊凹陷，目光呆滞。你会痛苦万般……啊！你要在你拥有青春时就领悟它。别浪掷你的岁月的黄金时期，听那种无聊的劝导，去努力补救毫无希望的失败，或者把你的生命浪费在无知、平凡和庸俗的事物上。这些都是我们时代的病态的目的，虚妄的埋想。生命！让你的奇迹般的生命活得好好的！别白白浪费任何东西。总是不停地寻找各种新的感觉。别害怕任何事情……迎接新的享乐主义——这正是我们这个世纪想要的。你也许是享乐主义看得见的象征。就凭你的人格，没有什么事情你不可以做。这个世界在一个季节里属于你。……我一遇到了你，我就看出来你并不知道那个真正的你，不知道你到底可以做什么样的人。你身上有很多东西让我着迷，我觉得我必须告诉你一些关于你自己的东西。我认为如果你被浪费了，那是多么可悲。因为，你的青春只能持续很短的时间——转眼即逝啊。普通的山花枯萎了，可是它们还能再度开放。金链花明年六月还会像现在一样开得黄灿灿的。一个月后，铁线莲便会绽开紫色的星花，年年岁岁那些叶子的绿色夜幕都会悬挂那些紫色的星花。但是，我们永远无法找回我们的青春。二十岁上跳动的欢乐脉搏，会变得死气沉沉。我们的肢体无力了，感官不灵了。我们蜕变成了讨厌的木偶，只有我们曾经害怕得要命的情欲的记忆还迟迟不肯离去，还有我们过去没有勇气屈从的剧烈的诱惑历历在目。青春啊！青春！这世界一无所有，只有青春！"

道连·格雷在聆听，眼睛大睁，醍醐灌顶。一束紫丁香从他的手里飘落到碎石路上。一只毛茸茸的蜜蜂飞过来，围绕着紫丁香嗡嗡盘旋。然后，它开始在小小花朵那椭圆的星状的圆球体上爬来爬去。他观看着，饶有兴趣，那是在重大的事情让我们害怕时我们转而试图探究琐事的罕见的兴趣，或者在我们被某种我们无法表达的新感情搅乱时才有的兴趣，或者某种惊吓我们的思想突然包围了我们的头脑、逼我们就范时才有的兴趣。不一会儿，蜜蜂飞走了。他目送它爬进了一朵艳红的牵牛花的斑驳的喇叭里。那朵花儿似乎在颤动，随后来回摇晃起来。

突然，画家出现在画室门前，朝他们一下接一下地招手。他们彼此转过身来，相视一笑。

"我一直在等待，"他喊叫说，"快进来吧。阳光太厉害了，你们可以把饮料带进来。"

他们站起，一起顺着小径溜达而来。两只绿色蝴蝶和白色蝴蝶在他们面前飞过，花园角上那棵梨树上的画眉开始鸣叫。

"你很高兴遇见了我，格雷先生。"亨利勋爵说着，打量他。

"是的，我现在很高兴。可我不知道我会不会总是高兴。"

"总是！这个词儿太吓人了。我听见这个词儿吓得直哆嗦。女人才喜欢说这个词儿呢。她们为了让浪漫永远持续喜欢说这个词儿，却让浪漫瞬间毁掉了。这是一个没有意义的词儿。朝三暮四和终生相守的感情之间的唯一区别，是朝三暮四持续得更长久一些。"

他们走进画室时，道连·格雷把手搭在了亨利勋爵的胳膊上。"既然这样，那就让我们的友谊朝三暮四吧。"他小声说，因为自己的大胆而脸红了，随后走上了台子，摆出模特儿的姿势。

亨利勋爵一下子坐在了一把大柳条扶手椅子上，从旁观看道连·格雷。画布上画刷挥舞，发出了唯一打破宁静的声音，只有霍尔沃德时不时退出几步，从远处审视他的作品。敞开的门道照进来一束倾斜的阳光，灰尘在光亮里跳动，一闪一闪的。玫瑰花的浓郁香味好像浸润了每个角落。

大约过了一刻钟，画家停下画笔，端详了道连·格雷很久，然后又端详了肖像很久，啃咬着一根大画笔的杆头，眉毛皱了起来。"就算画完了吧。"他最后叹了一声，弯下身子在画布左边角上，用长长的朱红字母写上了他的名字。

亨利勋爵走过去，审视这幅肖像。它确实是一件奇妙的艺术作品，也是一件惟妙惟肖的肖像。

"我亲爱的老兄，我热烈地祝贺你啊，"他说，"它是现代最佳的肖像。格雷先生，快过来看看你自己吧。"

那少年吓了一跳，仿佛从梦中醒来。"真的画完了吗？"他喃喃道，一边从台子上走下来。

"算是画完了吧，"画家说，"你今天把姿势摆得无可挑剔。我都不知怎么感谢你好了。"

"这完全是我的功劳，"亨利勋爵插话说，"难道不是吗，格雷先生？"

道连没有做出回答，懒洋洋地从他的肖像前走过，随后转过身来。他看着肖像，向后退去，一时间快活的脸色出现了红晕。眼睛里也出现了欢喜的神色，仿佛第一次把自己辨认出来了。他一动不动地站在那里发呆，模糊地意识到霍尔沃德在和他讲话，可是一点也没有听出来霍尔沃德在说些什么。他自己的美的感觉在他身上苏醒了，如同一种启示。他过去从来没有这种感觉。巴兹尔·霍尔沃德的恭维话，对他来说过去只是对友谊夸夸其谈的好听话。他听过了，笑过了，也就都忘掉了。那些话没有影响他的本性。然后，亨利·沃顿勋爵出现了，发表了对青春的怪怪的赞语，警告青春转眼即逝，令人心惊。这番话当时就搅乱了他的心，而现在，他站在自己可爱的肖像的影子前注视着肖像，那番描述的真实不折不扣地在他脑海掠过。是的，总有一天他的脸会长起皱纹，衰象毕露，两眼昏花，勃发的英姿也垮了，变形了。他嘴唇上的红润会消失，头发上的金色会褪掉。制造灵魂的生命会损坏他的肉体。他会变得吓人、丑陋、迟钝。

想到这里，一阵剧烈的疼痛蹿遍全身，像一把刀子捅来，令他本性的每一根纤细的神经索索颤抖。他的眼睛深化成了紫石英，一注泪水涌了出来。他觉得仿佛一只冰冷的手放在了他的心窝上。

"别这个样子呀？"霍尔沃德最后惊叫道，被这少年的沉默吓了一跳，不知道究竟是怎么回事儿。

"当然是他喜欢这幅肖像了，"亨利勋爵说，"谁会不喜欢呢？它算得上现代艺术最伟大的杰作。只要得到它，你要什么东西我都给你。我一定要得到它。"

"这不是我的财产，哈里。"

"那是谁的财产呢？"

"当然是道连的财产。"画家说。

"他可真是一个走运的家伙。"

"多么可悲啊！"道连·格雷喃喃道，两眼死死盯着他自己的肖像，"多么可悲啊！我会变老，变得可怕，变得吓人。但是，这幅画儿会永葆青春。它永远不会变得比这个特殊的六月的日子还老，要是调换个角色就好了！要是我永葆青春，而这幅肖像变老，那该多好啊！为了这个——为了这个——我会放弃一切！是的，人世间所有的东西我都在所不惜！我为此可以放弃灵魂！"

"你不会同意这样真把角色调换一下吧，巴兹尔，"亨利勋爵哈哈笑道，"那样的话你的作品的线条可就一塌糊涂了。"

"我当然会强烈反对了，哈里。"霍尔沃德说。

道连·格雷转身打量他。"我相信你会的，巴兹尔。你爱你的艺术胜过你的朋友。我在你眼里不过是一尊绿色的铜像而已。简直连铜像都不如，我敢说。"

画家听了目瞪口呆。这一点都不像道连说的话。发生了什么事儿？他好像很生气。他的脸发红，脸颊发烧。

"是的，"他接着说，"我还不如你的象牙雕赫尔墨斯①，不如你的银雕农牧之神②。你会一直喜爱它们。你会喜欢我多长时间呢？我估计我长出第一道皱纹你就作罢了。现在我知道，当一个人失去姣好的相貌，不管他们是干什么的，他就会失去一切。你的画像让我明白了这点。亨利·沃顿勋爵说得完全正确。青春是唯一值得拥有的东西。当我发现我在衰老时，我就自杀。"

---

① 希腊神话中为众神传信并掌管商业、道路的神。
② 罗马神话中半人半羊的神。

霍尔沃德脸色煞白，抓住了他的手。"道连啊！道连！"他惊叫道，"别这样说话。我从来没有过像你这样一位朋友，我也再不会有这样一位朋友了。你不会妒忌物质东西吧，是不？——你比物质东西强百倍，不可同日而语！"

"凡是不会消失的美的东西，我都妒忌。我妒忌你画我的这幅肖像。为什么它应该留住我必然丢失的东西？流逝的分分秒秒，都会带走我的某些东西，却给了我这幅画儿。哦，要是能调换一下角色该多好！要是那幅肖像能够变化，而我永远是我的样子多好！为什么你要画出它来呢？它有朝一日会嘲弄我的——会毫不留情地嘲笑我的！"热泪涌上了他的眼睛；他一下子抽出他的手，随后猛然坐在了那个长沙发上，把脸埋进了垫子里，仿佛他在祈祷。

"都是你干的好事儿，哈里。"画家很不客气地说。

亨利勋爵耸了耸肩。"这才是真实的道连·格雷——仅此而已。"

"不是这么回事儿。"

"如果不是这么回事儿，那与我有什么关系呢？"

"我要你走的时候，你就应该走掉。"他嘟哝说。

"你要我留下来，我才留下的呀。"亨利勋爵回答说。

"哈里，我不能和我最好的两个朋友同时争吵，但是在你们两个之间，你让我对我有生以来画的最好的作品产生怨恨，我迟早会毁掉它。不就是一张画布和一些色彩吗？我不会让一张画儿在我们三个中间制造不和，妨碍我们的生活。"

道连·格雷从软垫上抬起头发金黄的头，脸色煞白，眼含泪水，打量着他，目送霍尔沃德走向摆在高窗帘窗户下的木画桌。他要在那里干什么？他的手指在锡管和干画笔中间摸来摸去，寻找什么东西。是的，他在寻找那把调色刀，软钢做的薄薄的刀刃。他终于找到了。他要去把那张画布捅破。

那少年强压住抽噎，从长沙发上跳起来，冲向霍尔沃德，从他手里把刀夺下，扔到了画室的那头。"巴兹尔，别乱来，别乱来！"他喊道，"这就是谋杀！"

"我很高兴你终于欣赏我的画作了，道连，"画家冷冷地说，已经从他的惊吓中清醒过来，"我从来没有想到你会欣赏它。"

"欣赏它？我和它产生恋情了，巴兹尔。它是我的一部分。我感觉到了。"

"哦，一等你干透了，你就会被上漆，装框，送回家中。然后，你想处置你自己随你的便。"他穿过屋子，按响铃要茶点，"你当然要吃茶点，道连，对吧？你也要茶点，是吧，哈里？难道你们反对这样一点享乐吗？"

"我尊崇简单的享乐，"亨利勋爵说，"简单的享乐是复杂的享乐的最后庇护所。不过，我不喜欢戏剧场面，除了舞台上。你们两个是多么不着调的家伙！我真不知道是谁把人界定成理智的动物的。这真算得上最没动脑子的定义了。人类什么东西都是，就是不理智。我很高兴人类说到底是不理智的：尽管我希望你们二位老兄不要为这幅画儿争吵了。你还是让我保存起来为好，巴兹尔。这傻孩子并不真想要它，我倒是真想要它。"

"如果你让别人拿走而不是我，巴兹尔，我一辈子都不会原谅你！"道连·格雷叫道，"我不允许人家叫我傻孩子。"

"你知道这画儿是你的，道连。画儿还没有画出来，我就给你了。"

"你知道你一直有点卖傻，格雷先生，有人总是告诉你年轻极了，你是不会真的反对的。"

"我今天上午就强烈反对，亨利勋爵。"

"哈哈！今天上午！可你已经不是今天上午的你了。"

门边传来敲门声，管家端着沉甸甸的茶盘走进来，摆在了一张小巧的日本桌子上。茶盘上有叮当碰撞的杯子、茶杯托和嘶嘶作响的乔治时期的水壶。一个仆人端来了球状的瓷碗。道连·格雷走过去，把茶倒上。两个男人无精打采地走到了茶桌边，查看碗盖下是什么东西。

"我们今晚上剧院吧，"亨利勋爵说，"一定有剧场在上演什么戏剧。我答应在怀特家用餐的，不过只是和一个老朋友一起进餐，因此我可以给他打个电报，说我病了，或者说因为后来另有约会，我去不了了。我想这是一个不错的借口：这样直率，谁都会大吃一惊。"

"穿燕尾礼服很烦人，"霍尔沃德嘟囔说，"更何况，穿在身上后还难看得要命。"

"是的，"亨利勋爵回答道，有点梦游的样子，"十九世纪的服装令人倒胃口。灰不溜丢，令人压抑。罪孽倒成了现代生活唯一真正的亮点了。"

"你在道连面前真的不要说这种话，哈里。"

"在哪个道连面前？给我们倒茶的这个道连，还是画中的那个道连？"

"两个都算。"

"我愿意和你上剧院看演出，亨利勋爵。"那少年说。

"那么你就来吧；你也来吧，巴兹尔，不成吗？"

"我真的不能去。我一时还脱不开身。我还有很多活儿要干。"

"哦，那么，你我两个去吧，格雷先生。"

"我巴不得的。"

画家咬住嘴唇，手拿杯子，走到了那张画前。"我要和这位真实的道连在一起。"他难过地说。

"那是真实的道连吗？"肖像的原型叫道，溜达着走向画家，"我真的像那幅肖像吗？"

"是的，你就是画像里的样子。"

"真是不可思议，巴兹尔！"

"至少你在长相上很像。不过，肖像是永远不会改变的，"霍尔沃德感叹说，"这是根本的不同之处。"

"人们对于真诚太有点大惊小怪了！"亨利勋爵嚷嚷道，"唉，真诚在爱情方面纯粹是一个生理学上的问题。忠诚与我们自己的意志没有干系。年轻人想表现得忠诚，但是却做不到忠诚；老年人想表现得不忠诚，却很难不忠诚；你只能这样讲啊。"

"今天夜里别上剧院了，道连，"霍尔沃德说，"留下来和我一起吃饭吧。"

"我办不到，巴兹尔。"

"为什么？"

"因为我已经答应亨利·沃顿勋爵一起去了。"

"你说话算数，他也不会因此更喜欢你的。他自己就总是说话不算数。我求你别去剧院。"

道连·格雷哈哈大笑，摇了摇头。

"我恳求你了。"

那少年有些犹豫，向亨利勋爵望去，见他笑嘻嘻的，从茶桌边一直在观察他们俩。

"我一定要去，巴兹尔。"他回答道。

"好吧好吧，"霍尔沃德说；他走过去，把杯子放在茶盘上，

"已经很晚了，你们都要穿礼服，那就别耽误时间了。再见，哈里。再见，道连。尽快来见我。明天就来吧。"

"当然。"

"你可别忘了啊？"

"不会的，哪会忘了呢。"道连大声说。

"那么……哈里！"

"什么，巴兹尔？"

"今天上午我们两个在花园里，我所说的话，你要记住啊。"

"我早忘记了。"

"我相信你。"

"但愿我相信自己就好了。"亨利勋爵说，大笑起来，"来吧，格雷先生，我的马车在外面，我可以把你捎到你自己的住处。再见，巴兹尔。我们过了一个非常开心的下午。"

他们身后的门关上时，画家一屁股墩在了沙发上，痛苦的表情满脸都是。

第三章

　　第二天十二点半，亨利·沃顿勋爵从柯曾街溜达到阿尔巴尼公寓，看望舅舅弗莫尔勋爵，一个脾气和善但举止有些粗俗的老单身汉，外界因为得不到他的特殊好处而说他自私，但上流社会因为他宴请那些让他开心的人而认为他出手大方。他父亲做过我们驻马德里的大使，那时伊莎贝拉①很年轻，普利姆②未成气候，不过他后来一时意气用事离开了外交界，原因是他没有被任命驻巴黎大使，他认为论出身、虚应故事的本领、起草报告的流利英语以及寻欢作乐的那股特有劲头，这个职务他完全胜任。做儿子的曾经是父亲的秘书，也就和老子一起辞职不干了，这一举动当时被认为不识时务，不过几个月后他继承了爵位，便一本正经地开始研究无所事事这门了不起的贵族艺术了。他拥有两所宽敞的城里房子，但是更愿意住在公寓房间里，因为这样麻烦少，大部分餐饭都在俱乐部里吃。他用了一些心思经营英格兰中部诸郡的煤矿，为自己染指这种不光彩的工业开脱说，有煤烧的好处是可以让一个上等人在自家壁炉里烧木柴保持一份体面。政治上他是保守党人，只是在保守党执政期间，他口无遮拦地大骂他们是一伙激进分子。他在自己的随从眼里是一个英雄，因为侍从要挟他，而在大多数亲戚眼里

① 伊莎贝拉（Isabella，1830—1904），指西班牙女王伊莎贝拉二世，1833—1868年在位；被西班牙1868年的资产阶级革命废黜。
② 普利姆（Juan Prim，1814—1870），伊莎贝拉二世被废黜后，出任过首相。

他是一种恐怖，又因为他对他们盛气凌人。只有英格兰这地方出他这种人，他口口声声说这个国家迟早要完蛋。他的种种原则都过时了，他为自己的偏见倒也有一大套说辞。

亨利勋爵走进屋子，看见舅舅身着粗糙的猎装坐在那里，叼根雪茄，边看《泰晤士报》边嘟哝，"哦，亨利，"老先生说，"哪阵风把你这么早就吹来了？我以为你们这些现世报不到两点从来不起床，还要等到五点才能见个人影儿。"

"纯粹是家庭亲情的风啊，听我的没错，乔治舅舅。我想从你这里搜刮点什么。"

"我看只有钱吧，"弗莫尔勋爵说，苦笑了一下，"唉，坐下来跟我说说话吧。现在的年轻人啊，以为钱就是一切。"

"没错，"亨利勋爵咕哝说，一边把外衣的扣子解开了，"他们年纪越大就越明白这个理儿。不过我不要钱。只有那些偿还账单的人才要钱呢，乔治舅舅，我从来不付自己的账单。当小儿子的资本就是赊账，可以靠赊账活得有滋有味的。再说了，我总是和达特穆尔的生意人打交道，打交道多了他们就不来招惹我了。我想要的是资讯；当然不是什么有用的资讯；没有用的资讯就行。"

"行啊，英国蓝皮书①里有用的东西，我都能告诉你，尽管

---

① 这里可以两说：英国议会的报告书是蓝皮的；名人录也是蓝皮的。

那些家伙现在尽写些没有用的东西。我在外交圈子里混时，事情要好得多呢。不过，我听说他们现在要通过考试才能进外交界。你还能指望什么呢？考试，先生啊，纯粹是彻头彻尾的欺骗手段。如果一个人是正人君子，他懂得足够的东西，而如果他不是一个正人君子，那么他知道什么也白搭。"

"道连·格雷先生不属于蓝皮书的范围，乔治舅舅。"亨利勋爵有一搭没一搭地说。

"道连·格雷先生？谁是道连·格雷？"弗莫尔勋爵问道，蓬乱的白眉毛拧了起来。

"我来这里领教的就是这个，乔治舅舅。或者干脆说，我知道他是谁。他是凯尔索勋爵的外孙。他母亲是德弗罗家族的人——玛格丽特·德弗罗女士。我想听你说说他母亲的情况。她长什么模样？她嫁给谁了？你那辈人你羔不多都认识，也许你也认识她。我目前对格雷先生很有兴趣。我刚刚认识了他。"

"凯尔索的外孙！"老先生重复道——"凯尔索的外孙！……当然……我与他母亲交往很深呢。我相信我参加了她的施洗礼。她是一个绝代的美女，玛格丽特·德弗罗嘛；她后来和一个不名一文的穷小子私奔了，让所有的男子都大跌眼镜；真是一个穷小子，先生，步兵团的一个中尉，或者这种身份的人吧。没得说。我记得整个事情，仿佛还是昨天的事儿。那个穷小子在斯帕的一次决斗中被刺死了，那是婚后几个月发生的。那件事儿背后有丑闻。人们说，凯尔索雇了一个沾满恶习的傻大胆，一个比利时流氓，当面侮辱他的女婿；那是用钱买通他干的，先生；那家伙一剑捅穿了他的女婿，好像穿透了一只鸽子。这件事儿好歹糊弄过去了，不过，天哪，后来很长时间里凯尔索在俱乐部里都是孤零零一个人吃煎牛排。我听说，他把女儿接回来了，但是她再也不和他说话了。噢，就这样；这是一件得不偿失的买卖。那姑娘也死了；这事儿发生后不到一年就死了。这么说她还留下一个儿子，是吗？我记不清了。怎么样的一个男孩？要是他长得像他母亲，那他一定是个英俊的小伙子。"

"他长得非常英俊。"亨利勋爵说。

"但愿他落进了正当的人手里，"老人接着说，"如果凯尔索办事儿有准儿的话，应该给他留下一大笔钱。他母亲也有钱的。所有塞尔比的财产都归她了，是她外祖父留给她的。她外祖父厌恶凯尔索，认为他不过是一个小气鬼。他也确实很小气。我在马德里做大使时他去过那里。天哪，我真为他感到害臊。女王当时追问我哪个英国贵族总是和马车夫争吵车费。人们把这事儿传得沸沸扬扬。我因此一个月不敢在宫廷里露面。但愿他对待他的外孙比对待车夫们好一些。"

"我不清楚，"亨利勋爵回答说，"我猜那个男孩以后会很富有的。他还不到接受遗产的年龄呢。我知道他拥有了塞尔比的财产。他也是这样跟我说的。不过……他母亲是很美吗？"

"玛格丽特·德弗罗是我见过的大美人之一，哈里。到底是什么诱惑她走上了私奔的路，我一直弄不懂。她想嫁给谁，她可以任意挑选。卡林顿疯狂地追她。不过，她很浪漫。那个家族的所有女人都浪漫。那些男人倒是都不怎么样，不过，天哪！那些女人都很了不得。卡林顿跪在了她面前。这是他亲口跟我讲的。可她嘲笑他，当时全伦敦城没有一个女孩儿不在追逐卡林顿啊。哈里，说到婚姻这种事儿，顺便提一提的是，你父亲告诉我达特穆尔想娶一个美国女子，这又是什么把戏呢？难道英国姑娘配不上他吗？"

"当下娶美国女子很时髦，乔治舅舅。"

"我支持英国女人，愿和世界一争高下，哈里。"弗莫尔勋爵说，用拳头砸了一下桌子。

"宝都押在美国女子身上了。"

"我听说美国女子不长久。"他的舅舅喃喃道。

"长久的婚姻让她们疲惫不堪，但是她们参加障碍赛呱呱叫。她们接受飞奔的东西。我看达特穆尔没戏。"

"谁是她的家人？"老先生咕哝道，"她有什么亲戚吗？"

亨利勋爵摇了摇头。"美国姑娘机灵得很，就是不说自己父母是干什么的,好比英国女人喜欢隐藏她们的过去。"他说着,站起来要走。

"莫非她们的父母都是猪肉包装工吗?"

"就达特穆尔的情况看,但愿如此,乔治舅舅。我听说包装猪肉是美国最有利可图的行业,仅次于政治。"

"她长得俊俏吗?"

"她形容举止仿佛她天生丽质。多数美国女人都这个样子。这是她们展示魅力的秘密。"

"这些美国女子干什么不待在自己的国家呢?她们可总是跟我们说,美国是女人的大堂。"

"没错。正因为如此,如同夏娃,她们才这么着急离开那里呢。"亨利勋爵说,"再见,乔治舅舅。我要是待得太久了,会误了午餐的。感谢告诉我想要的资讯。对新交的朋友,我总是喜欢了解一切,对老朋友却什么都不想知道。"

"你在哪里吃午饭,哈里?"

"在阿加莎姑妈家。我约好了格雷先生。他是姑妈刚刚认下的门徒。"

"哎呀!告诉你阿加莎姑妈,哈里,别再麻烦我去成全她那些慈善活动了。我烦透了那些活动。这个好心肠的女人认为我无事可做,只能为她那些愚蠢的爱好开开支票。"

"好吧,乔治舅舅,我会告诉她的,不过说了也没有用。搞慈善的人都没有人类的感觉了。这就是他们最大的特点。"

老先生嗷嗷叫着表示同意，摇铃要仆人来。亨利勋爵穿过矮矮的拱门，进入伯灵顿街，然后转身向伯克莱广场的方向走去。

这就是道连·格雷父母亲的背景。尽管告诉他的情况粗枝大叶，但是听说了一则罕见的近乎现代的浪漫爱情，他还是心情难以平静。一个绝代佳人为了发疯的情欲，可以不顾一切。一个星期的疯狂的幸福，被一桩可恶的罪恶的犯罪砍断了。数月无声的痛苦挨过之后，一个孩子在痛苦中出生了。母亲被死神生生夺走，男孩听任一个无爱的老男人的孤独和专制情绪的揉搓。是的，这是一种令人感兴趣的背景。这一背景造就了那个少年，仿佛把他锻造得更加完美了。人世间每件精致物件的后面，都有一段可悲的背景。世间须得在痛苦中煎熬，连最不起眼的花朵都可以开放……昨天夜里在餐桌边他是多么迷人，瞧瞧吧，那两只惊吓的眼睛，嘴唇在惊吓的快活中微张，他在俱乐部坐在他的对面，红红的蜡烛罩把他脸上觉醒的奇妙表情映成了一朵艳丽的玫瑰。与他交谈犹如演奏一把美妙的小提琴。琴弓一触一拉，他便会发出应有尽有的回声。……行使影响力确实有某种可怕的令人着迷的东西。别的活动都无法与之相比。把你的灵魂投放进某种优雅的形式，让它在那里滞留一会儿；听见你自己智慧的观点，对一个添加了所有情欲音乐和青春的人，产生了阵阵回响；把你的气质转达给另一个人，仿佛它是一种微妙的流质，或者奇怪的香气；这中间才有真正的快乐——抑或就是我们这个限制多多、俗不可耐的时代所剩的最令人满意的快乐，因为这是一个沉溺于灯红酒绿、肉欲横流、目的大同小异的时代。这个少年，是一种不同凡响的类型，机会就这么巧，让他在巴兹尔的画室撞上了；抑或费些周折便可以把他塑造成不同凡响的类型。他生来优雅，白净纯洁的孩提时代，如同古希腊石雕为我们保留下来的那种美。他身上的任何东西都是珍贵的。他可以做成泰坦①，也可以做成小小玩物。这样的美注定会消失，多么遗憾啊！……还有巴兹尔吗？从心理学观点看，这个画家真是令人感兴趣！艺术的新风格，审视生活的新形式，一个根本毫无意识的人只是坐在那里让他画，他就不可思议地表达出来了；昏暗的林地潜藏的沉默的精灵，在开阔的田野里隐身漫步，突然间展示自己，宛若林中仙女，不知害怕，因为画家追求她的灵魂已经觉醒，知道奇妙的梦幻只有奇妙的东西才能显现出来；似乎只是物质的形态和式样变得精致了，获得了一种象征性的价值，仿佛它们就是某种其他更为完美的形式的样品本身，可以使其影子变成真实：这是多么奇怪啊！他想起来历史上的某些东西。难道那位思想艺术家柏拉图②

---

① 古希腊神话中人物，力大无比。

② 柏拉图（Plato，公元前427—公元前347），古希腊哲学家，创办学园，提出理念论和灵魂不朽说，对西方哲学的发展影响极大，著有三十多篇对话和书信等。

不是第一个分析过它吗？难道波纳洛蒂①没有把它雕刻在十四行诗般色彩的斑斓大理石上了吗？但是，它在我们自己的美中就是匪夷所思的。……是的，道连·格雷这个少年无意中对妙笔成就这幅美妙绝伦的肖像的画家产生的作用，他如今要对道连·格雷尝试一下了。他要设法控制他——确实已经控制了一半了。他要让那个美妙的精灵成为他自己的。这个爱情和死亡的儿子身上，有某种令人神魂颠倒的东西。

突然他站住了，打量一下房子。他才知道他已经走过了他姑妈的房子很远了，于是，他自己粲然一笑，返了回来。他走进有些昏暗的过厅，管家告诉他别人已经去用午餐了。他把帽子和拐杖递给管家，直接进了餐厅。

"一贯晚到，哈里。"他姑妈喊道，冲他摇了摇头。

他编了一个搪塞的理由，在姑妈身边的空座位卜坐下，环视在座的客人都是谁。道连·格雷从餐桌的另一头冲他羞涩地点了点头，快活的红晕在脸颊悄悄泛起。对面坐的是哈利公爵夫人——一位令人敬慕的心地善良、脾气随和的淑女，认识她的人都很喜欢她，身段具备各种宽阔的建筑比例，换在不是公爵夫人的女人身上，这身段会被当代历史学家描绘成敦实。公

---

① 即米开朗琪罗·波纳洛蒂（Michelangelo Buonarotti，1475—1564），意大利文艺复兴盛期雕刻家、画家、建筑师和诗人，主要作品有雕像《大卫》《摩西》；壁画《最后的审判》以及建筑设计作品罗马圣彼得大教堂圆顶等。

爵夫人右边坐的是托马斯·伯登爵士，议会里的激进议员，在公众生活里和领袖亦步亦趋，在私人生活里则紧跟最好的厨子，与保守党人同桌进餐，思想上却和自由党人沆瀣一气，遵循了一种明智而著名的规则。公爵夫人左边坐的是特雷德利的厄斯金先生，一位很有魅力和文化的老资格上等人，却养成了默然无语的不好习惯，他曾向阿加莎夫人解释说，这是因为他把三十岁之前的话都说完了。他的邻座是范德勒太太，是他姑妈的莫逆之交，在女人中是一位完美的圣人，美中不足的是邋遢得吓人，总让人想到一本装订糟糕的赞美诗集。所幸的是，范德勒太太另一边坐的是福德尔勋爵，一个极具智慧的中年凡人，头顶赤裸，与下议院的内阁报告书内容有一比，而范德勒太太正在起劲地与他交谈，这下犯了不可原谅的错误，正如福德尔勋爵声称的，所有真正的好人都犯这种错误，竟然无一能幸免。

"我们正在谈论可怜的达特穆尔呢，亨利勋爵，"公爵夫人大声说，隔着餐桌冲他愉快地点头，"你认为他真的要娶那个要命的美国年轻女子吗？"

"我看她已经决意向他求婚了，公爵夫人。"

"这可不得了！"阿加莎夫人嚷嚷道，"说真的，有人应该干预一下才好。"

"我听相当权威的人士说，那女子的父亲经营一家美国干货店。"托马斯·伯登爵士说，一副高高在上的样子。

"我舅舅已经说是包装猪肉的了，托马斯爵士。"

"干货！什么算是美国干货呢？"公爵夫人问道，不解地举起了那双大手，把"算是"二字说得很重。

"就是美国长篇小说嘛。"亨利勋爵回答着，取了一块鹌鹑肉吃。

公爵夫人一脸迷惑。

"别听他瞎说，亲爱的，"阿加莎夫人说，"他说什么话都是信口胡诌的。"

"美国被发现时就在所难免了。"那个激进的议员说，随后开始讲述一些枯燥的事实。如同所有试图把一个话题谈透的人一样，他把自己的听众也烦透了。公爵夫人长叹一声，行使自己的身份打断了他的话。"但愿美国压根儿没有被发现！"她大声说，"真的，现今我们的姑娘们都没有机会了。这太不公道了。"

"也许，美国说到底从来就不是被发现的，"厄斯金先生说，"要我说，美国只是被发觉的。"

"噢！我见识过那些居民中的一些人，"公爵夫人模棱两可地说，"我不得不承认，她们中多数都生得非常俊俏。她们穿戴得也不俗。她们可都是在巴黎购置服装呢。我要是也能在巴黎购买服装就好了。"

"人们说，美国好人死的时候都去巴黎。"托马斯爵士咯咯笑道，肚子如同一个装满二手滑稽衣服的大衣柜。

"真的啊！那么美国坏人死的时候去哪里呢？"公爵夫人询问道。

"他们到美国去。"亨利勋爵嘟囔说。

托马斯爵士皱起了眉头。"恐怕你这侄儿对那个伟大的国家怀有偏见，"他对阿加莎夫人说，"我在美国周游过，乘坐向导提供的马车，在旅游这种事情上，他们都很有教养。我跟你说吧，那就是一次访问美国的教育。"

"这么说，为了接受教育，我们必须真的去看看芝加哥吗？"厄斯金先生苦巴巴地说，"我可受不了这种旅行。"

托马斯爵士挥了一下手。"特雷德利的厄斯金先生把世界摆在他的书架上了。我们这些讲究实际的人喜欢眼见为实，而不是在书本里欣赏。美国人是非常有趣的人。他们非常讲道理。我认为这正是他们显著的性格。是啊，厄斯金先生，一个绝对讲道理的民族。我跟你说，美国人没有信口胡说的。"

"太可怕了！"亨利勋爵叫道，"我能忍受粗鲁的力量，不过粗鲁的理智却是根本受不了。利用理智是很不公道的。那是对智慧的打击。"

"我不明白你在说什么。"托马斯爵士说，脸色越发红了。

"我明白，亨利勋爵。"厄斯金先生小声说，莞尔一笑。

"悖论听来倒是很有意思……"托马斯爵士附和道。

"这就是悖论吗？"厄斯金先生问道，"我可不认为。也许就算是吧。哦，悖论之论就是真理之论。为了检验真实，我们必须在把它放在紧绷的绳索上。只要真实变成杂技演员，我们就能判断它们了。"

"天哪！"阿加莎夫人喊道，"你们男人真是喜欢争吵！我敢说，我从来就没有弄懂你们在说些什么。噢！哈里，烦透你了。你为什么劝说可爱的道连·格雷先生不在东区帮忙呢？我向你保证，他可是求之不得的人物。他们会喜爱他的演奏的。"

"我想让他为我演奏。"亨利勋爵喊道，微微一笑，向餐桌那头望去，看见了明亮的回眸。

"可是惠特查佩尔的人很不高兴。"阿加莎夫人接着说。

"我什么事情都同情，就是不同情受苦。"亨利勋爵说，耸了耸肩膀，"我就是不能同情受苦。苦难太丑陋，太可怕，太压抑了。现代人同情苦难是一种非常可怕的病态。人们应该同情颜色、美、生活之乐。生活的煎熬越少说越好。"

"可是，东区是一个很要命的麻烦。"托马斯爵士说，神色凝重地摇了摇头。

"没错儿，"年轻的亨利勋爵回答说，"那是奴役的麻烦，我们试图取悦奴隶来解决这一麻烦。"

那个政治家津津有味地看着他："那么，你有什么好建议改变现状吗？"

亨利勋爵哈哈大笑。"我不要求英格兰发生任何改变，只要天气变化一下就好，"他回答说，"我对哲学上的思考很满足。可是呢，眼看十九世纪因为同情泛滥成灾而破产，我倒是建议利用科学让我们走上正道。感情的好处就是把我们领入歧路，而科学的好处是不讲感情。"

"可是我们都有不可推卸的责任啊。"范德勒太太贸然说，口气怯生生的。

"确实不可推卸。"阿加莎夫人附和说。

亨利勋爵望了望厄斯金先生："人性太把自个儿当回事儿了。它是这世界的原罪。如果山顶洞人早知道如何发笑，那么历史的发展会截然不同。"

"你这番话很让人感到宽慰，"公爵夫人呜咻般说道，"我一看见你亲爱的姑妈，就总觉得愧疚，因为我对东区一点也不感兴趣。这下好了，我以后看见她不会感到脸红了。"

"脸红是非常好看的，公爵夫人。"亨利勋爵评论说。

"只有年轻人脸红才好看，"公爵夫人答道，"一个像我这样的老女人脸红，那才让人难受呢。啊！亨利勋爵，多希望你能告诉我怎样才能变得年轻。"

亨利勋爵想了一会儿："你能想起来你年轻的时候犯下过什么重大过错吗？"他问道，隔着餐桌打量她。

"恐怕多了去了。"她惊叫道。

"那就再把那些罪过重犯一遍，"他一本正经地说，"要想焕发青春，只管重复干过的蠢事就很灵。"

"好开心的理论啊！"她大声嚷嚷说，"我一定要付诸实践。"

"多么危险的理论啊！"托马斯爵士从嘴缝里哼道。阿加莎夫人摇了摇头，却也掩饰不住一腔兴趣。厄斯金先生也在聆听。

"是的，"亨利勋爵接着说，"这是生活的一大秘诀。当今之日，多数人都因为一种戒慎恐惧的常识死掉了，等到发现永远不会为自己的错误感到遗憾时，一切都来不及了。"

餐桌上响起一阵哄笑。

他玩弄着这个观念，越来越为所欲为了；先把它扔到空中，然后再让它变形；让它逃脱，然后再把它逮住；依靠想象让它五彩斑斓，然后依靠悖论让它飞翔。他不停地玩弄下去，这场溢美愚蠢的把戏上升到了一种哲学高度，而哲学本身又变得年轻，抓住了发疯的快活的音乐，你可以想象，哲学穿起了酒渍点点的长袍，戴上常青藤花冠，像一个酒神一样在生命的群山上舞蹈，嘲笑迟缓的塞列努斯[①]不会一醉方休。各种事实像受了惊吓的森林万物，在哲学面前逃窜。哲学的白脚踩踏在智慧的莪默·伽亚谟[②]端坐的大压榨石上，等待冒泡的葡萄汁淹住

---

① 古希腊神话中的森林首领，酒神的养父。

② 莪默·伽亚谟（Omar Khayyam，1048？—1123），波斯诗人，代表作是《鲁拜集》，其中有著名的歌颂葡萄酒的诗句。

了她赤裸的腿而紫色的泡沫还在翻腾，或者她在酒缸后面酒水淋漓的斜坡上的红色泡沫里爬来爬去。这是一次不同凡响的即兴表演。他感觉道连·格雷的眼睛一直盯着他，意识到他的听众里有一个他希望深深吸引的少年，因此似乎神思格外敏捷，给他的想象力增添了色彩。他卓越，奇异，天马行空。他把自己的听众搞得晕头转向，只会跟着他哈哈大笑。道连·格雷始终注视着他，像中了魔咒一样坐在那里，嘴边的微笑去了又来来了又去。两只深邃的眼睛里惊奇的眼神越来越严肃了。

最后，现实身着时代的服装，以一个仆人的形态走进了餐厅，告诉公爵夫人她的马车在等待。公爵夫人装出失望的神态，把手绞在一起。"真是讨厌透了！"她喊叫说，"我不得已告辞了。我还要到俱乐部接上我的丈夫，送他去威利斯会厅参加一个荒唐的会议，他要去当主席。要是我晚了，他一准会大发雷霆，戴了这顶帽子又不便吵架。这帽子一碰就碎。一个严厉的词儿都能震碎它。不，我必须走了，亲爱的阿加莎。再见，亨利勋爵；你很能让人感到快活，又能让人灰心丧气。我敢肯定我不知道对你的高论说什么好。你务必抽个夜晚来和我们一起进餐。星期二行吗？星期二你没有约会吧？"

"为了你，我和谁爽约都在所不惜，公爵夫人。"亨利勋爵说着，鞠了一躬。

"啊！你这样太好了，也太不对了，"她叫道，"那就说好来吧。"随后她一阵风走出了餐厅，阿加莎夫人和别人的女士送了出去。

亨利勋爵重新坐下后，厄斯金先生绕过来，拉了一把椅子坐在他身边，把手放在了他的胳膊上。

"你谈起书来滔滔不绝，"他说，"为什么不写一本呢？"

"我读书上瘾，也就不想写书了，厄斯金先生。我倒是很想写一部长篇小说；写一本像波斯地毯一样可爱而又不真实的长篇小说。不过，英格兰没有文学大众，他们只读报纸、低档读物和百科全书。世界上所有的民族，只数英国人没有文学的美感。"

"恐怕你是对的，"厄斯金先生说，"我自己过去很有文学雄心，但是我很久以前就放弃了。而现在，我亲爱的年轻朋友，要是你允许我这样称呼你的话，我可以问一下，你在午餐桌边对我们说的话是否当真？"

"我说了些什么，我早忘了，"亨利勋爵笑道，"都很坏吗？"

"很坏，没错儿。事实上，我认为你极其危险，一旦我们心地善良的公爵夫人出了什么闪失，我们都会唯你是问，认为你是要负直接责任的。不过，我还是喜欢和你谈谈人生。我生来忝列其中的这代人很没劲。哪天你讨厌伦敦了，请到特雷德利来，我有幸存了一些很受欢迎的勃艮第葡萄酒，你喝好酒了向我好好谈一谈你的快活哲学。"

"我求之不得呢。拜访特雷德利是难得的好事儿。它拥有一个完美的主人和一个完美的图书馆。"

"你来了就十全十美了。"老先生回答说,客客气气地鞠了

一躬,"现在我必须和你这位了不起的姑妈辞别了。我该去雅典娜文学园了。这会儿应该是我们在那里睡觉的时候。"

"你们全都去吗,厄斯金先生?"

"我们四十个人,坐在四十把扶手椅子上。我们在为英国文学院士做准备呢。"

亨利勋爵大笑,站了起来。"我要上海德公园了。"他喊道。

他就要走出门时,道连·格雷碰了一下他的胳膊。"我和你一起去吧。"他小声说。

"可是我以为你已经答应了巴兹尔·霍尔沃德,说好要去看他的。"亨利勋爵答道。

"我还是和你去吧;是的,我觉得一定要和你去。让我去吧。你会答应始终跟我聊天吗?你谈吐不凡,无人能及。"

"啊!我今天说得够多的了,"亨利勋爵说,微笑起来,"现在我只想审视生活。要是你想去,那就跟我一起去审视吧。"

第四章

　　一个月以后，一天下午，道连·格雷斜倚在亨利勋爵位于五月墟市①家中一把奢侈的扶手椅子里。这是一间独具风格的很有味道的房间，橄榄色橡木高装护墙板，奶油色中楣，浮雕灰泥天花板，青砖灰色毡毯上铺了长丝流苏的波斯小地毯。一张微型椴木桌子上，摆了一件克罗迪翁②的小雕像，旁边放了一本《百篇故事集》，是克洛维斯·伊夫③为瓦卢阿的玛格丽特④装订的，封面上布满女王为自己的纹章选中的镀金菊花。壁炉架上摆放了几件大青花瓷瓶，里面插了些仿制的郁金香，通过窗户的铅条小窗格，伦敦夏日的杏黄色阳光照射进来。

　　亨利勋爵还没有进来。他总是迟到，原则一贯，因为他的原则是守时只是时间的小偷。因此，这少年看起来很无聊，无精打采的手指在翻动精美插图本《曼农·莱斯科》⑤，那是他在书架上找到的。路易十四时期风格的座钟，不紧不慢的单调的嘀嗒声让他不堪忍受。有一两次他都想一走了之。

　　终于，他听见外面响起脚步声，随后门开了。"你来得也太迟了，哈里！"他嘟囔说。

　　———————————————————

① 伦敦海德公园东边的贵族住宅区，上流社会活动的场所。

② 克罗迪翁（Clodion，1738—1814），法国雕塑家。

③ 克洛维斯·伊夫（Clovis Eve，1584—1635），法国宫廷图书装订师，以奢侈夸张的风格闻名。

④ 玛格丽特（Margaret，1553—1615），法国国王亨利·纳瓦尔的妻子，以生活豪华放荡出名。

⑤ 法国作家普拉沃斯特的一部长篇小说，以描写爱情与纵欲的冲突而闻名。

"恐怕还不是哈里呢，格雷先生。"一个尖细的声音回答道。

他赶紧循声望去，站了起来。"对不起，我以为——"

"你以为是我的丈夫吧。可原来是他的妻子。你务必让我自我介绍一下。我看过你的照片，很熟悉你了。我想我丈夫弄到了十七张你的照片。"

"不是十七张吧，亨利夫人？"

"哦，那就是十八张。我还看见你前天夜里和他在剧院里看话剧了。"她一边说，一边神经质地大笑，还用那种勿忘我的暧昧眼神看着他。她是一个奇怪的女人，身上的服装看上去仿佛是一怒之下设计的，穿在身上便会大发雷霆。她通常和某个人相爱，而且，因为她的情欲从来没有回报，便把所有的幻想保留下来。她努力做出生动如画的模样，结果却是一副不整洁样子。她名叫维多利亚，养成了上教堂的完美癖好。

"我想那是《罗恩格林》①吧，亨利夫人？"

"是的；是可爱的《罗恩格林》。我喜欢瓦格纳的作曲，觉得比谁的都好。曲调高亢，演出期间你只管说话，别人却听不见你在说什么。这可是一大好处啊；你不认为吗，格雷先生？"

她薄薄的嘴唇发出了同样神经质的急促的大笑，她的手指开始玩弄一把长长的玳瑁把子裁纸刀。

---

① 德国作曲家瓦格纳(Richard Wagner, 1813—1883)的一部歌剧，首演于1850年。瓦格纳的歌剧在西方歌剧史上具有革命性意义。

　　道连莞尔一笑，摇了摇头。"恐怕不敢苟同，亨利夫人。我在演唱期间从来不说话，至少在美好的音乐演出时不说话。如果碰上不好的音乐，那倒是有责任用谈话把它盖住。"

　　"啊！这正是哈里的一个观点，不是吗，格雷先生？我总是从哈里的朋友口里听到他的观点。这是我了解他们的唯一途径。不过，你一定不要以为我不喜欢美好的音乐。我敬重美好的音乐，可是又害怕。美好的音乐让我浪漫情怀勃发。我对钢琴家简直崇拜极了——有一两次，甚至经常，哈里都这样说我。我不知道他们身上有种什么力量。也许，那是因为他们都是外国人吧。他们全都是外国人，不是吗？就是出生在英格兰的人，不久以后还会成为外国人，难道不是吗？他们实在是聪明，对艺术也大有好处，难道不是吗？使艺术世界化了，难道不是吗？你从来没有光临过我的晚宴，是吧，格雷先生？你一定要来。我买不起兰花，不过在外国人身上不怕花钱。他们光临，能使寒舍蓬荜生辉。哦，哈里来了！——哈里，我进来看你，问你一些事情——我忘记了是什么事儿了——不过我看见格雷先生在这里。我们一起聊音乐聊得很开心。我们两个的观点全都一样。不，我想我们两个的观点截然不同。不过，他这人可爱极了。我很高兴碰上了他。"

　　"太好了，亲爱的，太好了，"亨利勋爵说着，扬起了他那两条月牙状黑眉毛，带着开心的微笑打量他们，"对不起，我来晚了。我到沃德尔街看了一块老款锦缎，砍价花了好几个小时。当今之日，人们都知道什么东西都有个价钱，就是不知什么东西都有价值。"

"恐怕我得走了，"亨利夫人大声说，突然傻呵呵笑起来，打破了尴尬的沉默，"我说好要去和公爵夫人一起兜风。再见，格雷先生，哈里。我说你们到外面用餐好吗？我也在外面吃了。也许我会在索恩伯里夫人家见到你们呢。"

"保不准，亲爱的。"亨利勋爵说，把她身后的门关上，看去像是大堂的一只鸟儿在雨中度过了整整一夜，她倏然闪出了家门，留下了一溜淡淡的鸡蛋花的香气。然后，他点上一支香烟，猛地坐在了沙发上。

"千万别娶长了一头干草色头发的女人，道连。"他吸了几口烟，说。

"为什么，哈里？"

"因为她们感情泛滥。"

"不过我喜欢有感情的人。"

"千万别娶这种女人，道连。男人结婚是因为他们累了；女人嫁人是因为她们好奇；双方都会灰心丧气的。"

"我想我不喜欢结婚，哈里。我掉进爱河出不来了。这正好是你的一句格言。我把它付诸实践了，如同我实践你说的每件事情一样。"

"你和谁掉进爱河了？"亨利勋爵停顿少许，问道。

"和一个女演员。"道连·格雷说，脸红了。

亨利勋爵耸了耸肩。"这是一次相当稀松的首场演出。"

"要是你看见她，就不会这样说话了，哈里。"

"她是谁？"

"她叫西比尔·范尼。"

"从来没有听说过。"

"谁都没听说过。不过，有朝一日人们会听说的。她很有天分。"

"我亲爱的孩子，女人都不会有什么天分。女人只是一种装饰性别。她们根本没有什么可说的，却能把话说得让人入迷。女人就是物质胜过精神的化身，正如男人是精神胜过道德的化身。"

"哈里，你这话怎么讲？"

"亲爱的道连，这是千真万确的。目前我正在分析女人，所以我应该很清楚她们。这个课题不像我原以为的那样深奥。我终于弄明白，世上只有两种女人，一种是素面朝天，一种是浓妆艳抹。素面朝天的女人很有用处。如果你想争取德高望重的名声，那你只管带她们去吃晚餐好了。浓妆艳抹的女人很有魅力。不过，她们犯了一个错误。她们化起妆来是为了争取看上去年轻。我们的祖母们化起妆来是为了争取说话时显得神气。胭脂和精神过去是不谋而合的。现在那套过时了。只要女人看上去比她的女儿年轻十岁，她就会心满意足。至于交谈，全伦敦只有五个女人值得聊聊天，其中两个女人还配不上进入正派的上流社会。不管怎样，跟我说说你的才女吧。你认识她多久了？"

"啊！哈里，你的观点让我害怕。"

"别往心里去。你认识她多长时间了？"

"三个星期。"

"你在哪里遇见她的？"

"我会跟你说的，哈里；不过你一定不要对这事儿漠然处之。说到底，如果我从来没有遇上你，这事儿也根本不会发生。你的点拨让我茅塞顿开，急于知道生命的所有事情。我遇见你之后的几天里，我的血管里似乎有某种东西在跳动。我在海德公园溜达，或者在皮卡迪利广场散步，我便习惯打量从我身边走过去的每一个人，对他们好奇得要命，猜度他们过着什么样的生活。一些人让我十分着迷。另一些人则让我不寒而栗。空气中有一种敏感的毒药。我对各种刺激都充满情欲。……哦，一天夜晚，大约七点钟，我下了决心，要到外面寻求某种冒险。我感觉我们这个灰蒙蒙、阴森森的伦敦，居民众多，罪人肮脏，罪孽深重，正如同你曾经总结的，一定为我准备了什么东西。我想象出了上千种东西。只是危险这一种就让我感到快活。我想起了我们第一次一起用餐的那个奇妙的晚上，你说过的那些话，说生命的真正秘密就是寻求美。我不知道我期望什么，但是我出门了，一路向东边走去，在肮脏的街道和黑乎乎没长草的广场迷宫一样的地带，我迷路了。转到大半夜，我路过了一个不合常规的小剧场，只见大汽灯光芒夺目，演出剧目色彩斑斓。一个讨厌的犹太人，穿了一件我从来没有见过的吓人的马甲，站在剧院门口，叼着一根劣质雪茄。他留着油腻腻的鬈发，脏兮兮的衬衫中间有一个闪光的大钻石。'要包厢吗，先生？'他一看见我就追问道，一边摘下帽子，做出一种讨好迎奉的谄媚样子。他身上有些东西，哈里，让我觉得有趣。他简直就是一个大怪物。你会笑话我，我知道，可是我真的就进了剧院，为那个舞台包厢付了整整一个畿尼①。直到今天，我也弄不明白我当时为什么会那样做；可是如果我没有进去——亲爱的哈里，如果我没有进去，那么，我就会错过我一生中最大的罗曼司了。我看见你在笑。你这人真是可怕！"

"我没有笑，道连；至少我没有笑话你。不过，你不应该说那就是你一生中最大的罗曼司了。你应该说是你一生中最早的罗曼司。你以后总会有人爱的，而且你总会带着爱情陷入爱河的。多情是无事可做的人的优势。那正是一个国家的有闲阶级总能派上用场的玩意儿。别害怕。你未来还有很多美妙的事

---

① 旧时英国金币，合二十一先令。

情呢。这仅仅是一个开头。"

"你认为我的本性是肤浅的吗？"道连·格雷嚷叫道，很生气的样子。

"不，我认为你的本性是很深沉的。"

"你这话什么意思？"

"我亲爱的孩子，那些一生中只爱过一次的人，才是真正肤浅的人呢。他们称之为忠诚，可他们的忠诚，我却认为是习惯性冷漠或者缺乏想象力。对感情生活来说，忠诚好比智慧生活的稳定——不过是承认种种失败罢了。忠诚！哪天我一定要好好分析一下。忠诚的骨子里不过是追求财产的情欲。如果我们不怕别人捡回家去，我们会扔掉很多东西。不过，我不想打断你。接着说你的故事吧。"

"哦，我就这样坐在了那个可怕的私人包厢里，正面对着我的是一道低俗的帷幕。我从帘后面向外看，观察整个剧院。剧院布置得花里胡哨，要多俗气有多俗气，全都是丘比特和丰饶角，真像一个三流的婚礼蛋糕。廉价座和正厅后座坐满了人，不过两排黑魆魆的前座却空荡荡的，在我认为他们称作花楼的那地儿，简直一个人也没有。女人端着橘子和姜汁酒走来走去，坚果的消耗量相当可观，哔哔剥剥响个不停。"

"那情景一定如同英国戏剧最红火的时候。"

"想来就是那红火的样子吧，不过非常压抑。我开始嘀咕我究竟应该干什么，这时我看见了剧目单。你以为他们在演出哪出戏，哈里？"

"我想应该是《白痴儿或者哑巴天真》吧。我相信，我们的先人过去都喜欢这种戏。道连啊，我活得越久，越强烈地感觉到，对我们祖先相当好的东西，对我们来说却相当不好。艺术上如同政治上，先人总是不对的。"

"这出戏对我们来说却相当好，哈里。那是《罗密欧与朱丽叶》。我得承认，看见莎士比亚在这样一个糟糕的小窟窿里上演，我感到很恼火。不过，在某种程度上我还是很感兴趣的。无论怎样，我决意看完第一幕演出。乐队那个吓人，是由一个坐在吱吱嘎嘎作响的钢琴前的年轻犹太人指挥的，差一点把我吓跑了，不过帷幕终于拉开了，演出开始了。罗密欧是一个五短身材、上年纪的上等人，软木炭涂黑的眉毛，一副沙哑的悲剧嗓子，形象如同一个啤酒桶。茂丘西奥的形象也坏得不能再坏了。由一个低级的喜剧演员出演这个角色，插科打诨拿自己开涮，倒是和正厅后座的观众混得烂熟。他们如同布景一样怪模怪样，看上去像是出自乡村的草台班子。可是，朱丽叶啊！哈里，想象一个姑娘，还不足十七岁，生了一张花朵一样的脸，一颗纤巧的古希腊人的头上盘了一圈儿又一圈儿深棕色头发的辫子，两只紫罗兰般的眼睛溢满情欲，嘴唇宛如玫瑰的花瓣儿。她是我一生中见过的最可爱的东西。有一次你对我说，悲情让你无动于衷，但是美，只是美，却能给你的两眼填满泪水。我跟你说，哈里，我顿时泪眼婆娑，一片朦胧，简直就看不清这个姑娘。而她的声音——我从来没有听到过那样一副好嗓子。一开始，她的嗓音很低，沉稳，柔美，似乎像歌声一样来到了你的耳边。随后，声音渐渐高起来，听起来像笛子或者远处的双簧管那般悠扬。在花园那场戏里，她的嗓子具有了催人颤抖的狂喜效果，好比黎明前夜莺在放喉歌唱。后来，有那么一些时刻，她的嗓子具有了小提琴的狂野的情欲。你知道一副好嗓子居然能这样让人激动不已。你的嗓子和西比尔·范尼的嗓子就是两样我永远难忘的东西。只要我闭上眼睛，我就能听见它们，都有与说话很不一样的东西。我不知道听谁的好。我怎么能不爱她呢？哈里，我真的很爱她。她是我生命的一切。一夜接一夜，我都去看她演出。一天晚上，她出演罗瑟琳[①]，接下来的夜晚她出演伊摩琴[②]。我看见她就要死在意大利的墓穴的昏暗中，从她情人嘴唇里吮吸毒汁。我看见她在亚登森林里游荡，装扮成了一个俊朗的男孩儿，身着紧身裤和马甲，头戴帅气的帽子。她扮演疯女子，来到一个罪恶的国王面前，送给他芸香戴，品尝苦草滋味儿[③]。她扮演纯洁的女子，妒火中烧的

---

① 莎士比亚名剧《皆大欢喜》中的女主角；下文提到的亚登森林也是此剧中的场景。
② 莎士比亚名剧《辛白林》中的女主角。
③ 在莎士比亚名剧《哈姆雷特》中扮演奥菲利娅的情节。

黑手掐断了她芦苇般纤细的脖子[1]。我观看了她扮演各种年龄段的角色，穿戴每一种服装。平常的女人永远不能唤起你的想象力。她们局限于她们的世纪。没有光彩能让她们焕然一新。你一看见她们的帽子，就能了解她们的头脑。你随时都能找到她们。她们身上没有一点神秘的东西。她们早上在海德公园骑马，下午吃着下午茶点聊天。她们有的是固定不变的微笑，有的是时髦的举止。她们在哪里都看得见。然而，一个女演员！一个女演员就截然不同了！哈里！你为什么没有告诉我，唯一值得爱的东西是一个女演员呢？"

"因为我爱恋的女演员无以数计，道连。"

"噢，是的，只是些染过头发、涂抹过脸的可怕人儿吧。"

"别小看那些染过头发、涂抹过脸的人儿。有时她们身上有一种不同凡响的魅力。"亨利勋爵说。

"但愿现在我没有跟你说起西比尔·范尼就好了。"

"可你忍不住要告诉我，道连。你这一辈子，你干的每一件事情，你都会跟我说的。"

"是的，亨利。我相信这是真的。我忍不住要告诉你一切。你对我有一种奇怪的影响。如果我真的犯下罪恶，那我也会来向你倾吐的。你能理解我嘛。"

---

① 出演莎士比亚名剧《奥赛罗》中的女主角苔丝德蒙娜的情节。

"你这种人——生活的恣意照射的阳光①——是不会犯罪的，道连。可是，我同时也很感谢你恭维我。现在告诉我——像个好孩子样，把火柴递给我，谢谢——你和西比尔·范尼实际关系②怎么样？"

道连·格雷一下子跳起来，脸通红，两眼怒火。"哈里！西比尔·范尼是神圣的！"

"正因为是神圣的东西，你才值得去碰一碰，道连。"亨利勋爵说，话音里有一丝奇怪的悲哀，"可你为什么会恼火呢？我想她迟早是你的人。人一旦有了爱情，就总会开始欺骗自己，又总是以欺骗别人而告终。这就是世人所谓的罗曼司吧。我想你无论如何也了解她吧？"

"我当然了解她。我上剧院的第一天夜里，那个可怕的老犹太人在演出结束后便来到包厢，主动领我到幕后，把我介绍给她了。我当时还很气愤，告诉他朱丽叶几百年前就已经死了，她的尸体躺在维罗纳的石墓里。我想，看他那张吃惊的茫然表情，他一定以为我喝多了香槟酒，或者别的什么。"

"我一点也不觉得惊讶。"

"然后，他问我是否给报纸写几篇文章。我告诉他我从来

---

① 原文 sunbeams 亦有"爽朗的孩子"一解，此处按字面意思译出。
② 暗指两性关系，所以才有道连·格雷过激反应；从中看得出伦敦上流社会的性关系状况，表面上很有秩序，文字里不能有所反映。王尔德最后走到同性恋，与这种社会风气很有关系。

就不看报纸。他听了似乎深感失望，跟我吐露心声，说所有的戏剧批评家都合谋在一起和他作对，不得不一个个花钱买通。"

"我一点不怀疑他这番话的真实性。不过，另一方面，从戏剧评论枪手的样子看，多数人无须花大价钱就能买通。"

"嗯，他似乎认为他们的要价是要让他剥一层皮，"道连大笑道，"就在这时候，剧院的灯光熄灭了，我只得离去。他想让我尝尝他一再推荐的雪茄。我谢绝了。第二天晚上我当然又去那个剧院了。他看见我时深深地鞠了一躬，恭维我是艺术的慷慨的解囊人。他是一个咄咄逼人的粗人，尽管他对莎士比亚倾注了一种超常的情欲。他又一次跟我说，带着几分得意，因为经营剧院他已经破产了五次了，都是为了这个'吟游诗人'，他开口闭口都这样称呼莎士比亚。他似乎认为这是一种不同凡响的举动。"

"算得上一种不同凡响的举动，亲爱的道连——相当地不同凡响。多数人是因为不知轻重地经营平淡的生活而破产了。投资诗歌而毁掉自己确是一种荣誉。可是，你和西比尔·范尼第一次说话是什么时候？"

"第三天夜里。她扮演罗瑟琳。我忍不住绕到台边去了。我向她扔了一些鲜花，她打量了我；至少我以为她打量了我。那个老犹太人很有股劲头。他似乎决意把我领到后台，我也就同意了。说来有趣，我还不想认识她，怪不怪？"

"不，我可不这样想。"

"我亲爱的哈里，为什么？"

"我以后找时间告诉你。现在我想了解那个姑娘的情况。"

"西比尔吗？噢，她可害羞了，温柔万端的样子。她身上还有一些孩子气呢。她把眼睛睁得大大的，听我说出对她的表演的看法时，全然一副惊讶的表情，似乎根本没有意识到她的能量。我想我们两个都有些紧张。那个老犹太人站在布满灰尘的休息室门口，笑眯眯的样子，说了我们两个很多好话，而我们两个却像孩子一样站在那里，你看我我看你的。老犹太人坚持叫我'先生'，因此我不得已向西比尔解释，根本不是这么回事儿。她听了索性对我说：'你看上去更像王子。我一定要叫你迷人的王子。'"

"听听，听听，道连，西比尔小姐很懂如何恭维人啊。"

"你不了解她，哈里。她完全把我当成戏里的人了。她对生活根本不了解。她和她母亲一起生活，一个枯萎的衰败的老女人，第一天夜里她扮演凯普莱特太太①，身穿洋红演出服，看起来好像她有过风光的日子。"

"我知道那种样子。那样子让我痛苦。"亨利勋爵嘟囔说，开始端详他的戒指。

---

① 莎剧《罗密欧与朱丽叶》中的角色，朱丽叶的母亲。

"那个老犹太人想告诉我她的身世，但是我说什么身世不身世的，没有兴趣。"

"你这下太对了。议论别人的悲剧总是很不地道的勾当。"

"西比尔才是我唯一关心的东西。她来自什么地方，与我有什么关系？瞧瞧她那纤巧的脑袋，那纤巧的脚丫，绝对的完全的神圣。我生命的每个夜晚都用来去看她的演出，她每个夜晚都变得更加超凡脱俗了。"

"我这下明白现在你一直没有和我一起进餐的原因了。我猜想你一定摊上了什么美妙的罗曼司。你果真摊上了；不过，这事儿和我期望的还有距离。"

"亲爱的哈里，我每天不和你吃午餐，就一起吃晚餐，我和你好几次到剧院看歌剧。"道连说，两只蓝眼睛睁得大大的，感到不解。

"你总是来得很晚啊。"

"哦，我忍不住要去看看西比尔演出，"他叫道，"哪怕只是一场戏也行。我如饥似渴地看她在舞台露面；一想到一颗奇妙的灵魂藏在她那纤巧的象牙般的身体里，我就满心敬畏。"

"你今天晚上能和我一起用餐吧，道连，对不？"

道连·格雷摇了摇头。"今天晚上她演出伊摩琴，"他回答说，"明天晚上她又演出朱丽叶。"

"什么时候才是西尔比·范尼呢？"

"永远不会了。"

"祝贺，祝贺。"

"你这人真是可怕！她是把这世上的伟大女主角一肩单挑了。她不只是一个人了。你笑了，可是我跟你说，她很有天分。我爱她，我一定要让她也爱我。你，一个深谙生命秘密的人，指点我如何吸引西比尔·范尼也爱上我吧！我要让罗密欧吃醋。我要让这世界的那对殉情的恋人听见我们的笑声，嫉妒得发疯。我要让我们的情欲气息把他们的骨质激活，把他们的骨灰烧疼。天哪，哈里，我是多么崇拜她啊！"道连一边说话，一边在屋子里走来走去。他的脸颊烧得红斑点点。他兴奋得躁动不安。

亨利勋爵端详着他，露出一种微妙的快意。那个他在巴兹尔·霍尔沃德画室见到的害羞、怯生生的男孩，现在换了个人儿似的。他的本性已经像一朵花一样发展，开出了火焰般的花瓣。他的灵魂从秘密的隐蔽所悄然钻了出来，欲望迫不及待地迎住了它。

"你打算怎么办呢？"亨利勋爵终于开口问道。

"我想要你和巴兹尔哪天晚上和我一起去看她的演出。我一点不怕最后的结果。你们一定会承认她的天赋。然后，我们一定设法把她从那个老犹太人手里解救出来。她和那个犹太人订了三年的契约——起码有两年零八个月吧——从现在算起。当然，我不得不付给那个犹太人一些钱。这一切解决了，我就在西区①找个剧院，让她展示她的天分。她会让世界发疯，如同她让我发疯一样。"

"那是行不通的，我可爱的孩子！"

"行得通，她做得到。她身上不仅有艺术，一流的艺术天赋，还有她的人格；你经常告诉我，转动这个时代的是人格，而不是原则。"

"好吧，哪天晚上我们去？"

"让我看看。今天是星期二。我们定好明天吧。明天她演朱丽叶。"

"那就说妥了。布里斯托尔八点钟见；我把巴兹尔捎上。"

"别在八点钟，哈里，求求了。六点半吧。我们一定要赶在帷幕拉开之前赶到那里。你一定要看看她的第一场，那是她和罗密欧见面的戏。"

"六点半钟！这是什么钟点！那简直就是吃茶点或者读英国小说的时辰嘛。只能是七点钟。没有哪个上等人在七点钟以前用餐的。你还有时间和巴兹尔见面吗？还是我来写信通知他？"

"亲爱的巴兹尔啊！我一个星期没有看见他了。这都怨我混蛋，他早把我的画像装在精美的画框里，送给我了，是他一

---

① 伦敦历史上，西区一直是富人居住的地方；相对东区，西区比较富裕。

手设计的，而且，虽然我有点妒忌那幅肖像比我年轻整整一个月，可我必须承认，我很高兴我是画中人。也许你给他写信合适。我不想一个人见他。他尽说些让我恼火的事情。他总给我提为我着想的主意。"

亨利勋爵莞尔一笑。"人们很喜欢把自己最需要的东西给人。我称这种行为是慷慨的深度。"

"噢，巴兹尔是莫逆之交，但是他对我来说似乎有腓力斯人①的习气。自从我认识你之后，哈里，我觉出了这点。"

"巴兹尔呢，我亲爱的孩子，把他身上所有魅力的东西都画进他的作品里了。结果是，他生命里什么都不剩了，只有他的偏见、他的原则和他的见解了。我所认识的个性让人愉快的艺术家，都是坏艺术家。好艺术家都只存在他们的绘画中，结果他们个人都毫无情趣可言了。一个伟大的诗人，一个真正的伟大的诗人，是各种人物中最没有诗意的人。但是，那些次等的诗人倒是绝对有意思。他们的诗句越糟糕，他们看起来越有诗情画意。只要出版一本二流的十四行诗集，就能让一个人格外神气。他写不出来的诗，他活出来了。另有一种诗人写出的诗，他们不敢去体味。"

"情况真的是这样吗，哈里？"道连·格雷问道，一边从

---

① 原指巴勒斯坦地区西南的居民；现在一般指心地狭隘的实利主义者；没有教养、不懂文学、艺术的低级趣味的人。这里照字面意思译出，似更合角色的口气。

放在桌子上的一个金盖子的大瓶子里往他的手绢上洒香水儿，"你说是这样，那就一定是这样了。现在我要走了。伊摩琴在等我呢。别忘记了明天的事儿。再见。"

道连离开屋子时，亨利勋爵浓密的眼睫毛垂了下来，开始想事儿。确实，以往很少有人像道连·格雷一样对他产生兴趣，可是这个少年对另外一个人发疯的崇拜，却并没有引起他一点点恼火或者妒忌的难受。他倒是因此感到高兴。这让他更加起劲儿地进行琢磨。他过去总是被自然科学的方法所吸引，但是自然科学的一般题目在他看来似乎太过平常，无足轻重。于是，他早已开始拿自己开刀，如同他通过解剖别人而告终一样。人类生命——在他看来是唯一值得调查研究的东西。比较之下，世间没有别的东西有任何价值。说真的，你在生命的苦与乐的奇怪的熔炉里观察生命时，你是无法戴着玻璃面具的，无法避免硫黄的臭味熏坏你的头脑，无法避免让可怕的幻想和噩梦把想象力搅乱。世上的毒药不可思议，你要了解它们的毒性，你不得不中毒才行。有些病症千奇百怪，你不得不体验过后才能彻底明白它们的性质。然而，你得到的报酬是多么丰厚啊！整个世界对你来说变得多么奇妙啊！发现了情欲的奇怪的生硬的逻辑和理性的感情的五彩的生命——观察它们在哪里相聚、在哪里分开、在哪个点上保持一致、在哪个点上南辕北辙——其中包括了何等快活啊！代价多高有什么了不起？任何激动心弦的感受的代价，你付多高都不算高。

他意识到——这个念头给他那两只棕色的玛瑙眼睛带来快活的眼神——正是通过他的某些话，音乐般的谈吐说出的音乐般的话语，道连·格雷的灵魂如今已经转向了那个洁白的姑娘，对她顶礼膜拜。在很大程度上，这个少年是他自己的创造物。他已经把他催得早熟了。这就有些内容了。普通的人等待生命向他们吐露生命的秘密，但是对少数人，对少数精英，生命的秘密在面纱揭开之前就暴露无遗了。有时，这就是艺术的作用，而且主要是文学艺术的作用，立即与情欲和理智产生效应。但是，一种复杂的人格时不时占据位置，接替了艺术的职能；的确，生命本身就是一件真实的艺术作品，拥有其精心制作的杰作，正如同诗歌、雕塑、绘画拥有其煞费苦心的杰作一样。

是的；这少年早熟了。还是春天的季节，他就开始收获了。青春的搏动和情欲本来就在他身上，但是他自我意识到了。观察他是赏心悦目的。他有一张美丽的脸，有美丽的灵魂，堪称一件让人惊奇的东西。这件东西如何了结，或者注定有什么结局，都无关紧要了。他像庆典中或者戏剧中那种光彩夺目的人物，他们的欢乐似乎遥不可及，但是他们的忧愁却能触动你的美感，他们的创伤如同红红的玫瑰。

灵魂和肉体，肉体和灵魂——他们是多么神秘啊！灵魂里有动物性，而肉体里则有精神闪现的时时刻刻。感官可以提炼，理智可以退化。谁能告诉我们肉体的搏动在哪里停止、灵魂的搏动又从哪里开始？普通的心理学家做出的专断定义是多么肤浅啊！可是，在各种各样学派的说法之间断定谁是谁非，是多么困难啊！灵魂是坐在罪孽窝里的影子吗？抑或肉体真的就在灵魂里，如同乔达诺·布鲁诺①思考的？精神脱离物质是一个秘密，精神与物质结合也是一个秘密。

他开始琢磨我们能不能把心理学建立成一门绝对的科学，生命的每个细小的跳动都会在我们面前毕露无遗。实际上，我们总是误解我们自己，也很难理解别人。经验没有伦理的价值。它只不过是人们给他们的错误起的名字而已。道德家照例认为它是一种警告的形式，声称它对塑造性格有一定的伦理作用，还把它褒扬成某种指点我们追随什么、避免什么的东西。但是，经验之中没有动机的力量。它如同良心本身，很少有行动的动因。它向我们真正揭示的一切，是我们的未来和过去一样，我们一旦犯下罪孽，我们尽管厌恶，可还会犯很多次，还欣然而为。

在他看来，很显然，试验性的方法是你科学地分析情欲的唯一途径；道连·格雷无疑就是送到他手边的一个课题，而且似乎只要研究就会有丰富的多产的结果。道连·格雷突然发疯

---

① 布鲁诺（Giordano Bruno, 1548—1600），文艺复兴时期意大利哲学家、天文学家，宣扬泛神论和人文主义思想，发展了哥白尼的日心说，被宗教裁判所判为异端，火刑处死，主要作品有《论原因、本原和一》等，对西方近代社会科学发展影响很大。

地爱上西比尔·范尼，是一种心理现象，小看不得。毫无疑问，这与好奇心很有关系，是对各种新经历的好奇心和要求；不过，这不是简单的感情，而是相当复杂的情欲。少年时代纯粹的感官本能已经通过想象力的功能而变为别的东西，变成了这个少年某种看来距离感官很遥远的东西，而且正因为遥远而更加危险了。我们对情欲的本原讳莫如深，欺骗自己，恰恰是情欲的本原无比强有力地统治着我们。我们最柔弱的动机是那些我们意识到本性的动机。经常发生的情况是，我们满以为我们在别人那里做试验时，恰恰是在我们自己身上做试验。

亨利勋爵坐在那里梦想这些事情时，门边传来了敲门声，他的仆人走了进来，告诉他晚餐穿戴的时候到了。他站起来向大街张望。落日已经把对面那些房子的上窗映成了发红的金色。窗户格子像烧红的金属一样闪着红光。上方的天空像一朵凋谢的玫瑰。他想起了他的朋友的年轻火红的生命，纳闷儿那火红的生命将如何走到尽头。

他回到家里约十二点半，他看见大厅桌子上有一封电报。他拆开，一看是道连·格雷打来的。电报告诉他，他婚事已定，要娶西比尔·范尼为妻。

第五章

"母亲，母亲，我幸福极了！"西比尔姑娘喃喃道，把脸埋进了那个风韵褪尽、面容憔悴的女人怀里，因那女人背向闯入的刺目的光线，坐在一把摆放在脏兮兮的起居室的扶手椅里。"我幸福极了！"姑娘又说一句，"你也一定很幸福吧！"

范尼太太哆嗦一下，把油彩白化的瘦骨嶙嶙的手放在了女儿的头上。"幸福！"她重复道，"西比尔啊，我只有看见你演出才幸福。你一定什么都不要想，只管演戏好了。艾萨克斯先生一直待我们不薄，我们该人家的钱啊！"

姑娘抬脸看看，嘴噘起来了。"钱吗，母亲？"她叫道，"钱有那么重要吗？爱情比钱重要得多。"

"艾萨克斯先生预付给我们五十镑还债，还为詹姆斯置办了必要的行装。你千万不要忘记这个，西比尔。五十镑是一笔大钱啊。艾萨克斯先生做得仁至义尽了。"

"他不是一个上等人，母亲，我很不喜欢他跟我说话的口气。"姑娘说着，站起身子，走到了窗前。

"我不知道没有他，我们母女如何对付下去。"上年纪的女人无可奈何地说。

西比尔·范尼扬了扬头，大笑起来。"我们不需要他了，母亲。迷人王子现在为我们安排生活了。"随后她停了下来。她脸上升起红晕，脸颊红扑扑的。嘴唇瓣儿一张一合，呼吸很快。嘴唇在颤动。情感的一阵南风吹动了她，把她的裙装华美的褶子吹拂起来。"我爱他。"她言简意赅地说。

"傻孩子啊!傻孩子啊!"母亲单调地重复道。她手指弯曲,戴了假戒指,摇来摇去的让这两句话显得怪怪的。

姑娘又呵呵笑起来。她的笑声里有那种笼子里的鸟儿的快活。她的眼睛及时跟着这种声调,放射出回响般的目光;然后,双目闭上,仿佛藏起来眼里的秘密。两眼睁开时,梦境的薄雾已然掠过。

饱经沧桑的扶手椅子里,薄薄的嘴唇在向她吐露生活的智慧,提醒她谨慎行事,引用了一本作者盗用常识之名写出的怯懦处世之书的话。姑娘不听。她在欲望的牢笼里自由飞翔。她的王子,她的迷人王子,是她的了。她已经利用记忆把迷人王子重新塑造。她让自己的灵魂搜寻他,把他带了回来。迷人王子的亲吻又在她的嘴唇上燃烧。她在他的气息吹拂下暖融融的。

然后,智慧改变了方式,讲起了观察的和发现的情况。这个年轻人也许富有。如果真的富有,婚姻倒是应该考虑。世俗的精明算计的波浪,一阵一阵冲击着她的耳廓儿。老谋深算的箭镞从她身边射过。她看见那薄薄的嘴唇张张合合,微笑起来。

突然,她觉得需要说话了。一言不发的沉默让她不堪承受。"母亲,母亲,"她叫道,"他为什么这么爱我?我知道我为什么爱他。我爱他,是因为他像爱情本身应有的样子。可是,他在我身上看见了什么?我配不上他。可是——哦,我说不清楚——尽管我觉得很多方面不如他，可是我并不觉得低贱。我觉得自豪，非常自豪。母亲，你爱我父亲如同我爱迷人王子吗？"

那上年纪的女人的脸颊尽管抹了厚厚的脂粉，还是变得苍白了，干裂的嘴唇因为内心疼痛而瑟瑟抖动。西比尔冲到了她跟前，张开两臂抱住了她的脖子，亲吻她。"原谅我，母亲，我知道说起父亲会让你痛苦。可你感到痛苦是因为你爱他很深。别这么难过了。我今天如同你二十年前那样幸福。啊！我要是永远幸福多好！"

"我的孩子，你年纪轻轻，不应该想到坠入爱河。你连他叫什么名字都不知道。整件事情都云里雾里的，很不真实，可詹姆斯要到澳大利亚去，我不得不考虑很多事情，我只能说，你应该权衡再三才是。但是，如同我说过的，如果他富有的话……"

"啊！母亲，母亲，让我过上幸福生活吧！"

范尼太太瞥了她一眼，而且，多年舞台生涯养成的第二习性让她做出一个虚假的舞台动作，一下子把那姑娘搂在怀里。正在这时，门开了，一个满头蓬乱棕色头发的青年小伙走进屋子。他身材厚实，手大脚大，行动有些笨拙。他不像她姐姐那样被抚养得那么如花似玉。你从旁观察很难猜到他们之间有着一奶同胞的关系。范尼太太两眼端端地看着他，努力笑得更开心些。她在精神上把儿子提升到了满场观众的架势。她真的感觉这情景令人感兴趣。

"我看你也许为我保留你的一些亲吻为好，西比尔。"那小伙子说，善意地嘟哝道。

"啊！可是你并不喜欢人家亲吻你，吉姆①，"姑娘叫道，"你是一头可怕的老熊。"她穿过屋子，把詹姆斯抱住。

詹姆斯·范尼心疼地看着他姐姐的脸。"我想让你和我出去散散步，西比尔。我估计我再也看不见这可怕的伦敦城了。我也真不想再看见它了。"

"我的儿子，别说这样丧气的话。"范尼太太嘟囔道，拿起一件俗丽的舞台演出服，叹了一口气，开始缝补起来。她觉得有点扫兴，因为儿子没有加入一家三口的表演。如果儿子凑趣，目前这种舞台画面感会更佳。

"为什么不能说，母亲？我说的是实话。"

"你让我难过，儿子。我相信你会风风光光地从澳大利亚回来的。我相信在殖民地根本没有什么上流社会，没有什么我可以称为上流社会的东西；因此，等你发家了，你一定要回来，在伦敦出头露面。"

"上流社会！"小伙子喃喃道，"我才不想上流社会的那些玩意儿呢。我只想赚到钱，把你和西比尔从舞台上解放出来。

---

① 詹姆斯的昵称。

我恨透了舞台生活！"

"啊，吉姆！"西比尔说着，大笑起来，"你真是口无遮拦！不过你真的要和我出去散步吗？那真是太好了！我还担心你要去和你的一些朋友告别呢——告别送给你那个讨厌的烟斗的汤姆·哈迪，告别引逗你吸烟的内德·朗顿。不过，你把最后一个下午让给我，你真好。我们去哪里呢？我们就去海德公园吧。"

"我穿戴太寒碜了，"他回答着，皱起了眉头，"只有阔气的人才去海德公园呢。"

"胡说，吉姆。"她小声说，一边抚摸詹姆斯的袖子。

他犹豫少许。"那好吧，"他终于说，"不过别花很长时间穿戴啊。"她跳跃着走出了屋子。你听得见她一边上楼一边唱歌。她的纤巧的脚丫在头顶上走动。

詹姆斯楼上楼下走了两三趟。然后，他转向依然坐在扶手椅子里的那个身影。"母亲，我的行装都现成了吗？"他问道。

"早现成了，詹姆斯。"做母亲的回答道，两眼还在她的手工活儿上。几个月来，她只要单独和她这个粗糙、生硬的儿子待在一起，就会感到极为不安。他们娘俩的目光相遇时，她那肤浅的秘密本性就乱糟糟的。她经常心下嘀咕，他是不是怀疑到了什么。因为儿子不再说话，眼前的沉默变得让她不堪忍受。她开始抱怨了。女人总是通过逼人而保护自己，正如同她们通过猛然间的奇怪投降而发起攻击一样。"我希望你对以后的航海生活感到满意，"她说，"你一定要记住，这是你自己的选择。你本来可以从事律师生涯的。律师是一个非常受人尊重的阶层，在这个国家经常和顶级的家族一起吃饭。"

"我不喜欢办公室生活，不喜欢当职员，"他回答说，"不过，你是非常对的。我自己选择了生活。我所能说的是，守好西比尔。别让她受到任何伤害。母亲，你一定要守护好她。"

"詹姆斯，你说这话好生奇怪。当然我要守好西比尔。"

"我听说有个上等人每天夜晚都到那个剧院，混到后台和西比尔说话。是这样吗？究竟怎么回事儿？"

"你在说些你不懂的事情，詹姆斯。从职业上讲，我们习惯接受光顾剧场的顾客，多多为善。过去，我自己就接受过很多鲜花。那是演出真正被人理解的现象。说到西比尔，我目前还不知道追捧她的人是严肃的还是逢场作戏。不过，毫无疑问的是，你说到的那个年轻人是一个真正的上等人。他对我一直很客气。另外，他看起来很有钱，他送上的鲜花都很有档次。"

"可是，你还不知道他叫什么呢。"小伙子不客气地说。

"不知道，"做母亲的回答道，脸上露出一种不动声色的表情，"他还没有说出他的真实名字。我想他身上有非常浪漫的气质。他也许是贵族行列的人。"

詹姆斯·范尼咬住了嘴唇。"看好西比尔吧，母亲，"他高声说，"一定看好她。"

"我的儿子。你这话让我受不了。西比尔一向在我的特别看护下。当然，如果这位上等人很富有，西比尔不和他缔结姻缘也没有道理啊。我相信他是贵族阶层的人。他那副派头一看就像，我敢这样说。这桩婚姻对西比尔来说可求不可遇。他们要是结婚，那是天生的一对儿。他长得很俊，明摆着的；谁都看得见的。"

小伙子自言自语几句，用粗大手指砰砰敲了敲窗户框。他正要转过身来说话，这时门开了，西比尔跑了进来。

"看你们娘俩这副一本正经的样子！"她叫道，"怎么回事儿？"

"没事儿，"他回答说，"我想有时候有必要表现得严肃一些。再见，母亲；我在五点钟吃晚餐。行李都打起来了，只有衬衫还没有弄好，所以你不需要操心了。"

"再见，我的儿子。"她回答道，端着架子点了点头。

她很不喜欢儿子和她讲话采用的那种口气，儿子脸上流露出一些情绪，让她感觉害怕。

"亲亲我，母亲。"姑娘说。她花朵般的嘴唇碰了碰那张枯萎的脸，把脸上的脂粉暖热了。

"我的孩子！我的孩子啊！"范尼太太喊道，仰起脸来打量天花板，寻找想象中的剧院顶层楼座。

"来吧，西比尔。"她的弟弟喊道，口气很不耐烦。他很不喜欢他母亲的装模作样的做派。

他们出门来到了有风的闪烁的阳光下，漫步在沉闷的尤斯顿路上。路人好奇地打量这个沉闷的夯实的青年，只见他身穿粗糙的不合体的衣服，身边却是那么一个楚楚动人、长相标致的姑娘。他像一个普通的戴着玫瑰散步的园丁。

吉姆觉察到路人探究的目光，一次又一次，不由得皱起了眉头。他生来不喜欢被人打量，这种毛病是天才晚年才有的，而普通人一辈子都摆脱不了。但是，西比尔一点也没有意识到她正在产生的效果。她的爱在嘴唇的笑声中颤抖。她在想迷人王子，而且，也许因为有的是时间想他，她没有谈论他，而是没完没了地谈论吉姆很快就要乘坐的那艘船，谈论他当然会找到金子，谈论他要从那些可恶的红杉丛林响马手里拯救可爱的女继承人的命。因为他不会一直做水手，不会一直做杂务管理人，不会一直做诸如此类的角色。噢，不！水手的那活儿很让人担心。想一想一直圈在一艘可怕的船上，铺天盖地的大浪试图把它打翻在大海里，一股黑风把桅杆刮折了，随后把船帆撕成哗啦作响的长布条！他在墨尔本就要离开航船，向船长客客气气地告别，立即前往金矿。一个星期过去，他就撞上了一块纯金的大金块，一块淘金热以来发现的最大的金块，然后由六个骑警护着用马车拉到海岸。丛林响马袭击了他们三次，被毫不留情的屠戮击退了。或者，什么事儿都没有。他根本就不去金矿。那些地方很可怕，男人在那里喝得烂醉，在酒吧里互相开枪射杀，满口脏话。他会去做一个不错的牧羊主，一天黄昏，他骑马回家，突然看见那个美丽的女继承人正被一个骑黑马的响马劫掠走，于是他猛冲上去，救下了女继承人。自然，女继承人爱上了他，他也爱上她，两个人结了婚，风光返乡，在伦敦一所豪宅里住下来。是的，他前面有很多称心如意的事情在等他。但是，他必须好好表现，不能发脾气，不能瞎花钱。她只不过比他大一岁，可是她对生活比他懂得多。他还要保证，每个邮班都要给她写信来，每天睡觉前都要做祷告。上帝没的说，会一直关照他。她也会为他祈祷，几年后他就衣锦还乡，幸福满满。

小伙子郁郁不乐地听她说下去，没有作答。他就要离开家乡了，心里很不好受。

但是，让他郁郁不乐满腹心事的还不只是离家出远门。尽管他阅历不深，可是他还是强烈地感觉到西比尔的处境的危险。那个正在和她热恋的年轻的公子哥儿，未必就用心纯正。他是一个上等人，他憎恨的就是他是一个上等人，出于某种他无法说清的奇怪的种族本能憎恨他，也正是因此他才更加难以释怀。他还意识到他母亲的本性的肤浅和虚荣，从中看出了西比尔和西比尔的幸福所面临的无限危险。儿女们开始成长时热爱他们的父母；等他们长大了，便评判父母；有时他们原谅父母。

他的母亲啊！他心里有一件事情要问一问她，一件他几个月来默然沉思的事情。他在剧院里碰巧听到只言片语，一天夜里他在舞台门边等待时传进他耳朵的小声的冷笑，唤起了他一连串可怕的思绪。他想起它，便仿佛猎鞭抽在了他的脸上。他的眉头拧成了楔子一样的壕沟，一阵绞痛袭来，他咬住了自己的下嘴唇。

"我一直在说话，你一个词儿都没有听，吉姆，"西比尔叫道，"我在给你的将来编织各种称心如意的计划呢。你说几句好不好。"

"你想让我说什么？"

"噢！说你会成为一个乖孩子，不会忘记我们。"她回答道，冲他嫣然一笑。

他耸了耸肩。"你倒是更可能忘记我，比我忘记得还快，西比尔。"

她脸红了。"你这话什么意思，吉姆？"她追问道。

"我听说你有了新朋友了。他是谁？你为什么不告诉我他的情况？他对你不怀好意。"

"别说了，吉姆！"她大声说，"你千万别说他的什么坏话。我爱他。"

"哦，你连他的名字都不知道，"小伙子回答说，"他是谁？我有权利知道。"

"他叫迷人王子。难道你不喜欢这个名字吗？噢！你这傻孩子！你应该永远不会忘记才是。如果你哪怕只是看见了他，也会认为他是这世上最英俊的人。哪天你会和他相见的：等你从澳大利亚回来的时候。你会很喜欢他的。谁都会喜欢他，我呢……我爱他。我希望你今天晚上到剧场看演出。他要到剧场看演出，而我要演朱丽叶！吉姆啊，想想看，正在热恋中，扮演朱丽叶！台下就坐着一个他！为了让他高兴，好好表演！恐怕我会让剧团大吃一惊，把他们吓一跳，或者让他们顶礼膜拜。坠入爱河是身不由己的。可怜的可怕的艾萨克斯先生会冲着酒吧的那些闲汉们大喊'天才'的。他已经把我当作一种教义在宣传了；今天夜里，他会把我当作一种启示当众宣布的。我感觉到了。这全是因为他，只是因为他，迷人王子，我奇迹般的情人，我那风度翩翩的神灵。可是，在他身边我是赤贫的。赤贫？那有什么关系？贫穷从门边爬进之时，爱情早从窗户飞来了。我们的谚语要重写了。它们是在冬季写就的，可现在正值夏天；我认为，对我来说正值春天，湛蓝的天空鲜花盛开。"

"他是一个上等人。"小伙子郁郁不乐地说。

"是个王子！"她叫道，好似音乐响起，"你还想要什么呢？"

"他想把你当奴隶使唤。"

"想到自由自在，我就浑身颤抖。"

"我想要你防住他一些。"

"看见他就崇拜他，了解他便相信他。"

"西比尔，你对他发疯了。"

西比尔大笑，揽住了他的胳膊。"你这亲爱的老吉姆，你说话仿佛你都一百岁了。有一天你自己也会坠入情网的。那时你就知道爱情是怎么回事儿了。别这样看上去闷闷不乐的样子。不用说，你应该高兴地想到，你要出远门了，你要让我比过去更开心才是。生活对我们优伶来说一直艰辛，很艰辛很困难。但是现在大不一样了。我们要迎来一个新世界了，因为我找到了一个。这里有两把椅子；我们坐下来，看看走过去的芸芸众生吧。"

他们在一群路人中坐了下来。路面中间的郁金香花圃像跳动的火圈一样。一缕白色的烟尘，好似菖蒲根颤动的云雾，在喘息的空气里悬浮着。鲜艳的彩色阳伞舞动，低垂，好似硕大的蝴蝶。

她催促弟弟谈自己，谈希望，谈前程。他慢悠悠地说起来，说得很费劲。他们姐弟你一句我一句，如同游戏者在游戏中发放筹码。西比尔感到压迫。她无法把自己的喜悦传达出去。那张郁郁寡欢的嘴边露出淡淡的微笑，就算是她能赢得的回音了。过了一会儿，她沉默起来。突然，她瞥见了金黄的头发和哈哈大笑的嘴唇，在一辆敞篷的马车里，道连·格雷和两个女士一闪而过。

她一下子站了起来。"是他！"她叫道。

"谁？"吉姆·范尼问道。

"迷人王子。"她答道，看着那辆四轮敞篷马车远去了。

吉姆猛地站了起来，不管不顾地抓住了西比尔的胳膊。"快指给我看。哪个人是他？指出他来。我一定要看看他的样子！"他嚷嚷道；但是，这时贝里克公爵的四驾马车冷不丁闯了出来，等马车过去，什么都没有了，那辆四轮敞篷马车早闪出了公园。

"他走了，"西比尔失望地嘟哝道，"你要是能看见他该多好。"

"但愿我看见了，如同天上一定有上帝一样，因为他胆敢欺负你，我就把他杀了。"

她看着他惊恐万状。他又说了一遍那些话。它们像一把匕首把空气劈开。周围的人开始打量他们。她身边的一位女士窃笑起来。

"走吧，吉姆；走吧。"她小声说。他心有不甘地跟着她走出了人群。他说出了那样的话感到很痛快。

他们来到阿基里斯雕像前时，她转过身来。她眼睛里有遗憾的神色，到了嘴边却变成了大笑。她冲他摇了摇头。"你很傻啊，吉姆，净说傻话；坏脾气的男孩儿，没别的。你怎么能说出那样吓人的话呢？你都不知道你在说些什么。你就知道妒忌，发狠。啊！你要是也在恋爱就好了。爱情能让人变和善，你刚才说的话很恶毒啊。"

"我都十六了，"他回答道，"我知道我自己怎么回事儿。母亲帮不了你。她不懂得怎么照顾你。我现在真希望不去澳大利亚了。我恨不得把整件事都放弃了。如果我的申请批不下来，我就不走了。"

"噢，别这么过分严肃了，吉姆。你像母亲过去在戏里喜欢扮演的那些傻傻的喜剧女主角一样。我不和你争吵了。我看见了他，啊！看见就有说不出的幸福。我知道你永远不会伤害我爱的人，是吧？"

"我想只要你爱他，我就不会伤害他。"他郁郁不乐地说。

"我会一辈子爱他！"她喊道。

"他呢？"

"也会一辈子爱我！"

"他知道好歹就好。"

她从他身边往回缩了缩。然后，她大笑，把手放在他的胳膊上。他还只是个孩子。

走到大理石拱门边，他们招呼来一辆公共马车，把他们姐弟俩拉到了尤斯顿路他们寒酸的家附近。已是五点钟了，西比尔不得不在演出前躺下来休息一两个小时。吉姆坚持让她休息一下的。他说宁可母亲不在场时和她告别。母亲一准会哭哭啼啼告别，他很讨厌这样的场面。

他们在西比尔自己的房间里分手。这小伙子的心里有股妒火，他似乎觉得这样一个陌生人夹在他们姐弟中间，由不得升起一股强烈的狠毒的仇恨。但是，等做姐姐的两臂抱住他的脖子，她的手指在他的头发里抚摸时，他心软了，真情地吻了她。他走下楼梯时，眼睛里含有热泪。

他的母亲在楼下等他。她见吉姆走进门来对他不来按时用餐抱怨了几句。他没有作答，只是坐下来吃餐桌上有数的几样饭菜。苍蝇在餐桌边嗡嗡飞舞，在邋遢的桌布上爬来爬去。公共马车在隆隆驶过，街上的马车嘚嘚作响，他能听见母亲那单调的声音正在吞掉留给他的每一分钟。

过了一会儿，他推开了碟子，把头放在了两只手上。他觉得现在他有权利知道。如果像他猜测到的情况，母亲早就应该告诉他的。他母亲心存恐惧，打量着他。诂诺机械地从她嘴里说了出来。她的手指绞动着一块很旧的蕾丝手绢儿。钟响过六下，他站起来，走向门边。然后，他又返身回来，看着母亲。他们母子俩的眼睛相遇了。在做母亲的眼睛里，他看见了一种迫切要求垂怜的眼神。那种眼神让他一下子来气了。

"母亲，我有件事要问你。"他说，做母亲的眼睛在屋子里胡乱打量，"跟我说实话。我有权利知道。你和我父亲结婚了吗？"

她深深地呼吸了一口气。一块石头终于落地了。这个可怕的时刻、这个日夜、数周和数月担惊害怕的时刻，终于到来了，但是她反倒不害怕了。在某种程度上，她还有几分失望。这个问题庸俗的直接性，要求直接的回答。这个局面不是渐渐营造出来的。这让她联想到糟糕的排练。

"没有。"做母亲的回答说，对生活这种严厉的简单化感到费解。

"这么说，我的父亲是一个浑蛋了？"小伙子叫道，拳头攥得紧紧的。

做母亲的摇了摇头。"我只知道他身不由己。我们彼此爱得很深。如果他还活着，他会为我们提供生活费用的。别骂他，我的儿子。他是你父亲，一个上等人。当然，他出身很高贵。"

他还是忍不住骂了一句。"我不在乎我自己，"他大声嚷嚷说，"可是别让西比尔上当……正在和西比尔谈恋爱的那位，或者号称他在和西比尔谈恋爱，那也是一个上等人，不是吗？出身也很高贵吧，我估计。"

一时间，一种可怕的受辱的感觉袭击了这个女人。她的头垂了下去。她用抖动的手抹了抹眼睛。"西比尔有母亲，"她喃喃道，"可我什么都没有啊。"

小伙子被触动了。他向母亲走过去，弯下腰来，亲吻了她。"对不起，如果因为我问起我父亲让你难过的话。"他说，"不过我管不住自己。我现在必须走了。再见。别忘了你现在只有一个孩子照顾了，而且相信我，如果那个小子让我姐姐受了委屈，我一定弄清楚他的身份，追究到底，把他宰了，如同杀死一条狗。我发誓。"

夸张的愚蠢的威胁、随之而来的激烈的手势、发疯的喜剧性的话语，在她看来似乎更加活灵活现。她熟悉这种气氛。她呼吸更畅快自由了，许多个月以来第一次，她真的欣赏儿子了。她会不厌其烦地继续把这场同样投入感情的戏演下去，但是儿子打断了她。行李箱不得不抬下去，围巾手套需要找出来。公寓的差役出出进进，忙得团团转。还要和马车夫讨价还价。这一时刻完全陷入了日常的琐事之中。她在窗口挥动那条蕾丝手绢儿，目送儿子远去，失望的感觉重新袭来。她意识到一个重大的机会已经浪费了。她自寻安慰，告诉西比尔她感觉自己的生活多么凄凉，因为这下她只有一个孩子照顾了。她想起来儿子说过的这句话。有关威胁的那些话，她什么都没有说。那番威胁，表达得像真的似的，很有戏剧性。她觉得有一天，他们会为那番威胁一笑了之的。

第六章

"我想你已经听说消息了吧，巴兹尔？"亨利勋爵问道；那天夜晚霍尔沃德被领进了布里斯托尔一个隐蔽的屋子，三个人的晚餐已经准备好了。

"没有，哈里，"艺术家回答说，把帽子和外衣递给了毕敬毕恭的侍者，"什么消息？但愿不是什么政治方面的吧？我对政治一点兴趣也没有啊。下议院没有一个人值得画一画；尽管他们很多人也许需要多少美化一点。"

"道连·格雷订婚了。"亨利勋爵一边说，一边观察。

霍尔沃德很是吃惊，眉头随即皱起来。"道连订婚了！"他惊叫道，"不可能！"

"千真万确。"

"和谁？"

"和一个小女戏子什么的。"

"难以相信。道连不是糊涂人啊。"

"道连聪明绝顶，所以经常干些糊涂事情，亲爱的巴兹尔。"

"婚姻可不是一件经常可以做的事情，哈里。"

"在美国就可以啊，"亨利勋爵懒洋洋地回答说，"不过，我并没有说他就要结婚成家了。我只是说他订婚了。这中间区别可大了去了。我清楚地记得我结婚的情形，可不曾记得我还订过婚。要我看，我从来就不曾订过婚。"

"可是想一想道连的出身、地位和财富吧。他要娶这样比他低下的女子，简直是胡闹。"

"如果你想让她嫁了这个姑娘，那就把这话告诉他好了，巴兹尔。他保准会照你的话去做。一个男人只要是在干一件愚不可及的事情，那总是出于高尚至极的动机。"

"但愿这姑娘贤惠，哈里。我不愿意看见道连拴在一个俗不可耐的女人身上，那样的话，那女子会把他的本性腐蚀，把他的理智毁掉。"

"噢，她可不只贤惠二字概括得了的——她很美，"亨利勋爵喃喃说着，喝了一杯味美思和橘汁苦味酒，"道连说她很美；他在这类事情上倒是很少出错。你给他画的肖像加快了他欣赏别人相貌的步子。那幅画像具备这种了不得的作用，且不说别的效果了。如果那孩子不会忘记他的约会，我们今晚就能看见她。"

"你是认真的吗？"

"当然认真，巴兹尔。要是我认为还有比目前这次更严肃的时候，那我可就悲惨了。"

"不过你赞同这事儿吗，哈里？"画家问道，一边在屋子里走来走去，咬自己的嘴唇，"你可能不会赞同这事儿吧。这是冲昏头脑干出的傻事儿。"

"我现在对任何事情都永远不表示赞同，也永远不表示不赞同。乱发议论是一种对待生活的荒唐态度。我们被送到这个世界上来，不是来发表我们的道德偏见的。一般人说些什么，我从来不注意，而迷人的人干些什么，我也从来不干预。倘若一种人物令我着迷，那个人物无论选择什么表达方式，都让我绝对享乐。道连·格雷和一个扮演朱丽叶的美丽的姑娘产生爱情，并且打算娶她为妻。为什么不呢？如果道连娶了梅塞琳娜[①]，他也丝毫不会因此少让我感兴趣。你知道我不是婚姻的斗士。婚姻的真正缺点是让人无私。而无私的人是没有色彩的。他们缺乏个性。不过，婚姻又会让人的某些禀性变得复杂了。他们留住了他们的利已主义，并且给婚姻添加了许多别的自我因素。他们被迫过着不止一种生活。他们变得更加组织有序了，而且我以为，组织有序应该是一个人活着的目标。另外，每种经历都是有价值的，而且，一个人不管针对婚姻说什么话，婚姻必竟是一种经历。我希望道连·格雷娶这个姑娘为妻，激情满怀地跪倒在她的石榴裙下六个月，然后突然被别的姑娘迷住了。那样他会是一个难得的研究对象。"

"你说的每个词儿都不是本意，哈里；你知道你没有说出本意。如果道连·格雷的生命被毁了，谁都没有你本人更感遗憾。你远比你装出来的样子善意得多。"

亨利勋爵哈哈大笑。"我们都喜欢把别人想得善意，其原

① 梅塞琳娜（Mesalina，22—48），罗马皇帝克劳迪的第三任妻子，以淫乱闻名，并因淫乱而被处死。

因是我们都为我们自己担心。乐观主义的基础是纯粹的恐惧。我们认为我们慷慨大度,那是因为我们相信我们的邻居具有那些可能对我们有利的道德品质。我们赞扬银行家,是我们可以透支花钱,而在拦路强盗身上还能发现好品质,则是希望他们别把我们口袋的钱掏净了。我说的任何话都是本意。我对乐观主义极其蔑视。至于一种毁掉的生命,实际上没有生命能够毁掉,除非你的生长被遏制住了。如果你想毁掉一种天性,你只用改造它就是了。说到婚姻,结婚当然是愚蠢的,但是男人和女人之间还有别的更令人感兴趣的连带。我当然会鼓励发展这些连带。它们具有赶时髦的魅力。不过,道连本人来了。他告诉你的比我清楚。"

"亲爱的哈里,亲爱的巴兹尔,你们两个都一定要祝贺我啊!"那少年说着,把他的缎子衬里宽袖的晚装斗篷脱下来,分别和两个朋友一一握手,"我从来没有这么幸福过。当然,幸福来得很突然;一切令人开心的事情都很突然。不过我似乎觉得我这辈子就是在寻找这件事情。"他很兴奋,很享乐,脸红红的,看上去异常俊美。

"希望你一直都很幸福,道连,"霍尔沃德说,"不过你没有让我知道你订婚了,我不能完全原谅你。你让哈里知道了。"

"我是因为你晚餐来晚了不能原谅你。"亨利勋爵插话说,把手搭在了少年的肩上,一边说话一边微笑,"来吧,我们赶快坐下，尝尝这里的新厨师的手艺怎么样，然后你告诉我们到底怎么回事儿了。"

"真的没有什么好说的了，"道连嚷嚷着，三个人在小圆桌旁坐下来，"已经发生的事情很简单。昨天晚上，我离开你家之后，哈里，我穿戴好，在你推荐给我的鲁珀特街那家意大利小餐馆吃过晚餐，八点钟赶到了剧院。西比尔在演罗瑟琳。当然，那场戏砸了场子，奥兰多①演得不伦不类。但是，西比尔啊！你要是在现场看看就好了！当她身着男孩子的服装上场时，她完美无缺，神奇极了。她穿了一件苔绿色天鹅绒紧身衣，深黄色袖子，细细的棕色交叉背带紧身裤，一顶精致的小绿帽子，上面缀了插在珠宝里的鹰翎子，一件暗红衬里的兜帽大氅。她在我眼里似乎从来没有这么神气过。她具备了你画室里摆着的塔纳格拉②陶俑的所有说不尽的优雅神采，巴兹尔。她的头发散披在她的脸上，如同深色的叶子簇拥着一朵浅色的玫瑰。至于她的表演——哦，你们今天晚上亲眼领略她的风采好了。她简直生来就是一个艺术家。我坐在暗淡的包厢里，完全被征服了。我忘记了我身置伦敦，生活在十九世纪。我与我的情人儿走进了没有人光顾的森林。演出结束后，我去到幕后，与她讲话。我们坐在一起，她眼睛里突然出现了一种眼神，是我过去

---

① 莎士比亚名剧《皆大欢喜》中的人物。
② 古希腊一地名，因 1874 年起在这里发掘出陶俑而声名鹊起。

从来没有见过的。我的嘴唇向她的嘴唇凑过去了。我们彼此亲吻。我无法向你们描述我当时感觉到的情形。我似乎觉得,我整个生命都已经被紧缩了,成了一个玫瑰色般享乐的完美的点儿。她浑身抖动,抖动得像一朵白色的水仙。然后,她一下子跪下来,亲吻我的两只手。我觉得我不应该告诉你们这一切,但是我管不住自己。当然,我们的订婚是绝对秘密的。她还没有告诉她的母亲呢。我也不知道我的监护人会说什么。拉德利勋爵一定会很生气。我不在乎。不到一年我就到继承遗产的年龄了,那时我想干什么就干什么。巴兹尔,我有权利从诗意里获得爱情,从莎士比亚戏剧里找到我的妻子,不是吗?莎士比亚教会说话的嘴唇,在我的耳朵边悄悄说出了心中的秘密。我拥有了罗瑟琳的玉臂,亲吻到了朱丽叶的香唇。"

"是的,道连,我以为你是对的。"霍尔沃德缓缓地说。

"你今天见过她了吗?"亨利勋爵问道。

道连·格雷摇了摇头。"我感觉她在亚登森林里,我要在维罗纳①的花园里找到她。"

亨利勋爵喝了一口香槟,一副沉思的模样。"你说出婚姻二字时,处在一种什么样子的特殊情形下,道连?她回答了些什么?也许你早忘干净了吧。"

〰〰〰〰〰〰〰〰〰〰〰〰〰〰〰〰

① 前句亚登是《皆大欢喜》一剧中的地名,而维罗纳是《罗密欧与朱丽叶》一剧里的地名,与前文中罗瑟琳和朱丽叶两个剧中主要女主角相照应。

"亲爱的哈里，我可没有把这事儿当作一桩交易，我没有提出正式的求婚。我告诉她我爱她，而她说她配不上做我的妻子。配不上！哪里的话，在我看来，与她相比，整个世界都一钱不值。"

"女人都不可思议地讲究实际，"亨利勋爵喃喃自语——"也比我们爷们儿讲究实际啊。这样的情况下，我们男人经常忘记谈论婚姻的事情，而她们往往会提醒我们。"

霍尔沃德把手放在了他的臂上。"别说了，哈里。你让道连恼火了。他和别的男人不一样。他永远不会给任何人带来痛苦。他的本性太善良，给人带不来痛苦。"

亨利勋爵隔着桌子审视。"道连从来没有因为我恼火过，"他回答道，"我是出于万不得已的理由才问这个问题的，也是原谅我提问这种问题的唯一的理由，真的——只是好奇而已。我有一个理论，那就是女人总是向我们男人求婚的，而不是我们男人向女人求婚。当然，中产阶级的情况例外。可是话说回来，中产阶级是不摩登的。"

道连·格雷大笑，向后甩了一下头。"你真是不可救药啊，哈里；不过我不在乎。不可能和你生气。你看见了西比尔·范尼，会觉得哪个男人要是亏待了她，无异于一个畜生，一个没有心肝的畜生。我不明白，为什么有人希望羞辱他爱恋的东西。我爱西比尔·范尼。我想把她摆在金座上，看着全世界的人对我的女人顶礼膜拜。婚姻是什么？一个掷地有声的誓言。你因此要耻笑了吧。啊！别耻笑。一个掷地有声的誓言，那就是我要许下的。她的信任让我信守承诺，她的信仰让我心善。我和她在一起时，我遗憾你教给我的一切。我变得大不一样了，和你了解的我不是一个人了。我改变了，只是触摸了西比尔的手，就让我忘记了你，忘记了你所有的错误、诡异、有毒、开心的理论。"

"那些理论都是……？"亨利勋爵问了半截话，往嘴里塞了些沙拉。

"就是你那些关于生命的理论，你那些关于爱情的理论，你那些关于享乐的理论。一句话，你所有的理论，哈里。"

"享乐是唯一值得拥有理论的东西，"亨利勋爵回答道，声音慢悠悠的，很是悦耳，"不过恐怕我还不能声称那就是我自己的理论。它属于大自然，不属于我。享乐是大自然的检验，大自然赞同的标志。我们幸福了，我们就健全了，可是我们健全了，并不总是幸福吧。"

"啊！你说的'健全'是什么意思？"巴兹尔·霍尔沃德叫道。

"是啊，"道连附和道，仰靠在椅子里，隔着餐桌中间摆放的浓密的紫色花蕊的蝴蝶花打量亨利勋爵，"你说的'健全'是什么意思，哈里？"

"健全就是与自己保持和谐，"他回答道，用苍白的尖细的手指碰了碰玻璃杯的细细的把子，"不协调则是被迫与别人保持和谐。你自己的生活——这才是重要的东西。至于你邻居们的生活，如果你希望做一个卫道士或者清教徒，那你可以把你的道德观在他们眼前展示好了，可是他们并不是你非要关心的对象。另外，个人主义具有真正更高远的目的。现在的道德包括接受你所处时代的标准。我认为，文化人接受其时代的标准，是最恶劣的不道德的形式。"

"但是，可以肯定，如果你只为自己活着，哈里，那你为此要付出可怕的代价吧？"画家提醒说。

"是的，当今之日，我们对所有的事情都要付出过多的代价。我就想啊，穷人的真正代价是他们只能付出自我克制，别的什么都付不起。美的罪过，如同美的事物，是富裕的独享。"

"除了出钱，你还不得不以别的方式付出。"

"什么种类的方式，巴兹尔？"

"噢！我看只能是后悔，只能是受苦，只能……嗯，是自觉地堕落。"

亨利勋爵耸了耸肩。"我亲爱的老兄，中世纪的艺术很迷人，但是中世纪的情感却是完全过时的。你可以把它们写进小说里，当然。但是，能写进小说里的情感又只是些你在实际中停止使用的东西。相信我好了，没有哪个文明的人会为享乐感到遗憾，也没有哪个不文明的人知道享乐是什么东西。"

"我知道享乐是什么，"道连·格雷叫道，"享乐就是尊重某个人。"

"那当然比被人尊重好多了，"他回答说，把玩着一些水果，

"被人尊重是一种累赘。女人对待我们恰如人性对待诸神。她们尊重我们，又总是麻烦我们为她们做某种事儿。"

"要我说，不管她们要求干什么，她们首先给予了我们。"这少年喃喃道，一本正经的样子，"她们在我们的天性里创造了爱。她们有权利要求回报。"

"一点没错，道连。"霍尔沃德喊道。

"一点没错的东西是没有的。"亨利勋爵说。

"你得承认，哈里，"道连抢话说，"女人把她们生命的真正金子都给了男人了。"

"可能，"他叹道，"不过她们无一例外地将付出的东西一成不变地要回去了。这是要当心的事儿。女人，如同某个机灵的法国人曾经说过的，因为要求我们写出杰作而给了我们灵感，又总是阻拦我们把杰作写出来。"

"哈里，你好可怕！我不知道我为什么会这么喜爱你。"

"你一贯喜爱我，道连，"他回答道，"你们要咖啡吗，二位仁兄？——堂倌，上咖啡，上好香槟，还有几支香烟。不，别上香烟了；我还有几支。巴兹尔，我不能让你吸雪茄。你只能吸香烟。饭后一支烟，赛过活神仙。香烟很妙，让你感到不

满足。你还想要什么呢？是的，道连，你一贯喜欢我。我让你全部领略了罪孽的滋味，这是你永远没有勇气去尝试的。"

"你在胡说些什么啊，哈里！"少年惊叫道，一边在侍者放在餐桌上的那喷火银龙上点了一支烟，"我们上剧场吧。当西比尔走上舞台时，你们二位都会产生新观念的。她会向你们呈送某种你们从来不知道的东西。"

"我什么都知道，"亨利勋爵说，眼睛里露出了疲惫的神色，"不过我对新感情随时接纳。但是，恐怕对我来说无论如何都难有这样的东西了。尽管如此，你那美妙的姑娘也许会让我激动。我喜欢演出。那比生活倒是更真实。我们走吧。道连，你跟我来吧。巴兹尔，对不住了，只是马车里有两个座位，只能坐两个人。你只能坐出租马车跟我们来了。"

他们起身，穿上了外衣，站着把咖啡喝完。画家默然无语，心事重重。他脸上有一种阴沉的表情。他接受不了这桩婚姻，但是看样子似乎比可能会发生的其他事情要可取。不一会儿，他们三个走下了楼。如同事先说好的，他自己坐车去，看着前面亨利勋爵的小马车的车灯一闪一闪的。他心头泛起一种奇怪的失落感。他觉得道连·格雷再也回不到过去的那个他了。生活已经插在了他们两个中间……他的眼睛发黑，街道上拥挤的人群在他的眼前变得模糊起来。当马车来到了剧院，他似乎觉得老了好几岁。

第七章

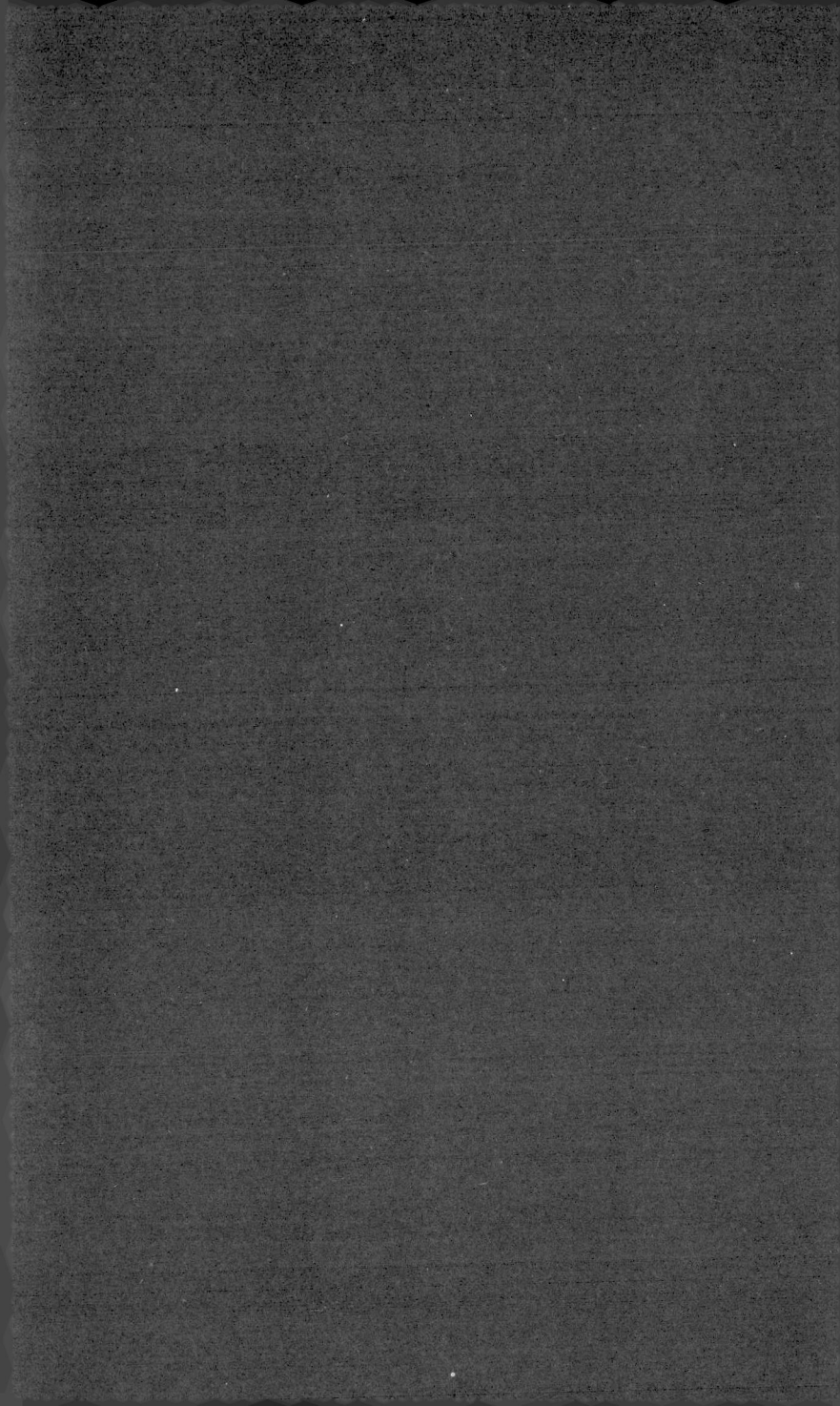

　　不知什么原因，那天夜里剧院很拥挤，那个在门口迎接他们的肥胖的犹太人经理，脸上堆满油腻的颤动的微笑，惬意之色横贯了两耳。他陪着他们走到他们的包厢，一副讨乖取巧的谄媚样儿，一边挥动两只戴了宝石戒指的肥手，扯着嗓子说话。道连·格雷比以往更腻歪他了。他觉得他本来是来见米兰达①的，却偏偏遇上了凯列班②。但是亨利勋爵恰恰很喜欢他。至少他嘴上说很喜欢他，还非要和他握握手，跟他说很自豪遇上了一个发现真正天才的人，为了一个诗人破产也在所不惜。霍尔沃德津津有味地观察观众池里的观众。剧院里热得压抑，巨大的阳光火烧火燎的，像硕大的大丽花的黄灿灿的花瓣儿。顶层楼座的青年已经脱下了外衣和马甲，搭在了座位旁边。他们隔着剧院你喊我我喊你的，和坐在他们身边的穿戴俗丽的姑娘们分享他们的橘子。观众池里的一些女人在哈哈大笑。她们的声音吱吱哇哇的，格外刺耳。酒吧传来开启软木塞的砰砰声。

　　"好一个找到心上人的地方啊！"亨利勋爵说。

　　"是的！"道连·格雷回答道，"就是在这地儿我找到了她，她神圣得超过了所有活生生的人。她一上台表演，你就什么都忘记了。这些普通、粗俗的人，瞧他们那粗糙的脸和粗鲁的举止，只要她一上台，就都变得截然不同了。他们安静地坐在座位上，

———

① 莎士比亚名剧《暴风雨》中女主角，美丽善良。
② 《暴风雨》中的奴隶，面目丑陋，内心龌龊。

看她演出。她要他们哭，他们就哭，要他们笑，他们就笑。她让他们像一把小提琴一样弹拉有声。她让他们精神升华，你会觉得他们像一个人自己的血肉连在一起。"

"像一个人自己的血肉连在一起？嗷，但愿别这样！"亨利勋爵嚷嚷道，因他正在用歌剧镜观望顶层楼座的观众。

"别听他那一套，道连，"画家说，"我理解你话中的意思，我相信这个姑娘。你爱的任何人都不同凡响，那个姑娘具备你描述的品质，必定优雅和高贵。让一个时代精神升华——这是值得一为的事情。如果这个姑娘给那些没有灵魂的人带来灵魂，如果她能在那些生活过得肮脏而丑陋的人们身上创造美感，如果她能脱掉他们自私的外衣而为别人的苦难流泪，那她是值得你尊崇的，值得这个世界尊崇的。这桩婚姻很合适。我一开始并不这样认为，但是现在我认可了。诸神为你准备下了西比尔·范尼。没有她，你就算不上完整了。"

"谢谢巴兹尔，"道连·格雷回答着，按了按他的手，"我早知道你会理解我的。哈里这人愤世嫉俗，让我害怕。乐队要开始演奏了。演奏效果很差，不过只演奏五分钟。然后大幕就拉开，你马上会看见那个我愿意献出全部生命的姑娘了，对我好的东西我都愿意奉献给她。"

十五分钟之后，在掌声雷鸣之中，西比尔·范尼登场亮相了。是的，她看上去的确可爱——堪称最可爱的妙人儿，亨利勋爵心想，他过去还真的不曾领略过。她羞答答的芳姿和惊吓的眼睛，有某种令人心动的东西。一抹红晕，如同银镜里的玫瑰的影子，在她扫视热情的拥挤的剧院之际掠过脸颊。巴兹尔·霍尔沃德一跃而起，开始鼓掌。道连·格雷一动不动，如入梦境，注视着她。亨利勋爵从歌剧镜里细细打量，不住地喃喃道："迷人啊，迷人！"

这场戏发生在凯普莱特家的大厅里，罗密欧身穿香客服装，与茂丘西奥以及其他朋友上场。乐队，尽管很不怎么样，却也开始演奏几曲音乐，舞蹈开始了。

穿过一群穿戴寒碜、邋遢的演员，西比尔·范尼像来自另一个更光鲜的世界，翩翩起舞。她身体摇摆，舞姿活灵活现，如同一株水中迎风摇动的芦苇。她的颈项曲线婀娜，像一朵洁白的百合花摇曳多姿。她的玉手好似象牙雕琢一般。

然而，她毫无生气，令人费解。她的两眼落在罗密欧身上时没有一点欣喜。她只是不得不说几句台词儿——

> 信徒，莫把你的手儿侮辱，
>
> 这样才是最虔诚的礼敬；
>
> 神明的手本许信徒接触，
>
> 掌心的密合远胜如亲吻。①

---

① 莎士比亚名剧《罗密欧与朱丽叶》第一幕第五场；引自朱生豪译本，人民文学出版社1978年版。以下引文相同。

接下来的简短的对话，讲得全然矫揉造作。声音很特别，但是从音调的角度看，却是绝对的虚假。音色也错了。诗句中的一切生气都丧失净尽。这让戏中的激情显得很不真实。

道连·格雷看着她脸色煞白。他感到迷惑，非常着急。他的两位朋友不敢贸然对他说话。他们似乎觉得她根本就没有表演能力。他们失望之极。

但是，他们觉得真正的考验是朱丽叶在第二幕阳台那场戏里的表演。他们等着看这场戏。如果她在这场戏里也演砸了，那她就一无可取了。

她出现在月光下看上去还很迷人。这点是不可否认的。可是，她拙劣的表演让人不堪忍受，而且越往下演越糟糕。她的动作变得做张做致，荒唐可笑。她说的每句台词都强调过分。那段美丽的台词——

幸亏黑夜替我罩上了一层面幕，

否则为了我刚才被你听去的话，

你一定可以看见我脸上羞愧的红晕。

像是一个二流讲演教授调教出来的学校女孩子说出来的，咬文嚼字，让人痛苦。当她倚在阳台上，说出那些美丽的台词——

我虽然喜欢你，

却不喜欢今天晚上的密约；

它太仓促、太轻率、太出人意外了；

正像一闪电光，等不及人家开一声口，

已经消隐了下去。好人，再会吧！

这一朵爱的蓓蕾，靠着夏天的暖风的吹拂，

也许会在我们下次相见的时候，开出鲜艳的花来。

她说这些台词，仿佛它们没有传达给她任何意义。这不是因为紧张。恰恰相反，她根本不紧张，绝对处于自控状态。它就是蹩脚的艺术。她彻底失败了。

连观众池和顶层楼座那些普通的没有受过教育的观众，都对演出失去了兴趣。他们变得躁动了，开始大声喧哗，吹口哨。那个犹太人经理站在花楼后面，气得直跺脚，骂骂咧咧。唯一无动于衷的人，是那个姑娘自己。

第二场演出结束后，嘘声四起，亨利勋爵从椅子上站起来，穿上了外衣。"她很美，道连，"他说，"但是她不会演戏。我们走吧。"

"我要把戏看完。"那少年回答道，声音生硬，发狠，"我很对不起，让你浪费了一个夜晚，哈里。我向你们二位道歉。"

"我亲爱的道连，我认为范尼小姐生病了，"霍尔沃德插话说，"我们换个晚上来看演出。"

"但愿她是生病了，"道连附和说，"但是在我看来她简直是麻木，冰冷。她彻底变样了。昨天夜里，她还是一个非凡的艺术家。今天晚上，她就成了平庸之辈，平凡戏子。"

"别这样议论你爱的人，道连。爱是一种比艺术更美丽的东西。"

"爱和艺术都是简单的模仿形式，"亨利勋爵评论说，"不过我们还是走吧。道连，你一定不要在这里再待下去了。观看糟糕的表演，对一个人的道德不好。再说，我认为你不会想要你的妻子演戏。所以，如果她把朱丽叶演得像一个木偶，那有什么关系？她很可爱，如果她不了解生活，如同她不能演戏，那她将是一种令人愉快的体验。世上只有两种人真正令人感兴趣——一种人是绝对通晓任何事情，一种人是绝对不了解任何事情。天哪，我亲爱的孩子，别做出这副如丧考妣的样子！保持年轻的秘密是永远不要令人伤感的情绪。和巴兹尔、我本人一起到俱乐部去吧。我们一起吸烟，品尝西比尔·范尼的美。她很美。你还想要什么呢？"

"快走吧，哈里，"少年喝道，"我想一个人待着。巴兹尔，你也必须走。啊！难道你们看不出来我的心都碎了吗？"他立时热泪盈眶。他的嘴唇在颤抖，而且，一下子冲到了包厢的后面，靠在墙上，两只手把脸捂上了。

"我们走吧，巴兹尔。"亨利勋爵说，声音里有一种奇怪的温情；随后，两个年轻人一起走出了剧院。

几分钟后，脚光亮起来，第三幕的大幕拉开了。道连·格雷回到了座位上。他看上去脸色苍白，自尊，漠然。演出拖拖拉拉，似乎没完没了。一半观众都离去了，沉重的靴子通通作响，哈哈大笑。整场演出是一次惨败。最后一场戏几乎是演给空空的座位看的。帷幕落下，一声叹息，几声哀叹。

演出一结束，道连·格雷冲到幕后的休息室。那姑娘一个人站在那里，脸上露出了得意之色。她的眼睛被一种奇妙火焰点亮。她周身散发出光彩。她微张的嘴唇满是笑意，掩饰不住它们自己的秘密。

道连走进去时，她望着他，无限喜悦传遍了她的全身。"我今天夜里演得多么糟糕吧，道连！"她叫道。

"恐怖！"他回答道，吃惊地注视着她——"恐怖啊！令人胆寒。你生病了吗？你不知道干了些什么。你不知道我遭受了什么痛苦。"

那姑娘微笑。"道连，"她回答道，声音里拉长的音乐在他的名字上久久不去，仿佛他的名字对她红红的嘴唇来说，比蜜还甜——"道连，你应该明白的。不过你现在明白了，不是吗？"

"明白什么？"他问道，很生气。

"为什么我今天夜里为什么演得很坏。为什么我以后也将会演得很坏。为什么我再也不会把戏演好了。"

他耸了耸肩。"你生病了吧，我看你是生病了。你生病了，就不应该来演出。你自己出尽了洋相。我的朋友看不下去。我也看不下去了。"

她似乎没有听他说什么。她欣喜得走了样。幸福的狂喜牢牢控制了她。

"道连，道连，"她嚷叫道，"我认识你之前，演戏是我生活的唯一出路。我只生活在剧院里。我以为演戏全都是真实的。我一天晚上是罗瑟琳，另一天晚上就是鲍西娅①。贝特丽丝②的欢乐就是我的欢乐，考狄利娅③的忧伤就是我的忧伤。我什么都相信。与我一起演出的普通人在我看来似乎像神一样。彩色布景是我的世界。我什么都不懂，只认识影子，而且以为影子就是真实。你来了——噢，我美丽的爱情——你把我的灵魂从囚牢里解放出来。你教给我什么样的真实才是真的。今天晚上，我生来第一次，看穿了我一直表演的空空炫耀的空洞、虚假和愚蠢。今天晚上，我生来第一次，我意识到罗密欧烦人、老派和虚伪，花园里的月光是假的，布景俗不可耐，我说的那些台词不真实，不是我的话，不是我想说的话。你给我带来某

---

① 莎士比亚名剧《威尼斯商人》一剧中的女主角。
② 莎士比亚名剧《无事生非》一剧中的女主角。
③ 莎士比亚名剧《李尔王》一剧中的女主角。

种更高尚的东西，一切艺术只是它的反映。你让我明白什么爱情是真实的。我的爱情！我的爱情啊！迷人的王子啊！生命的王子！我已经讨厌各种影子了。对我来说，你高过一切艺术。我与戏里的那些玩偶有什么相干？我今天来到剧院，不明白怎么一切都会离我而去。我原以为我会演得非常出彩。真演起来却无所作为了。突然间，我的灵魂明白所有一切究竟是什么了。这种领悟对我来说很奇特。我听见观众起哄，我笑了。他们怎么能明白我们的爱情是什么样子的呢？带我走吧，道连——你带我走吧，到我们两个可以独处的地方。我憎恨舞台。我可以模仿我没有感觉到的情感，但是我无法模仿像大火一样燃烧我的激情。噢，道连，道连，你现在明白到底是怎么回事儿了吧？就算我还能表演下去，但是让我表演热恋也无异于亵渎爱情啊。你让我明白了这一切。"

道连跌坐在沙发上，把脸扭向一边。"你扼杀了我的爱情。"他喃喃道。

她看着他，莫名其妙，大笑起来。他没有回应。她来到他身边，用纤细的手指抚摸他的头发。她跪下来，把他的手按在她的嘴唇上。可他把手抽开了，浑身抖动了一下。

随后，他一跃而起，走向门口。"是的，"他嚷道，"你扼杀了我的爱情。你曾经激活了我的想象力。现在，你连我的好奇心都煽动不了了。你简直什么功能都没有了。我爱你，那是因为你不同凡响，因为你有天赋和才智，因为你实现了大诗人们的梦想，给艺术的影子带来形态和实质。你把一切都抛弃了。你浅薄，愚蠢。天哪！我爱上你是多么发疯啊！我充当了一个什么样的傻子啊！你现在对我来说什么都不是了。我再也不想看见你了。我再也不会想到你了。我再也不会提起你的名字了。你不知道你对我曾经意味着什么。哦，曾经……噢，我连想都不敢想啊！但愿我从来就没有看见你多好！你毁掉了我生命的罗曼司。如果你说爱情阻碍了你的艺术，那么你对爱情知道的是多么少啊！你没有艺术，就什么都不是了。我本可以让你出名、轰动、威震一方。这个世界本可以对你顶礼膜拜，而你可以拥有我的姓名。你现在是什么呢？三流戏子，一张好脸。"

姑娘脸色煞白，抖动不止。她两只手抓得紧紧的，她的声音似乎扼住了她的喉咙。"你不是认真的吧，道连？"她喃喃道，"你在演戏吧。"

"演戏！我把戏留给你演吧。你演得很好了。"他恶毒地回答说。她从跪姿中站起来，一脸痛苦的可怜的表情，向他走了过去。她把手放在了他的胳膊上，看着他的眼睛。他把她推开了。"别动我！"他嚷叫道。

她低沉地呻吟了一声，一下子扑在了他的脚下，躺在那里像一朵踩碎的花儿。"道连，道连，别离开我！"她小声嘟哝道，"我很对不起，没有把戏演好。我始终在想你。但是，我今后要尽力——真的，我会尽力的。我爱你，爱情突然袭击了我。我想，要是你当初没有吻我——如果当时我们彼此没有接吻——那么我就永远不知爱情是什么。再吻我吧，我的情人。别离我而去。我受不了。噢！千万别离我而去。我的弟弟……不；千万别在意。他不是真的会怎么样。他只是说说而已……但是你，噢！难道你今天晚上不能原谅我吗？我会加倍努力，争取改正。别对我这么残忍，因为我爱你胜过爱世间的一切。不管怎样，我只有一次没有让你称心如意。可是，你很对，道连。我应该让自己表现得更像一个艺术家。我做了愚蠢的事情；只是当时我管不住自己。噢，别离开我，别离开我。"一阵动情的抽噎让她喘不上气来。她蜷缩在地上像一只受伤的动物，而道连·格雷，圆睁两只美丽的眼睛，俯视着她，他棱角分明的嘴唇露出了极端的蔑视。人一旦停止了爱，总是会表现出某种可笑的情感。西比尔·范尼对道连来说，似乎绝对在演出一出荒谬的闹剧。她的眼泪和抽噎反倒让他恼火。

"我走了，"他最后说，声音平静而清晰，"我不希望表现得不近人情，但是我无法再看见你了。你让我失望了。"

她默然流泪，没有回答，但是爬得更近了。她纤细的手在盲目地乱抓，显然是在寻找他。他转过身去，走出了屋子。不一会儿，他走出了剧院。

他简直不知道要去哪里。他只记得在灯光昏暗的街道里漫游，穿过荒凉的黑乎乎的拱道和难看的房子。嗓子沙哑、笑声浪荡的女人曾从身后喊他。醉鬼们七倒八歪，骂骂咧咧，像怪模怪样的猩猩彼此打招呼。他看见过奇形怪状的儿童蜷缩在门口，黑魆魆的院子里传来尖叫和谩骂。

拂晓时分，他转悠到了考文特公园①附近。黑暗离去，微弱的火红闪现出来，天空变得空空的，成了一颗美轮美奂的珍珠。满载点头的百合花的大马车，缓慢地隆隆走下光滑而空寂的街道。空气里飘散着浓烈的花香，花儿的美似乎给他带来一剂阵痛药膏。他跟随马车进了市场，观看车夫给马车卸货。一个身穿白色罩衣的车夫送了他一些樱桃。他谢谢他，不明白车夫为什么拒绝收下樱桃钱，随后开始无精打采地品尝那些樱桃。樱桃是半夜采摘的，月亮的寒意已经侵入了樱桃。一长溜男孩背着一筐筐条纹状郁金香、黄色和红色玫瑰，在他跟前一个挨一个走过，在绿宝石般的大堆蔬菜间穿过。在那道矗立着晒白的柱子的门廊下，一伙裙装不整的裸头露发的姑娘们走来走去，等待拍卖结束②。另一些人在广场上的咖啡屋旋转门一带群聚起来。重荷的拉车马在粗糙的石头上打滑，踏蹄，摇响铃铛，抖动鞍鞯。一些马车夫躺在麻袋上睡着了。花脖子、粉爪子的鸽子跳来跳去，寻觅花籽。

◇◇◇◇◇◇◇◇◇◇◇◇◇◇◇◇◇◇◇◇◇

① 当时伦敦的蔬菜、水果和花卉集散地。

② 市场的货物通过拍卖散发给小商小贩，保证价格公道。

过了一会儿，他叫来一辆马车，乘车回家。他在台阶上徘徊了一阵子，环视安静的广场一带那些空虚的关闭的窗户，以及显眼的百叶窗。天空这时一色蛋白，房舍的屋顶像银子一般在天空下闪烁。对面一个烟囱，冒出了薄薄一缕青烟。那青烟弯曲起来，如同紫色带子，在珍珠色般空气里漂浮。

镀金的威尼斯大灯笼，某个地方总督游览船上获得的战利品，悬挂在橡木装板大门厅的天花板上，里面的灯光还在三个喷嘴间呼呼燃烧：它们似乎像薄薄的蓝色火焰瓣儿，镶了一圈儿白色的火焰。他把灯火关上，把帽子和披肩扔在桌子上，穿过书房，走向他的卧室，那是一间位于一层楼的八角形屋子，按照他对奢侈的新感觉刚刚为自己装修一番，悬垂了一些在塞尔比皇家园一间废弃的阁楼上发现的稀奇的文艺复兴时期的壁毯。旋转门把的当儿，他的目光落在巴兹尔·霍尔沃德为他画的肖像上。仿佛吓了一跳，他后退了几步。然后，他才接着走进了他自己的房间，看上去有些不知所措。他从外衣扣眼儿上取下插花后，似乎犹豫不决。最后，他返回来，来到那幅画像前，仔细审视起来。在乳白色丝绸百叶窗漏进来的昏暗有限的光亮下，那张脸在他看来发生了一点变化。表情看上去也很不一样了。你可以说，嘴角出现了一抹残忍。这确实很奇怪。

他转过身去，并且，走到了窗户前，把百叶窗拉开。豁亮的晨光泄进了屋子，把多姿多态的影子扫进了阴暗的角落，在那里忽悠忽悠地闪动。但是，他刚刚在那张脸上发现的奇怪表情，似乎滞留在那里，甚至更厉害了。他借着颤动的热烈的阳光，看见嘴角周围的那种残忍的线条清晰可见，仿佛他干过某件可怕的事情后在镜子里审视自己。

他一哆嗦，从桌子上拿起一面镶在象牙丘比特框子里的椭圆形镜子，这是亨利勋爵送给他的许多礼物之一，急匆匆在镜子光滑的深处端详起来。他红红的嘴唇上没有那种翘起来的线条。这是什么意思呢？

他揉了揉眼睛，走近那副肖像，又仔细审视起来。他端详真实的油画，看不出什么变化的迹象，然而毫无疑问，整个表情改变了。那不是他自己的凭空幻想。那种变化是明白无误的。

他颓然坐进了一把椅子里，开始想问题。突然间，他脑海里闪现了那天肖像画完时他在巴兹尔·霍尔沃德画室里所说过的话。是的，他清清楚楚地记起来了。他当时说了一个发疯的愿望，那就是他自己也许可以保持年轻，那肖像则会变老；他自己的美也许不会消退，而油画上的那张脸会承受他的情欲和罪孽的重负；那画出来的形象也许会被受苦和思考的皱纹摧折，而他可能保持他当时刚刚意识到的少年时代的精致的花蕾和可爱。他的愿望不至于真的实现了吧？这样的事情是不可能发生的。想一想这样的事情都似乎毛骨悚然。然而，这幅肖像就在他面前，嘴边出现了一抹残忍。

残忍！他残忍过吗？过错在那个姑娘方面，不是他的过错。他梦想她成为一个伟大的艺术家，把他的爱情奉献给她，因为他认为她很了不起。后来，她让他失望了。她浅薄，配不上。然而，当他想起她躺在他的脚边像一个孩子一样抽噎时，一种无限的遗憾之情泛上心头。他想起来他用一种什么样的狠心打量她。他怎么变成那种样子呢？他怎么得到了这样一颗灵魂呢？但是，他也在受罪。在那戏剧演出的三个可怕的小时里，他遭受了几个世纪的痛苦，一次又一次的折磨。他的生命完全配得上她的生命。倘若他伤害了她一个时代，那是因为她折磨了他一个时辰。再说了，女人比男人更容易忍受忧愁。她们以她们的情感为生。她们只想着她们的情感。她们接受了情郎，那不过是拥有了一个她们能够与之吵闹的男人而已。亨利勋爵告诉过他这点，而且亨利勋爵了解女人究竟是什么东西。他为什么要因为西比尔·范尼而闹心呢？她现在对他来说什么都不是了。

然而，那幅画像呢？他怎么解释它呢？它掌握了他生命的秘密，告诉了他隐情。它告诉他要爱自己的美。它会教给他厌恶自己的灵魂吗？他还会再去端详它吗？

不，那只不过是混乱的感觉造成的一种幻象而已。他度过的这个可怕的夜晚留下了种种幻象。突然，那个让人发疯的微小的红斑点儿沉落在他的脑海。这画像没有变化。想到它发生变化是愚蠢的行为。

　　然而，它注视着他，依然是美丽的损坏的脸以及残忍的微笑。它那发亮的头发在早晨的阳光里闪烁。它那蓝色的眼睛与他自己的眼睛相遇了。一种无限的怜悯，不是为了他自己，而是为了那画出来的他自己的形象，袭击了他全身。它已经变化了，还会有更多的变化。它的金色会蜕变成灰色。它那红玫瑰和白玫瑰会死亡。因为他犯下的每桩罪孽都会对它的俊美造成污点，抹上斑驳。但是，他不会犯罪了。这幅肖像，变化或者不变化，对他来说都是看得见的良心的标志。他会抗拒诱惑。他不会再见亨利勋爵了——不管怎样，他都不会听从那些在巴兹尔·霍尔沃德家花园说的那些微妙的有毒的理论了，因为它们已经唤起了他内心追求不可能实现的事情的欲望。他会回到西比尔·范尼的身边，修补前嫌，娶了她，努力再次爱上她。是的，这样做是他的责任。她一定比他更伤心。可怜的孩子！他表现得很自私，对她很残忍。她在他身上唤起的那种魅力会重新回来。他们在一起会幸福美满。他的生命和她的结合，会美丽，会纯洁。

　　他从椅子里站起来，在那幅画像前拉上了一道屏风，瞅了一眼那画儿便浑身颤抖。"多么恐怖啊！"他跟自己喃喃道，随后走到窗户前把窗户打开。他走出屋外，来到草地上，深深吸了一口气。新鲜的早晨的空气似乎驱赶走了他所有的阴暗的情欲。他只想到了西比尔。爱情的隐约的回响在他身上复苏。他一遍又一遍地念叨她的名字。在浸透露水的花园里唱歌的鸟儿似乎在向鲜花描述她。

第八章

正午过去很久，他才醒来。他的贴身男仆踮起脚尖悄悄走进屋子好几次，看看他是否有动静，不免纳闷儿什么原因让他年轻的主人睡得这么晚。最后，他摇响了铃铛，维克多用一个古老的塞夫勒①小瓷碟端来一杯茶和一摞信，轻轻地走进来，随后把悬挂在三面高窗前面那橄榄色缎子面子、闪亮的蓝里子的窗帘拉开。

"先生今天早上睡得很好啊。"他面露微笑地说。

"几点钟了，维克多？"道连·格雷睡意蒙眬地问道。

"一点一刻了，先生。"

这么晚了！他坐起来，喝了些茶，把信翻了翻。有一封是亨利勋爵写的，是早上派人送来的。他犹豫少许，然后把它放在一边了。他懒洋洋地把其他几封信拆开了。它们都是些通常的贺卡、宴请帖子、私人画展的门票、慈善音乐会节目单，还有诸如此类的邮件，这个季节每天早上时髦的年轻人都会收到的。其中有一张钱数很多的账单，用来支付一套路易十四时代风格的雕花银质梳妆用具，他还没有勇气把账单寄给他的监护人，因为他们都是些极其古板的人，没有认识到我们生活在一个不需之物就是我们的必需之物的时代；还有杰明街放债人写来的几封措辞客气的信，表示随时可以预支任何数量的钱，利

① 法国一地名，以产瓷器闻名。

息极为合理。

十分钟后，他起了床，并且，披了一件讲究的丝绣开司米羊毛睡衣，走进石华铺地的浴室。睡了一个好长觉，凉水让他精神清爽。他似乎忘记了他所经历过的一切。参与了某个奇怪的悲剧的模糊感觉在脑海冒出来一两次，但是又有梦见悲剧的那种不真实感。

他穿戴起来，立即走进书房坐下来。简便的法国早餐早已为他摆在那面敞开窗户附近的一张圆桌子上。那是一个风和日丽的日子。暖融融的空气似乎香飘四溢。一只蜜蜂飞进来，围着那个摆在他面前的插满浅黄色玫瑰的青龙瓷瓶嗡嗡飞舞。他觉得幸福，无可挑剔。

突然，他的目光落在挡住那幅肖像的屏风上，身子一哆嗦。

"先生觉得太冷了吗？"他的男仆问道，一边把煎鸡蛋卷放了餐桌上，"我把窗户关上好吗？"

道连摇了摇头。"我不冷。"他嘟哝道。

都是真的吗？那幅肖像真的变化了吗？抑或那只是他自己的想象，让他看上去本该是快活的表情，变成了邪恶的表情？一张帆布油画真的能够改变吗？这事儿很荒唐。这倒是哪天可以对巴兹尔讲一讲的故事。故事能博他一笑。

可是，整件事情回忆起来又是多么逼真啊！首先在昏暗的灯光下，然后在明亮的清晨，他在那翘起的嘴角看见了那一抹残忍。他简直害怕他的男仆离开屋子。他知道只有他一个人时，他才会不得已审查那幅画像。他害怕事实确凿。仆人把咖啡和香烟端上来转身离去时，他感觉到一种把他喊回来的强烈要求。仆人身后的门就要关上时，他喊他回来。仆人站在那里等他吩咐。道连看了他一会儿。"对所有人说我不在家，维克多。"他说，叹了口气。仆人鞠躬，退下了。

然后，他从餐桌边站起来，点上香烟，猛地躺在一张摆在那屏风对面的铺垫奢华的长沙发上。屏风是旧的，镀金西班牙皮子，上面打印了华丽的路易十四时代图案。他审视着它，感到好奇，嘀咕它过去是否藏匿过一个人生活的秘密。

他到底应该把它拉开吗？为什么不让它好好待着？知道了又有什么用呢？如果事情是真的，那就很吓人了。如果它不是真的，为什么要去动它呢？然而，如果偏偏凑巧命运作弄，别人的而不是他的眼睛窥见了幕后真相，看出来那恐怖的变化，那可怎么办呢？如果巴兹尔·霍尔沃德来了要求看看他自己的画作，他又该怎么办？巴兹尔一准会这样做。不，那东西不得不检查一下，而且得立即检查。无论怎样都比这种疑虑重重的可怕状态可取。

他站起来，把两个门都锁上。至少他审视他引以为羞的面具时，是他一个人在场。然后，他拉开了那道屏风，看见自己面面相觑。那是千真万确的。肖像发生了变化。

　　如同后来他经常回想起来的，总是吃惊不小，他发现自己最初端详那幅肖像，几乎只是出于一种科学的兴趣的感觉。这样一种变化竟然会发生，他觉得不可思议。然而，事实如此。莫非化学原子之间有某种细微的亲和性，在画布上把它们自己组成了形式和颜色，并且重现了他内心的灵魂吗？莫非是灵魂所想的，它们就能表现出来吗？——梦中所梦的，它们也能让梦成真吗？或者另有某种别的更可怕的原因？他哆嗦了一下，感到害怕，接着回到那长沙发边，躺了下来，注视着肖像，恐惧得心惊肉跳。

　　但是，他觉得肖像成全了他一件事情。它让他意识到，他对待西比尔·范尼是多么不公道、多么残忍。将功补过还不算太晚。她还可做他的妻子。他那不真实、很自私的爱情可以让位于某种更崇高的影响，可以转变成某种更高尚的情欲，巴兹尔·霍尔沃德为他画的画像可以成为他一生的指南，可以引导他像一些人那样神圣，像另一些人那样有良心，像我们大家一样敬畏上帝。世间有各种悔恨的麻醉剂，各种把道德感催眠的毒品。然而，这里有了罪孽的堕落的看得见的象征。这里有人们给自己的灵魂带来毁灭的永远存在的标志。

　　三点钟响过，四点钟响过，四点半还响了两下，但是道连·格雷没有动静。他在努力收集生命的红线，把它们编织成图案；通过情欲的血红的迷宫找到他正在徘徊的通路。他不知道该干什么，该想什么。最后，他走到了桌子前，给他爱恋的那个姑娘写了一封热情洋溢的信，请求她原谅他，谴责自己发疯的行为。他写了一页又一页，全是伤心欲绝的狂热的话，全是痛苦万分的狂热的话。自责的话不厌其烦。我们责怪自己时，我们觉得别人没有权利责怪自己。给予我们赦免的是忏悔，而不是牧师。道连把信写好时，他觉得他已经得到了宽恕。

突然，门边传来敲门声，他听见亨利勋爵在外面说话。"我亲爱的孩子，我一定要见见你。赶快让我进去吧。我不能眼看着你像这样把自己关起来。"

他一开始没有作答，只是毫无动静地待着。敲门声一直在响，而且越来越响。是的，还是让亨利勋爵进来为好，向他解释他将要过的新生活，倘若非争吵不可，那就和他吵一架，倘若分道扬镳在所难免，那就各走各的道好了。他跳起来，急慌慌地把那道屏风拉上，把门打开了。

"我为发生的一切感到遗憾，道连，"亨利勋爵走进门来，说，"不过你也不必为这事儿想得太多了。"

"你是指西比尔·范尼吗？"少年问道。

"是的，当然，"亨利勋爵回答着，坐进了沙发里，慢悠悠地把他的黄手套脱下来，"从某个观点看，这事儿是很可怕，但那不是你的错。告诉我，演出结束后，你到幕后见她了吗？"

"那是。"

"我觉得你见过她了。你和她大吵大闹了吗？"

"我很粗暴，哈里——粗鲁极了。但是，现在一切都正常了。我对发生的一切都不难过了。这事儿教育了我，让我更了解我了。"

"啊，道连，我很高兴你这样处理这件事儿！我还担心我会看见你在后悔不已，把你漂亮的鬈发一把一把往下扯呢。"

"我已经全都挺过来了，"道连说着，摇了摇头，面露笑容，"我现在满心幸福。我知道良心是什么，这是首要的。良心不是你告诉我的那套。良心是我们身上最神圣的东西。别嘲笑我，哈里，别再这样了——至少不要当着我的面嘲笑了。我想走正道了。我无法忍受眼看着我的灵魂自甘堕落。"

"伦理学的一种非常令人着迷的艺术基础啊，道连！我祝贺你了。不过，你要怎么开始走正道呢？"

"与西比尔·范尼结婚。"

"娶西比尔·范尼为妻啊！"亨利勋爵嚷叫道，一下站起来，看着他又迷惑又吃惊，"可是，我亲爱的道连——"

"是的，哈里，我知道你要说什么。无非是关于婚姻的可怕的说法。别说了。别再对我说那套东西了。两天前，我请求西比尔嫁给我。我不会对她食言的。她就是我的妻子！"

"你的妻子！……你没有收到我的信吗？我今天早上给你写了信，让人送来的，我自己的男仆送来的。"

"你的信？噢，是的，我想起来了。我还没有看信，哈里。我害怕信中也许有什么我不喜欢的东西。你把生活用你的高见切成了碎片。"

"这么说你什么都不知道？"

"你这话什么意思？"

亨利勋爵走过屋子，而且，坐在道连·格雷旁边，把道连的两只手紧紧地握在自己的手里。"道连，"他说，"我的信——别害怕——是告诉你，西比尔·范尼死了。"

少年的嘴里发出了痛苦的惊叫，一下子站起来，从亨利勋爵的手里把手抽出来。"死了！西比尔死了！这不是真的！一派谎言！你怎么能说这种话？"

"确真不假，道连，"亨利勋爵一本正经地说，"所有的晨报上都登了。我给你写信，是要你别看它们，等我过来。不用说，验尸在所难免，你一定不要在这事儿上犯糊涂。在巴黎，这类事情可以让人成为时尚。但是，在伦敦，人们偏见很深。在这里，你千万别身负丑闻还到处露面。你应该把这种事情留到老年品味。我估计剧院的人还不知道你的名字吧？如果他们不知道，那就烧高香了。有人看见你到后台她的休息室了吗？这点非常重要。"

道连一时间没有做出回答。他全然不知所措了。最后，他呜呜哝哝结结巴巴地说："哈里，你说要进行验尸吗？你说验尸是什么意思？西比尔她——？噢，哈里，我受不了了！快说吧。马上把一切都告诉我。"

"我毫不怀疑这并非一次事故，道连，但是这事儿一定要按这个调子让公众知道。听说，大约十二点半的样子，她和她母亲一起离开了剧院，她说她有什么东西忘在楼上了。他们等了她一会儿，可是她没有下来。他们最后发现她躺在化妆室的地上。她误吞了什么东西，某些剧院使用的可怕东西。我不知道是什么，但是其中一定有氢氰酸或者白铅粉。我看是氢氰酸，因为她似乎当场就毙命了。"

"哈里，哈里，太可怕了！"少年惊叫道。

"是的；当然是非常可悲的，但是你一定不要掺和这事儿。我在《旗帜报》上看到，她才十七岁。我看她还不到十七岁。她看上去根本就是一个孩子，似乎对表演知之甚少。道连，你一定不要让这件事儿搞得紧张兮兮。你务必和我一起去用餐，然后到歌剧院看演出。今天晚上帕蒂①主演，要去的人都会到场的，你可以到我妹妹的包厢看演出。她带了几个很靓的女人。"

"这么说，是我谋杀了西比尔·范尼了，"道连·范尼说，一半在自言自语——"谋杀了她，完全如同我用刀子割断了她

---

① 帕蒂（Adelina Patti, 1843—1919），生于西班牙的意大利花腔女高音歌唱家，以演唱意大利作曲家贝利尼（1801—1835）的歌剧《梦游女》中的阿米娜而闻名，擅长演唱美声唱法的意大利歌剧和法国抒情歌剧。

纤细的喉咙。可是，玫瑰花儿不会因此消退可爱。鸟儿在我的花园一如既往地幸福地歌唱。今晚我和你一起吃饭，然后去看歌剧演出，然后我估计再在什么地方吃夜宵。多么醉生梦死般地演戏一样的生活！如果我在书里看到这样的事情，哈里，我想会潜然泪下的。可是，现在这种事情真的发生了，而在我看来似乎不可思议，连眼泪都没有。这里是我一生写出来的第一封满怀激情的情信。荒唐的是，我的第一封满怀激情的情信，是写给一个死去的姑娘。我纳闷儿，他们有感觉吗，那些我们称之为白色的沉默的人？西比尔啊！她能感觉、能感知、能倾听吗？噢，哈里，我曾经多么爱她啊！我现在感觉似乎多少年都过去了。她就是我的一切。那个可怕的夜晚不期而至——那就真的是最后一个夜晚吗？——她演得那么糟糕，我的心都碎了。她向我解释缘故。她说得那么动情感人。可是我一点也不为所动。我认定她肤浅。突然间的突发事件让我害怕。你无法告诉我究竟是什么，但是十分吓人。我说过我要回到她身边。我觉得我错了。现在，她却死了。天哪！我的天哪！哈里，我该怎么办？你不知道我面临的危险有多大，无论什么东西都无法让我走正道了。她本来可以让我幡然悔悟的。她没有权利自杀。她这样做很自私啊。"

"我亲爱的道连，"亨利勋爵回答道，从烟盒里抽出一支香烟，掏出一个镀金火柴盒，"女人能够改造男人的唯一办法，是让他彻底厌倦，对生活失去一切可能的兴趣。如果你和这个姑娘结婚，你也就彻底完了。当然，你可以对她百般呵护。你对你根本不放在心上的人，可以温情和蔼。但是，她会很快发现你根本没有把她放在心上。而当一个女人发现她丈夫的这种情况，她要么变得一塌糊涂，令人生厌，要么戴起别的女人的丈夫掏钱买的漂亮帽子。我对这个社会问题无话可说，尽管那是很可悲的，当然也是我不堪忍受的，不过我向你保证，到头来整件事情都只会是一场不折不扣的失败。"

"我估计也是失败，"少年喃喃道，在屋子里走来走去，脸色惨白如灰，"但是，我认为那是我的责任。这个可怕的悲剧阻止我做正当的事情，却不是我的过错。我记得你曾经说，种种美好的决定都由天定——它们总是姗姗来迟。我的决定的确应验了。"

"美好的决定干预科学的法则，都是徒劳的尝试。它们的根源是纯粹的虚荣。它们的结果绝对是零。它们时不时赋予我们一些奢侈的无果的情感，对懦弱之人往往有一种吸引力。那是它们可以一用的全部说法。它们只是那些在银行没有账户的人试图透支的支票。"

"哈里，"道连·格雷惊叫道，走过来坐在了亨利勋爵的身边，"这场悲剧为什么没有让我像我所感觉的那般悲哀呢？我不认为我没有心肝。你呢？"

"过去的两个星期里，你干了太多的傻事儿，你自己还轮不到'没有心肝'的地步，道连。"亨利勋爵说，脸上泛出了那种甜蜜的忧郁的微笑。

少年皱紧了眉头。"我不喜欢这样的说法，哈里，"他回应说，"不过我很高兴你并不认为我没有心肝。我根本不是那样的人。我知道我不是。可是，我必须承认，这件已经发生的事情，并没有像它应该的那样影响到我。我觉得，这只是一出奇妙的戏，有了一个奇妙的结果。一出希腊悲剧的美，它应有尽有，我在其中扮演了重要角色，但是我并没有因此而受伤。"

"这是一个令人感兴趣的问题，"亨利勋爵说，一边津津有味地挑逗少年没有意识到的利己主义——"一个极其有趣的问题。我觉得这是一个真实的说法。常有的情况是，生活中真正的悲剧发生得一点艺术性也没有，它们无情的暴力让我们受伤，它们绝对的支离破碎让我们受伤，它们荒谬的缺乏意义让我们受伤，它们全然的没有风格让我们受伤。它们伤害我们，一如世俗粗鄙腐蚀我们。它们给我们一种纯粹暴力的印象，因此我们抗拒这点。不过，有时候，一出具有美的艺术元素的悲剧冷不丁出现在我们的生活里。如果这些美的元素是真实的，那么整出戏就会对我们的感觉产生戏剧效果的吸引力。突然间，我们发现我们不再是演员，而成了这出戏的观众，或者索性我们既是演员又是观众。我们观看我们自己，单是这种场面的奇妙之处就让我们着迷。目前这一案例,真正发生的东西是什么呢?有人为了你的爱情把自己杀死了。但愿我经历过这样的事情就好了。它会让我后半辈子与爱情产生爱情。崇拜我的人——虽然不算多,但是还有一些——即便我不再关心她们、或者她们不再在乎我了,也会一直坚持活下去。她们会变得肥胖,烦人,我碰上她们时她们立即缅怀旧情。女人的记忆就是这么可怕啊!它是一种多么吓人的东西。它暴露了一种多么彻底的智慧停顿的现象!你应该吸收生活的色彩,却千万不应该记住其细端末节。细端末节总是庸俗的。"

"我一定要在花园种植罂粟花。"道连感叹说。

"那倒没有必要,"他的同伴说,"生命在其手中一直握着罂粟花呢。当然,有时候一些事情会一再延宕。我曾经整整一个社交季节佩戴紫罗兰,把这看成是对一种不会死去的罗曼司的艺术性哀悼的形式。我忘记什么东西扼杀了那段罗曼司。我想那是她为我提出来要牺牲整个世界吧。那总是一种可怕的时刻。它让你充满了永久的恐怖。哦——你能相信吗?——一个星期以前,在汉普希尔夫人府上,我竟然就坐在刚刚提及的那位女士身边,她硬要把那整件事情再来一次,把过去翻腾出来,把未来梳理一遍。可我早已把我的罗曼司深埋在常春花①的花

---

① 古希腊神话中的一种花,生长在乐园里。

圃里了。她却把它拽出来，向我哭诉是我把她的生活毁了。我一定要说明的是，她在晚宴上饕餮一顿，因此我一点也不用着急。可是，她表现得多么没有品位啊！过去的唯一魅力是它已成为过去。但是，女人永远不知道帷幕是什么时候落下的。她们总是想要第六幕[①]，全剧的兴趣都过去了，她们还建议继续演下去。如果她们可以按照她们自己的路子行事，每出喜剧都会有一个悲剧结局，每一出悲剧又会最终演成一出闹剧。她们做张做致倒也很有味道，但是她们没有艺术感觉。你比我运气好多了。我向你保证，道连，我认识的女人中，没有一个会像西比尔·范尼为你所做的那样，为我搭一条命。普通的女人总是自己安慰自己。她们中一些人使用感情色彩安慰自己。千万不要相信身穿绛红色服装的女人，不管她们在什么年龄段，一个年过三十五岁的女人喜欢粉红带子更不能轻信。这只能说明她们已是明日黄花了。另一些女人则突然发现她们丈夫的良好品质来寻求极大的安慰。她们当着你的面炫耀她们的美满婚姻，仿佛那是最令人着迷的罪孽。宗教安慰一些女人。宗教的种种秘密具有一切逢场作戏的魅力，这是一个女人有一次告诉我的；我完全理解。另外，有人告诉你是个罪孽深重的人，那是最能满足虚荣心的事儿。良心让我们大家都成了利己主义者。是的；

---

① 英国话剧一般只有五幕。

女人在摩登生活里找到满足，那是无穷无尽的。的确，我还没有提及最重要的安慰呢。"

"那是什么，哈里？"少年懒懒地问道。

"噢，明摆着的安慰。你失去自己的崇拜者时，把别人的崇拜者占有。在上流社会，那总会给一个女人洗清名声。不过，说真的，道连，与我们遇到的所有女人比起来，西比尔·范尼截然不同啊！我看来，她的死表现出某种美丽的东西。我很高兴我生活在一个这种奇迹发生的世纪。它们让你相信我们玩弄的诸多事情的现实性，比如罗曼司、情欲和爱情。"

"我对待她太残忍了。你忘记了这点。"

"恐怕女人就欣赏残忍，还是极度的残忍，胜过喜欢别的任何东西。她们具备奇妙的原始本能。我们解放了她们，但是她们始终保持奴隶身份，寻找主子。她们喜爱被人左右。我敢说，你很出色。我从来没有见到你真正地、绝对地生气，可我能想象出你看起来多么赏心悦目。而且，前天你对我说了一件事儿，我当时似乎觉得很好玩儿，但是我现在明白那事儿绝对真实，抓住了每件事情的关键。"

"我说什么了，哈里？"

"你对我说，西比尔·范尼对你来说代表罗曼司的所有女主角——一个晚上是苔丝德蒙娜，另一个晚上就是奥菲利娅；如果她死去时是朱丽叶，那么她醒来就是伊摩琴了。"

"现在她再也醒不过来了。"少年喃喃道，把脸埋进了手里。

"是啊，她是永远不能醒过来了。她已经扮演了最后的角色。但是，你一定想到在那件俗丽的化妆间孤独的死亡，如同某个詹姆斯时期的悲剧散发出来的奇怪的吓人的片段，又如韦伯斯特①、福特②或者西里尔·图尔纳③笔下的罕见的场景。那个姑娘从来没有真正生活过，因此她也就永远不会真的死掉。在你来说，她至少是一个梦，一个幽灵，在莎士比亚的戏剧里飘飞，并且因为它的出现让剧本更丰满了，又是一支单簧管，莎士比亚的音乐从里面吹出来更丰富更有欢乐了。她触及实际生活的那一刻，她毁坏了生活，而生活又毁掉了她，因此她撒手西去了。如果你喜欢，那就为奥菲利娅哀悼吧。往你的头上撒些灰④吧，因为考狄利娅被勒死了。对天长号吧，因为勃拉班修的女儿⑤死去了。但是，别在西比尔·范尼身上浪费眼泪。她比那些女主角都更不真实。"

一阵安静。黄昏让屋子里暗下来。重重影子从花园里无声

---

① 韦伯斯特（John Webster, 1580？—1625？），英国剧作家，主要作品有《白魔》和《马尔菲公爵夫人》等。

② 福特（John Ford, 1586—1639），英国剧作家，主要作品有《可惜她是妓女》《破碎的心》《爱的牺牲》等，基本上都是悲剧。

③ 图尔纳（Cyril Tourneur, 1575？—1626），英国剧作家，以诗剧《复仇者的悲剧》和《无神论者的悲剧》而出名。

④ 典出《圣经》，古代犹太人在头上撒灰表示哀悼或者忏悔。

⑤ 即《奥赛罗》剧中女主角苔丝德蒙娜。

无息地迈着银色的脚走进来。颜色从各种器物上疲惫地褪去了。

过了一会儿，道连·格雷抬起头来。"你把我向我自己解释了一番，哈里，"他咕哝说，有些释然的成分，"我感悟到了你所说的一切，但是我还是有点害怕，我也跟我自己说不清楚。你对我了解多么彻底啊！不过，我们以后不再谈论所发生的事情了。这是一次不同一般的经历。仅此而已。我不清楚生活是不是还为我预备了什么不同凡响的东西。"

"生活为你预备了一切，道连。你，具备这副出奇的俊美长相，没有什么事情你对付不了的。"

"可是，哈里，假如我变得憔悴、老了、长了皱纹了呢？那时怎么办？"

"哦，那时嘛，"亨利勋爵说，站了起来——"那时，我亲爱的道连，你不得不为你的胜利而拼争。现在，胜利说来就来到你跟前了。不，你必须保持你的俊美面相。我们生活在一个阅读太多反而失去智慧的时代，一个思考太多反而失去美的时代。我们不能轻易放过你。现在，你还是换上好衣服，坐马车到俱乐部吧。事实上，我们已经相当晚了。"

"我想我应该和你去看歌剧，哈里。我感觉疲惫得很，吃不下东西。你妹妹的包厢是多少号？"

"二十七号，我记得的。位于豪华层。你在门上看得见她的名字。很遗憾你不能来一起用餐。"

"我没有一点食欲，"道连无精打采地说，"不过我非常感激你对我说的一切。你当然是我的莫逆之交。无人像你这样理解我。"

"我们才刚刚开始我们的友谊，道连。"亨利勋爵说，和道连握了握手，"再见。希望九点半钟之前我能看见你。记住，帕蒂在主唱。"

亨利勋爵把身后的门关上，道连·格雷摇响了铃铛，几分钟后维克多提着灯笼赶来，把百叶窗拉上。

他很不耐烦地等维克多离去。这仆人事无巨细，似乎用去了漫长的时间。

维克多刚刚转身离去，他便冲到那屏风前，把它拉开。不，画像没有进一步的变化。在他自己还不知道西比尔·范尼已死之前，它就得到这个消息了。生活中发生的事件，它都能了解到。那抹歹毒的残忍把嘴部精致的线条破坏了，毫无疑问，这一变化是在那个姑娘喝下毒药或者别的什么东西的那个时刻。抑或，它对各种结果漠然处之？莫非它只是对灵魂深处的心路历程进行观察？他感到不解，希望有一天他能亲眼看见正在发生的变化，这样一想身子又颤抖起来。

可怜的西比尔啊！多么可贵的一次殉情啊！她过去经常在舞台上模仿死亡。后来，死神亲自找到她门上，然后便带着她走了。她是怎样把最后这场可怕的戏演完的？她死时诅咒他了吗？没有，她因为爱他才死的，爱情现在对他来说总是圣洁的。她把自己的生命奉献出来，偿还了一切。在剧场那个恐惧的夜晚，她让他经历过的事情，他不再多想了。他一想起她来，那便是一个上帝派到世界舞台上展示爱情的最高现实的千古奇观的悲剧形象。一个千古奇观的悲剧形象？他想起她那孩子般的模样、超凡脱俗的形容举止以及害羞的胆小的纯美，眼泪潸然而下。他赶紧把眼泪抹掉，再次审视画像。

他觉得，为他做出选择的真正时刻已经到来了。抑或他的选择已经做出了？是的，生活已经为他决定了——生活，他自己对生活的无限的好奇。永恒的青春、无限的情欲、微妙的秘密的种种享乐、狂热地欢乐和更加狂热地罪孽——他将拥有所有这些东西。这幅肖像将会肩起他羞耻的重负：那就是所有了。

一种痛感悄悄爬上他全身，因为他想到了画布上那张俊脸将要面临的污辱。有一次，像孩子般模仿纳西瑟斯[1]，他亲吻，或者说假装亲吻，那两片此刻正冲他残忍地微笑的嘴唇。一个上午接着一个上午，他坐在画像前，惊叹它的美，简直为之倾倒，如同很多次他似乎不能自已一样。莫非它现在会随着他屈从的每一种情绪而发生改变吗？莫非它将会变成一种畸形的可憎的东西吗？然后藏在一间锁紧的屋子，与那无数次把波动的

---

[1] 古希腊神话中人物，美少年，常对着水中的影像欣赏自己，并因此溺死；类似中国谚语"顾影自怜"之意。

奇妙的金发触摸得更加金灿灿的阳光永远隔绝吗？痛惜啊！痛惜啊！

　　有那么一会儿，他想为了他和画像之间那种可怕的共鸣不复存在而进行一次祈祷。画像曾经在回应他的祈祷时发生了变化；也许，在回应他的祈祷时，它也许保持不变。可是，但凡多少懂得一些生活的人，谁会放弃永葆青春的机会呢？不管那机会多么不可思议，也许会导致多么攸关命运的结果，谁会放弃呢？莫非真的因为祈祷，所以已经产生了那种替代现象吗？也许根本就没有什么奇怪的科学理由吗？如果思想能够对一个活生生的生物体产生影响，那么也许思想可以对死去的无机的东西产生影响吗？再说，难道没有思想和意识的欲望，我们自身以外的东西就不会与我们的情绪和情欲一起震动，在奇怪的亲和性的秘密爱恋中原子向原子发出呼唤吗？然而，理由并不重要。他再也不会通过祈祷引诱任何可怕的力量了。如果画像要改变，那它改变好了。大不了这个结果。为什么非要弄个究竟呢？

　　可是，观察画像就是有一种真正的享乐。他也许能够跟随自己的心灵进入其秘密世界。这幅画像对他来说也许是千变万化的魔镜。如同它已经向他展露他自己的身体，它也许会向他展露他自己的灵魂。冬天来到画像前时，他也许还会站在春天绽放的地方，等待夏季到来呢。等到血脉悄然离开画像的脸，留下了一个白垩般的面具带着无神的眼睛时，他也许会保留着孩童时代的烂漫。他的俊美亮丽的花朵永远不会凋谢。他生命的脉搏永远不会减弱。如同古希腊人的诸神，他也许会强壮、矫捷、快乐。画布上那尊彩色的人像发生什么变化，又有什么关系呢？他反正安然无恙。那就一好百好了。

他把屏风拉回到画像前，恢复原来的样子，一边拉一边笑，随后走进了卧室，他的男仆已经等候他多时了。一个小时之后，他开始观看歌剧，亨利勋爵向他的椅子倾斜着身子。

第九章

第二天早上，他坐在餐桌边用早餐时，仆人把巴兹尔·霍尔沃德领进了餐厅。

"很高兴总算见到你了，道连，"他说，一脸严肃，"昨天晚上我来造访，他们说你在歌剧院呢。当然我知道那是不可能的。但是，我还以为你留下了话，说明你真的到哪里去了。我打发了一个可怕的夜晚，真怕一出悲剧刚刚发生，另一出悲剧紧接着就来了。我想你听说了那事儿，也许首先就给我发了电报。我是在俱乐部浏览《环球报》晚版时，偶然看到的。我随即赶到了这里，没有见到你我难受极了。我对整件事情把心操碎了，都没法跟你说清楚。我知道你一定很痛苦。可是，你究竟到哪里去了？你去看望那姑娘的母亲了吗？有那么一阵子，我还想跟踪你到那里呢。他们把地址都写在纸上了。尤斯顿路的什么地方，对不对？但是，我又担心贸然闯入在一个伤心的场面，有些话我不便听。可怜的女人啊！她一定伤心欲绝啊！她唯一的孩子啊！她都讲了些什么？"

"我亲爱的巴兹尔，我怎么会了解呢？"道连·格雷喃喃道，从一个威尼斯酒杯里喝了一口小金泡泡正冒的浅黄色美酒，看样子疲惫至极，"我是去看歌剧了。你应该到那里去找我。我碰上格温多琳夫人了，哈里的妹妹，第一次见面。我们都在她的包厢里。她很迷人，没的说；帕蒂唱得如天籁。别谈论那些恐怖的话题。如果你不谈论什么事儿，什么事儿就永远不会发生。哈里说得好，只要你说什么事儿，什么事儿就会成为现实。我要澄清的是，她不是那个女人的唯一孩子。我相信，还有一个儿子，风度翩翩的一个小伙子。不过，他不在舞台上混事儿。

他是一个水手什么的。好了，跟我说说你自己在画什么吧。"

"你真去看歌剧了吗？"霍尔沃德问道，一字一顿的，很慢，声音里有一种绷紧的痛感，"西比尔·范尼在某个脏兮兮的栖身之处停尸，你却在看歌剧吗？眼见你深爱的姑娘连一个安睡的墓地都没有，你还和我大谈另一个女人很有魅力，帕蒂唱的像天籁吗？唉，老兄，她那具小小的白色尸体面临的是各种恐怖啊！"

"住口，巴兹尔！我不爱听这个！"道连叫道，猛地站起来，"你一定不要跟我唠叨琐事。干过的事儿已经干了。过去的时间已经过去。"

"你认为昨天是过去吗？"

"实际过去时间多少，和这事儿有什么关系？只有肤浅的人才需要很多年摆脱一种感情。一个自己做主的人，了结悲哀如同他发明享乐一样轻而易举。我不想做我的情感的可怜虫。我想利用情感、享受情感、控制情感。"

"道连，这很可怕啊！什么东西把你彻底改变了。你看起来还是那同一个不同凡响的男孩，一天又一天，来到我的画室，坐下来画像。你那时简单，自然，充满柔情。你是这世上一尘不染的乖孩子。现在，我不知道什么左右了你。你说话的口气仿佛你没有心肝，不知慈悲。这都是哈里的影响。我看出来了。"

少年脸红了，随后，走到了窗户前，向翠绿、闪耀、阳光明媚的花园看了一会儿。"我从哈里那里学到很多，巴兹尔，"他最后开口说——"比从你那里得到的多。你只是教会了我爱慕虚荣。"

"这么说，我会因此受到惩罚的，道连——迟早会的。"

"我不明白你这话什么意思，巴兹尔，"他大声说，转过身来，"我不知道你想要什么。你想要什么呢？"

"我想要那个我过去画过的道连·格雷。"艺术家颓然说道。

"巴兹尔，"少年说着，走到了巴兹尔身边，把手放在了他的肩上，"你来得太晚了，昨天我听到西比尔·范尼自杀——"

"自杀！老天爷啊！毫无疑问是自杀吗？"霍尔沃德喊道，一脸恐怖地看着道连。

"我亲爱的巴兹尔！难道你真的不认为这是一起庸俗的事件吗？当然她是自杀的。"

年长的男人把脸埋进了两只手里。"多么可怕。"他喃喃道，浑身猛地哆嗦了一下。

"不，"道连·格雷说，"这事儿没有什么可怕的。这只不过是舞台上那些伟大的浪漫悲剧的一出而已。通常，演戏的人们都过着最普通的生活。他们是好丈夫，忠诚的妻子，诸如此类讨厌的生活角色。你知道我什么意思——中产阶级的操守，以及所有这类东西吧。西比尔是多么不同凡响啊！她活出了一出最震撼的悲剧。她总是一个女主角。最后一个夜晚她演得——

就是你看她演出的那次——她演得很糟糕，因为她已经知道了爱情的现实性。当她知道爱情的不现实性时，她死了，是像朱丽叶那样死去的。她再次回归了艺术的氛围。她身上体现了某种殉道的东西。她的死具备了所有殉道的悲情的无用，所有浪费的美。但是，正如我说的，你一定不要以为我们没有遭受痛苦。如果你昨天在特定时刻来这里——五点半的样子，也许，六点半——那么你会看见我成了泪人儿。哈里当时在这里，给我带来了那个消息，实际上连他都不知道我经历了什么痛苦。我遭受了巨大的痛苦。然后，痛苦过去了。我不能重复一种感情经历。谁也不能重复一种感情经历，除了伤感主义者。你太不公正了，巴兹尔。你来这里安慰我。这是你的魅力。你发现我得到了安慰，你却大光其火。多像一个假哭慈悲的人！你让我想起了哈里告诉我的某个慈善家的所作所为，那家伙花了二十年的生命时间，努力接触某种疾苦，或者是改变某种不公正的法律——我忘记了到底是什么了。最终他成功了，却什么结果也没有，只有失望。他绝对无事可做，几乎因为厌倦而死，后来成了一个不折不扣的愤世嫉俗的人。还有，我亲爱的巴兹尔，如果你真的想安慰我，那就叫我早早忘记了已经发生的事情，或者完全从合适的艺术角度来看这件事儿。戈蒂埃①不是写出过《艺术的安慰》吗？我记得有一天在你的画室翻阅一本牛皮封面小册子，正好看见了那句深慰人心的句子。哦，我不像我们俩一起去罗马时你告诉我的那个年轻人，那个年轻人爱说黄段子能安慰一个人生活中的所有痛苦。我喜爱你能够摸得到、拿得起的美好东西。古老的锦缎、绿色的青铜、漆器工艺品、象牙雕、独特的氛围、奢侈、浮华，所有这些宝物都能提供不尽的享受。但是，它们创造的那种艺术特质，或者无论怎样展示出来的艺术特质，对我来说更重要。充当你自己生活的观众，正如哈里说的，就是逃脱生活苦难。我知道你很吃惊我像这样和你交谈。你还没有认识到，我开窍开到了何种程度。你认识我时，我还是上学的男孩儿。我现在是一个男人了。我有了新情欲，新思想，新观念。我不一样了，但是你一定不要因此不再喜欢我。我变了，但是你一定要始终做我的朋友。当然，我很喜欢哈里。可我知道你比他好。你没有他强大——你过分惧怕生活——但是你个性更鲜明。我们在一起的时候是多么幸福啊！别抛弃我，巴兹尔，别跟我争吵。我就是我。没有什么更多的说辞。"

画家莫名其妙地感动了。这少年对他来说无比亲切，他的

①　戈蒂埃（Theophile Gautier，1811—1872），法国诗人、小说家、评论家，由浪漫主义转向唯美主义，第一个提出"为艺术而艺术"，其理论对帕尔纳斯派（the Parnassians）起了先导作用，作品有《珐琅与玉雕》、小说《木乃伊故事》等。王尔德也深受他的影响。

个性在他的艺术中是一个重大的转折点。他不忍心再狠狠地呵斥他一顿。毕竟，他的冷漠也许只是会很快过去的情绪。他身上还有那么多的好东西，那么多高贵的品质。

"嗯，道连，"他终于说，脸上只有苦笑，"关于这件恐怖的事情，从今以后我不会再跟你唠叨了。我只希望你的名字不会与这件事儿相提并论。今天下午，验尸调查开始。他们传唤你了吗？"

道连摇了摇头，听见提到"验尸调查"四个字脸上掠过了一丝烦恼的表情。所有这类事情，都有某种粗鲁和庸俗的东西。"他们不知道我的名字。"他回答道。

"不过她肯定知道吧？"

"只知道我的教名，而且我很有把握她从来没有和任何人提及。一次，她告诉我家人都很想知道我是谁，她无一例外地告诉他们我就是迷人王子。她冰清玉洁啊。你一定要给我画一幅西比尔的像，巴兹尔。我想拥有更多的东西，不能一想起她来就只是几个吻，几句断断续续动人的话。"

"我试试看吧，道连，如果画像能让你高兴的话。但是，你一定要来亲自给我做模特儿。没有你，我是画不出来的。"

"我再也不能坐在那里画像了，巴兹尔。不可能了！"他大声说，吓得往回缩。

画家注视着他。"我亲爱的孩子，简直是胡说！"他叫道，"你是说你不喜欢我过去为你所做的一切吗？那幅肖像哪里去了？你为什么要在前面挡上一道屏风啊！让我看看。这是我画出来的最后画作。快把屏风拿开，道连。你的仆人把我的作品这样遮挡起来，很不地道。我觉得这屋子和我过去来时不一样了。"

"我的仆人根本没有干这种事儿，巴兹尔。你能想象让他来安排我的屋子吗？他有时给我摆摆花儿——只摆花儿。不，是我自己干的。光线太足了，对画像不好。"

"太足了！肯定不是这个原因吧，我亲爱的老兄？那是摆画儿的好地方。快让我看看。"霍尔沃德走向了屋子的那个角落。

道连·格雷的嘴唇一下子喊出了可怕的惊叫，他冲到了画家和屏风之间。"巴兹尔，"他说，脸色煞白，"你千万别看它。我不希望你看它。"

"不能看我自己画的作品啊！你不是当真的吧。为什么找不能看一看呢？"霍尔沃德大声说着，大笑起来。

"如果你非要看它，巴兹尔，我以我的名誉发誓，只要我活着，我就再也不理你了。我是当真的。我不做任何解释，你也不用多问了。不过，记住，如果你动一动这屏风，我们从此分道扬镳。"

霍尔沃德如遭雷击。他呆看着道连·格雷，完全蒙了。他过去从来没见过他这个样子。这少年实际上气得脸色灰白。他的两只手绞在一起，眼珠儿像蓝火焰的圆圈儿。他浑身都在发抖。

"道连！"

"别说了！"

"可这到底是怎么回事儿？当然，如果你不想让我看，我不看就是了，"他冰冷地说，转过身去，向窗户走去，"可是，真的，我不能看我自己的画作，尤其我还准备在秋天去巴黎参展的作品，似乎荒唐透了。在参展前，我也许不得不再上一次油彩，因此我哪天一定要看的，为什么今天就不能看了？"

"展出啊！你想展出它吗？"道连·格雷嚷嚷道，一种奇怪的恐惧袭击了他全身。莫非全世界都要看见他的秘密了吗？莫非人们都要在他生命的秘密前目瞪口呆吗？那是不可以的。某种措施——他不知道是什么——必须马上采取。

"是的；我想你不会反对吧。乔治·珀蒂要收藏所有我最好的画作，在塞兹街①举办一次专题展览，十月的第一个星期就揭幕。这幅画像只拿去一个月。我想你很容易腾挪一个月的时间吧。事实上，你怎么也要出城转转的。如果你总是挡在屏风后面，你也不会很在乎它。"

道连·格雷用手抹了一下额头。额头渗出了小汗珠儿。他

---

① 巴黎的一条街，当时是举办画展的地方之一。

觉得他被逼到了令人恐怖的危险的边缘。"你一个月前告诉我，你永远不会展出它的，"他惊叫道，"你为什么改变了主意？你们这些信守信用的人，和那些出尔反尔的人一个样。唯一的区别是，你们的情绪一点意义都没有。你不能忘记了，你一本正经地向我保证，这世上没有什么理由能让你送去展览。你和哈里也说过同样的话。"他突然停住了话题，眼睛里闪现了亮晶晶的神色。他想起来亨利勋爵有一次用半真半假的口气告诉过他："如果你想度过奇怪的一刻钟，不妨让巴兹尔告诉你，为什么他不会展出你的画像。他告诉我他不会展出的原因，那对我来说是一种启示。"是的，也许巴兹尔也洞悉了其中的秘密。他不妨问问他，试探一下。

"巴兹尔，"他说，走得更近一些，直视着巴兹尔的脸，"我们彼此各有自己的秘密。你拒绝展出我的画像的缘由是什么呢？"

画家不由自主地颤抖了一下。"道连，如果我告诉你，你也许就不会真心喜欢我了，还一定会笑话我。可这两件事情，你做出哪一件我都受不了。如果你希望我永远再也不看你的画像，我无话可说。我总有你可看就行了。如果你希望我一生创作的最好画作不在世人眼前露面，我也很满足。你的友谊比任何名声或者声誉都更可贵。"

"不，巴兹尔，你一定要告诉我，"道连·格雷缠磨说，"我认为我有权利知道。"他恐惧的感觉已经过去了，好奇心占了上风。他决意弄清楚巴兹尔·霍尔沃德深藏不露的秘密。

"我们坐下来吧，道连，"画家说，眼色有些迷乱，"我们坐下来吧。只管回答我一个问题。你发现那画像一些奇怪的地方吗？——某些一开始没有引起你注意，但是突然间向你显露出来了？"

"巴兹尔！"那少年惊叫道，颤抖的手紧紧抓住了椅子的扶手，狂热的惊讶的眼睛注视着他。

"我看出来你发现了。别说出来。先听我不得不说的话后你再说吧。道连，从我见到你的那一刻起，你的个性就对我产生了超乎寻常的影响。我被你掌控了，灵魂、头脑和力量，全都被掌控了。对我来说，你成了那看不见的理想之看得见的化身，而理想的记忆就像一个美好的梦让我们这些艺术家念念不忘。我崇拜你。我渐渐变得妒忌每个你与之讲话的人。我想把你的一切都归自己所有。我只有和你在一起才幸福。当你离开我时，你仍然出现在我的艺术里……当然，我从来没有让你知道这个。那是不可能的。你也不理解这点。我自己都很难理解。我只知道，我面对面看见了完美形象，这世界在我的眼前变得奇妙了——也许太奇妙了，因为在这样疯狂的崇拜中存在着危险，失去崇拜的危险，一点不亚于留住崇拜的危险。一周又一周过去了，我变得越来越离不开你。然后，新的情况出现了。

我已经把你当作身穿炫目的盔甲的帕里斯①往画里画，当作身穿猎装、手持明亮的野猪叉的阿多尼斯②往画里画。头戴浓密的莲花花冠，你坐在阿德里安③的船头，注视绿莹莹脏兮兮的尼罗河。你俯视着某个希腊林地的纹丝不动的水池，在宁静的银白的水面，端详你自己脸上的出奇之处。艺术应该具备的东西，应有尽有，无意识啦，理想啦，模糊啦，等等。一天，我有时想那是一个要命的日子，我决定依照你实际的样子，给你画一幅美轮美奂的肖像，不是远古时代的服装，而是你自己的服装，你自己的时代。不管肖像是现实主义的手法，还是你自己个性的奇迹，就这样直截了当地呈现在我面前，没有雾霭，没有面纱。但是，我很清楚，在我作画的当儿，每画一下，每涂一层颜色，我似乎觉得就会把我的秘密暴露一点。我渐渐害怕别人会知道我的偶像崇拜情结。我觉得，道连，我说出来的太多了，我把自己画进去的太多了。那时，我决意永远不把画像拿出去展览。你当时还有点儿不快；不过当时你也没有认识到对我来说意味的一切。哈里，我是跟他谈起过，他听了狠狠笑话我一通。但是，我不在乎他笑话。那幅肖像画完后，我一

---

① 古希腊神话中的人物，特洛伊王子，因为诱骗了斯巴达王后海伦而引发特洛伊战争。

② 古希腊神话人物，爱神维纳斯钟爱的美貌猎人。

③ 可能指阿德里安四世（1115—1159），唯一的英格兰籍教皇，曾于1155年主持神圣罗马帝国皇帝弗雷德里克·巴巴罗萨的加冕礼。以豪华放荡出名。

个人和它相伴，觉得我是对的……哦，过了几天，那宝贝儿就离开了我的画室，我一摆脱它之时那种不可抗拒的吸引力，我似乎觉得我想象我在画中看见别的什么东西是很愚蠢的念头，什么东西都不会超过你非同寻常的英姿，超过我画出来的东西。就是现在我也还感觉得到，以为你在创作中感觉到的激情真的可以表现在你创作的画作中，这是一种误解。艺术总是比我们幻想得更抽象。形式和颜色只是告诉我们形式和颜色——仅此而已。我经常认为，艺术藏匿艺术家，远非完全暴露艺术家。所以，当我收到巴黎寄来的邀请时，我决定把你的画像在我的展览中当作主打作品。我怎么也没有想到你会拒绝。我现在看出来你是对的。这幅肖像不能展出。我跟你说了这些，道连，你一定会很生我的气。如同有一次我跟哈里说过的，你生来就是让人崇拜的。"

道连·格雷长舒了一口气。红晕回到了他的脸上，嘴角泛起了微笑。危险过去了。他暂时安全了。然而，他忍不住为画家感到无限的可怜，可怜他刚刚向他做了这番奇怪的忏悔，不清楚他自己会不会被一位朋友的人格如此掌控。亨利勋爵具有非常危险的魅力。但是，也就是那样子了。他过分机灵，过分犬儒，不会有人真正喜欢。有谁真能让他充满一腔奇怪的偶像崇拜情结吗？那就是生命早早设置下的一种东西吗？

"对我来说真的不可思议，道连，"霍尔沃德说，"你竟然在那幅画像里看出了这点。你真的看出来了吗？"

"我看出一些奥妙，"他回答说，"某种对我来说非常奇怪的东西。"

"哦，你现在不在乎我看看那幅画儿了吧？"

道连摇了摇头。"你一定不要请求了，巴兹尔。我不可能让你站在那幅画像前面。"

"某一天你肯定会的，是吗？"

"永远不会。"

"嗯，也许你是对的。那么就再见吧，道连。你是我生命中真正影响了我的艺术的那个人。不论我做出什么，只要是好的，都归功于你。啊！你不知道我告诉你这一切，我付出了什么代价。"

"我亲爱的巴兹尔，"道连说，"你告诉我什么了？不过是你觉得你仰慕我太多了。这连一种恭维都算不上呢。"

"本意也不是想恭维人嘛。这是一种主动交代。既然我已经说出来了，好像什么东西已经离我而去了。也许，人就不应该把自己的崇拜用话说出来。"

"是一种非常令人失望的交代。"

"那么，你本来期望什么呢，道连？你在画像里没有看出来别的东西吧，对不？画上没有什么别的东西可看吧？"

"没有，没有什么别的东西可看。你为什么会问呢？不过你一定不要谈论崇拜了。那是卖傻。你和我是朋友，巴兹尔，我们一定要永远保持朋友关系。"

"你有了哈里了。"画家悲观地说。

"噢，哈里！"少年叫道，咯咯笑了几声，"哈里把他的日子都用来说些难以置信的话，把他的夜晚都用来干些胡作非为的事。正好是那种我会喜欢过的生活。不过，一旦我有了麻烦，我想我也不会去找哈里。我宁愿去找你，巴兹尔。"

"你还会再为我坐下来做模特儿吗？"

"不可能！"

"你拒绝我，你就毁了我的艺术家生活了，道连。没有人能遇到两件理想的事情。遇上一件理想事情的人都寥寥无几。"

"我无法对你说清楚，巴兹尔，可是我确实再也不能为你坐下来画像了。一幅画像里难免一些要命的东西。画像有自己的生命。我会找你喝喝茶。一起喝茶一样有乐趣的。"

"恐怕对你来说更有乐趣吧。"霍尔沃德嘟哝说，有些懊恼，"现在还是再见吧。你不让我再看看那幅画像，我很遗憾。不过那是没办法的事。我相当理解你对画像的感受。"

画家离开屋子时，道连·格雷自己笑了。可怜的巴兹尔啊！他对真正的原因一无所知啊！多么不可思议，他不仅没有迫不得已把自己的秘密暴露了，反倒阴差阳错地把朋友心中的秘密成功地鼓捣出来了！那番奇怪的交代，向他诉说的真不少啊！

画家荒谬的妒忌痉挛、狂热的奉献、不遗余力的赞美、罕见的沉默——他现在完全理解了，他感到遗憾。他似乎觉得友谊被浪漫过分涂抹色彩，悲剧因素尽在其中了。

他叹口气，把铃铛摇响。这画像一定要不惜一切代价藏好了。他不能担当再被人看见的危险了。让这幅肖像一直留在他的朋友随时都能进来的屋子里，哪怕多留一个小时，他都是在发疯。

第十章

　　他的男仆进来时，他巴巴地看着他，担心他是不是也想到窥视一下屏风后面的东西。男仆一贯安分守己，静候他的吩咐。道连点上了香烟，走到镜子前打量了几眼。他看见维克多的脸照在镜子里清清楚楚。那张脸像一个唯命是从的没有表情的面具。面具上没有什么让人担心的。但是，他想最好还是以防万一的好。

　　他慢条斯理地讲话，告诉仆人去叫管家来，他要见她，然后再去找做框架的匠工，让他立即派两个手下来。他似乎觉得男仆离开屋子时，眼睛朝屏风的方向溜了几眼。要不，这只是他自己的胡思乱想？

　　几分钟后，丽芙太太身穿黑色绸子裙装，长满皱纹的手戴着老套的露指线手套，急匆匆地走进了书房。道连向她要教室的钥匙。

　　"是那间旧教室吗，道连？"她大声问道，"嗨，里面全是灰尘。我得好好整理一下，有个头绪了你好进去。现在你去看它不合适，先生。真的不合适。"

　　"我不想把它整理好了，丽芙。我只要钥匙就行了。"

　　"哦，先生，你要是进去，会弄上一身蜘蛛网的。嗨，那屋子闲置了快五年了，勋爵先生去世后就一直空着。"

　　听到提及他的外祖父，他不由得一激灵。他对外祖父只有憎恨的记忆。"没有关系的，"他回答说，"我只是想看看那个地方——只是看看。把钥匙给我吧。"

"钥匙在这里，先生，"老太太说着，哆哆嗦嗦的两只手在钥匙串儿上翻找一通，"钥匙在这里。我这就从钥匙串儿上卸下来。不过你不是想到楼上住吧，先生，你在这里住得不是很舒服吗？"

"不，不，"他很不礼貌地嚷叫道，"谢谢你，丽芙。这就行了。"

丽芙太太延宕了一会儿，唠叨一些家务的琐事。道连叹了口气，告诉她按她最好的想法管理家务就行了。她笑盈盈地离开了屋子。

屋门关上后，道连把钥匙装进了口袋里，打量了一下屋子。他的目光落在了一块很大的紫色缎布上，只见上面绣了镶金的图案，是一块十九世纪晚期威尼斯风格的不可多得的工艺品，他的外祖父在博洛尼亚①附近一家修道院觅得的。是的，这块缎布用来包裹那件可怕的东西再好不过了。或许它是一块经常用来覆盖死人的罩布也未可知。这下它要覆盖一件自行腐败的玩意儿了，较之死亡本身还要腐败——那玩意儿养育恐惧却永远不会死亡。如同蛆虫蚕食尸体，他的罪孽会把画布上的那个彩色人像腐蚀掉。罪孽会毁掉画像的美，吞噬其优雅。它们会玷污它，让它蒙羞。然而，那件东西依然会活下去。它会永远

———————————————————

① 意大利一城市。

活下去。

他哆嗦一下，一时间，他很遗憾没有告诉巴兹尔他一心想把画像藏起来的真正原因。巴兹尔会帮助他抵抗亨利勋爵的影响，抵抗来自他自身性情的更有毒性的影响。巴兹尔对他怀有的爱——那是真正的爱——没有什么高贵的理智的东西。它却也不只是对源于各种感官的美的肉体羡慕，因为那种美一等感官疲惫也就随之死去了。它是米开朗琪罗①、蒙田②、温克尔曼③和莎士比亚自己了然于心的那种爱。是的，巴兹尔能够拯救他。然而，现在为时已晚。过去总是会过去的。只有遗憾、克制和遗忘能够相伴过去。但是，未来是不可避免的。他有欲望，能够找到它们的可怕的发泄口，梦会把欲望的邪恶的影子变成真实。

他从睡椅上取下覆盖其上的那块大紫色镶金织物，随后，拿在手里，绕到屏风后面。画布上的那张脸比以往更邪恶了吗？他似乎觉得那张脸没有发生变化；可是他对画像的厌恶更厉害了。金黄色头发，蓝蓝的眼睛，玫瑰红嘴唇——全都保持原样。

◇◇◇◇◇◇◇◇◇◇◇◇◇◇◇◇◇◇◇◇◇◇◇◇

① 意大利文艺复兴时期巨人。
② 蒙田（Michel Eyquemde Montaigne, 1533—1592），法国文艺复兴时期思想家、散文家，用怀疑论从研究自己扩大到对人的研究，反对经院哲学和基督教的原罪说，主要著作为《随笔集》。
③ 温克尔曼（Johann Joachim Winckelmann, 1717—1768），德国考古学家、艺术史家，艺术新古典主义的奠基者，主要作品有《希腊绘画雕塑沉思录》《古代艺术史》等。

只是脸上的表情变化了。残忍之色令人恐怖。相比较他从画像上看出来的非难或指责，巴兹尔为了西比尔·范尼对他进行的种种责怪，是多么肤浅啊——多么肤浅又多么不足挂齿啊！他自己的灵魂从画布上审视他，呼唤他接受审判。痛苦的表情扫过他脸上，他赶紧把那块丰美的缎布盖在了画像上。正在他覆盖画儿时，门边传来敲门声。他绕过来时，他的仆人正好进来。

"工匠们到了，先生。"

他感觉这个仆人必须立即打发走。一定不能让他知道这幅画像要搬到哪里去。他身上有某种狡猾的东西，还有一双疑虑重重的背叛的眼睛。他坐在写字台前，给亨利勋爵草写了一封短信，派他送去，要亨利勋爵带些读物来，并且提醒亨利勋爵记住晚上八点十五见面。

"等着答复，"他说，把短信交给他，"把那两个人叫到这里。"

两三分钟后，门边又响起敲门声，南奥德利街有名的框架制造匠哈伯德先生本人进来了，身后带了一个面相粗糙的年轻助手。哈伯德先生是一个红脸红胡子的小个子男人，他对艺术的敬慕相当程度上是和他打交道的多数艺术家穷愁潦倒的境况锤炼出来的。通常，他绝少离开自己的店铺。他等待客户上门找他。但是他总是因为喜爱道连·格雷每每破例。道连身上有那种让每个人着迷的东西。就是亲眼看一看他也很享受。

"什么事能为你效劳，格雷先生？"他问道，一边搓着带斑点的肥手，"我觉得应该亲自来为你效劳才是。我刚刚弄到一个很美的框架，先生。是在甩卖场淘来的。古色古香的佛罗伦萨风格。我相信是从丰特山①过来的。镶在一幅宗教画上没的说，格雷先生。"

"你不怕麻烦自己过来，真是过意不去，哈伯德先生。我当然会光顾贵店，看看那个框架——尽管我目前对宗教艺术没有太多在意——不过今天我只想请你把一幅画像搬到住宅的顶楼去。画像很重，于是我想我还是请你派个手下人来干的好。"

"一点问题没有，格雷先生。我很乐意为你效劳。那件艺术作品在哪里，先生？"

"这就是，"道连回答着，把屏风向后挪了挪，"你们能搬动吗？幔子还盖着不动，整个搬上去，行吗？我不想上楼梯时刮蹭了。"

"这事不难，先生，"随和的框架匠说着，在助手的帮助下开始把画像从悬挂它的长长的铜链上卸下，"行了，现在我们应该把它搬到哪里呢，格雷先生？"

"我给你们带路，哈伯德先生，你们只管跟随我来就行。要不，你们最好在前面走吧。地点就在住宅的顶层。我们走前楼梯吧，那里更宽敞。"

---

① 位于威尔特郡的一座哥特式建筑物，为大贵族威廉·贝克福德的豪宅；1822年宅邸易主，大批艺术品出售。这里只是营造一种氛围。

他为他们打开门，他们穿过门进了大厅，开始上楼。画框十分讲究的制作品质使得画像极为笨重，哈伯德先生养成了真正手艺人的精神，见不得一个上等人劳神劳力干无用的事儿，可道连不顾他多次讨好的抗议劝阻，时不时伸手扶住画框帮助他们。

"搬运起来还真重，先生。"个子矮小的匠工喘气道，因这时他们来到了顶层楼梯平台上。他把汗津津的额头擦了擦。

"恐怕是相当重的。"道连小声说着，一边把屋门打开，从此这道门将要守住他生命的秘密，把他的灵魂隔开世人的眼睛。

他四年多没有走进这个地方了——一点没错，这里就是他小时候起初活动的游戏室，后来等他长大一些又当作了教室使用。这是一间比例相称的大屋子，最后那位凯尔索勋爵专门为小外孙子之用修建的，可出于道连酷似自己的母亲以及别的原因，老勋爵一直不喜欢这个外孙，要求保持距离。道连打量一下，几乎没有什么变化。那个巨大的意大利大衣柜还在，柜面上油漆了引人注目的花纹，金色条纹已经褪色，他儿时经常在里面藏猫猫。那个椴木书柜摆满了翘角的教科书。书柜后面的墙上，悬挂了破旧的弗兰芒壁毯，图案上一个褪色的国王和王后在花园里下棋，一伙猎鹰骑手经过，他们戴着长手套的手腕上架着罩上头套的鹰。这里的一切他记得多么清楚啊！他环视四周，孤独的童年的分分秒秒在心头泛起。他想起了纯洁天真的孩提时代，这下要在这里藏匿那幅要命的画像，他似乎觉得很恐怖。在那些死气沉沉的日子里，他如何想得到命中注定等待他的一切啊！

但是，这所房子里没有别的地方能像这里一样如此保险地躲开窥探的眼睛。他拿着钥匙，没有别人能够进来。在画像那紫色的罩布下，画在帆布上的那张脸能变得残忍、呆滞、不洁。那有什么关系呢？没有人看见它了。他自己也不会来看它了。为什么他应该来看他自己灵魂的丑恶的腐败呢？他要保持自己的青春——这就足够了。而且，再说了，他的本性最终也许变得更良善呢？硬说未来就只有羞耻，这话也没有道理。某种爱也许会闯进他的生活，让他变得纯洁，保护他免受似乎已经在精神和肉体上蠢蠢欲动的罪孽——那些奇怪的难以描述的罪孽，其神秘性赋予了罪孽狡诈和魅力。也许，有一天，那残忍的神情会从那张红红的敏感的嘴边消失，他也许会向世界展示巴兹尔·霍尔沃德的杰作。

不，那是不可能的。一个小时接一个小时，一周接一周，画布上那个东西都会变老。它也许会躲过罪孽的奇丑，但是岁月的奇丑早在等着它了。脸颊会变得干瘪或者松垂。黄黄的鱼尾纹会爬满渐渐混沌的眼睛，让它们狰狞恐怖。那秀发会失去光泽，那张嘴会空张或者下撇，会痴呆或者粗糙，如同老人的牙口一样。脖子会皱纹斑斑，两手会冰凉、青筋毕露，身体会弓腰曲背，如同他记忆中的外祖父的老迈模样，只会对童年的他板起严酷的老脸。这幅画像不得不藏起来。这是没办法的事儿。

"请搬进来吧，哈伯德先生，"他疲惫地说着，转过身来，"让你们等这么久，真是过意不去。我在瞎琢磨别的事情。"

"歇口气儿总是高兴的，格雷先生，"框架制造匠说，还在不停地喘气儿，"我们把它放在哪里呢，先生？"

"噢，摆哪里都行。就这里吧，这里就很好。我不想把它悬挂起来了。靠墙放着就可以了。谢谢。"

"可以看看这幅画作吗，先生？"

道连吓了一跳。"它不会让你有兴趣的，哈伯德先生。"他说，一边盯着那个匠工。他觉得他随时会向他扑过去，把他按倒在地上，如果他胆敢把那块藏匿他生活秘密的华美的幔子揭开的话。"我现在不想打扰你了。你能拨冗亲自来一趟，我已经很感激了。"

"哪里，哪里，格雷先生。巴不得为你效劳呢，先生。"哈伯德先生啨啨地走下楼去，身后跟着的那个助手，回身瞅了一眼道连，他那粗糙、死板的脸上有一种羞怯的好奇之色。他从来没有看见过如此令人惊艳的人物。

等到他们的脚步声消失了，道连才锁上门，把钥匙装进口袋里。他感觉这下安全了。没有人再能看见那件令人恐怖的东西了。除了他，没有人能看见他的羞耻了。

回到书房时，他看见刚刚过了五点钟，茶点早已经端来了。一张镶嵌了厚厚珍珠层的深色沉香木小桌子，那是他的监护人的妻子拉德利夫人送的礼物，她可谓专业的老病号，前一年冬天是在开罗度过的，小桌子上摆了一封亨利勋爵的短信，旁边是一本黄色纸装订的书，书皮有些破损，书角磨蹭脏了。一份《圣詹姆斯报》第三版已经放在了茶几上。显然，维克多已经回来了。他嘀咕维克多是不是在大厅里碰上了那两个离去的人，趁机打听了他们刚刚干了什么事情。他一定会想起那张画像——无疑在摆茶点时已经想起了它。那屏风还没有放回原来的位置，墙壁上一眼就看得见一个空地方。也许，哪天夜里他会爬上楼梯寻找画像，试图用力把那间屋子的门打开。这家里有一个奸细，是一件恐怖的事情。他听说过，有些富人一辈子被某个仆人敲诈，只因那仆人偷读过信件或者偷听了谈话，或者捡到了一张写了地址的名片，或者在枕头下发现了一朵枯萎的花儿或者一团打皱的蕾丝。

他叹了口气，随后，给自己倒了一些茶，打开了亨利勋爵的短信。信上只说他让仆人捎回来一张晚报、一本他也许有兴趣的书，还说他会在八点十五分在俱乐部会面。他懒洋洋地打开《圣詹姆斯报》，浏览了一下。第五页上用红铅笔标出来的地方跳入他的眼睛。铅笔标出了下面的段落：

女优暴死验尸报告——今日上午，签约霍尔本

街皇家剧院的年轻女优西比尔·范尼的尸体检验，在霍克斯顿路铃铛旅馆，由地区验尸官丹比先生主持。死亡结论系意外事故。死者的母亲在提供本人证词期间伤心欲绝，在场的人无不深表同情，包括事后当场验尸的比勒尔医生。

他皱起眉头，随后便把短信撕成两半，穿过屋子，把纸片扔掉了。多么丑陋啊！真正的丑陋竟然把事情搞得如此恐怖！他对亨利勋爵带给他这份验尸报告感到有点恼火。还专门用红铅笔表明，亨利勋爵真是聪明一世糊涂一时了。维克多也许读过它了。这男仆认识足够的英文，读懂这个不成问题。

也许他读过了，并且开始怀疑出什么事儿了。可是，那又有什么关系呢？道连·格雷与西比尔·范尼的暴死有什么相干？没有什么可怕的。道连·格雷并没有杀害她。

他的目光落在了亨利勋爵送给他的那本黄色书上。一本什么样的书呢？他猜度着。他走向那个珍珠色八角形小茶几，过去他总把那茶几看成某种奇妙的埃及蜜蜂用银子酿造出来的玩意儿，随后拿起那本书，坐进一把扶手椅里，开始翻看起来。几分钟后，他就被深深吸引住了。那是一本他从来没有看过如此最不可思议的书。他似乎觉得，披上了优美的服饰，配上了笛子悠扬的声音，人世的罪孽在他眼前无声地演示。他模模糊糊梦想的东西，突然在他眼前成了真的。他从来没有梦见过的东西，也逐渐暴露在了面前。

一部没有情节的小说，只有一个人物，确实只是对某个年轻的巴黎人进行心理研究，因为这个巴黎青年浪掷年华，试图在十九世纪实现属于每个世纪却不属于他自己世纪的一切欲望和思维模式，似乎要把以往经过的世界精神的各种情绪在他自己身上集中体现，醉心于那些人们不明智地称之为道德的放弃行为，同样也醉心于那些圣贤依然称为罪孽的本性的反叛行为，仅仅因为它们的矫揉造作。小说的写作风格是那种奇妙的精雕细琢般的，既栩栩如生又雾中看花，充满隐语和古语、技术性表达和精妙的段落，具备了法国象征主义流派的一些最杰出的艺术家的作品的特点。书中的许多隐语像兰花一样怪异，像颜色一样微妙。各种感觉的生命用神秘的哲学措辞进行描述。你有时简直不知道你是在读某个中世纪圣徒的精神狂喜，还是一个现代罪人的病态坦白。它是一本毒汁四溅的书。浓烈的焚香气味似乎弥漫了书页，熏晕了头脑。句子的单一调子、句乐的微妙单音，异常丰满，好像它既有复杂的叠句又有精心重复的韵律，在这少年的脑海里回响，随着他一章接一章看下去，一种梦想的形式，一种做梦的病态，让他没有意识到天色暗下来，阴影渐浓了。

无云，一颗孤独的星星闪亮，青铜绿的天空从窗户映现出来。他在苍白的光下阅读，一直无法阅读才停下。后来，他的男仆好几次提醒他约会的时间晚了，他才起身，走进隔壁，把那本书放在那张摆在他床头的佛罗伦萨风格的小桌子上，开始为晚餐换衣服。

他到了俱乐部时差不多九点钟了，他看见亨利勋爵独坐在休息室，看上去很不耐烦的样子。

"对不起，哈里，"他喊道，"不过这真的是你的错。你送我的那本书把我迷住了，我忘了出来的时间了。"

"是的，我知道你会喜欢的。"他的东道主回答道，从椅子上站起来。

"我没有说我喜欢它，哈里。我只说迷住我了。这中间区别大了去了。"

"啊，你知道这种区别了吗？"亨利勋爵嘟哝说。随后，他们一起走进了餐厅。

第十一章

　　道连·格雷许多年都无法摆脱这本书的影响。或者更准确地说，他从来没有想到摆脱它。他从巴黎弄到了首版的多达九册的大开本，按照不同颜色装订起来，这样它们可以适合他的各种情绪以及本性的胡思乱想，因为他有时简直完全处于失控状态。书中主角，那个奇妙的年轻巴黎人，浪漫性情和科学性情不可思议地兼而有之，对他来说，成了一种他自己的形象预演的类型。的确，整本书在他看来包含了他自己生活的内容，早在他生活其中之前就写出来了。

　　在一点上，他比起小说中那个令人着迷的主角幸运得多。他从来不知道——也的确从来没有任何理由知道——荒诞不经地害怕镜子、光滑的金属表面以及水，可这个年轻的巴黎人却在生活中早早地知道了这点，起因是一种曾经显然不同凡响的美突然腐败了。带了一种几乎残忍的喜悦——也许在差不多每一种喜悦中，如同理所当然的每一种享乐中，残忍都有自己的位置——他埋头阅读小说的后半部分，欣赏它的真正悲剧的叙述，哪怕言过其实，让他看见了一个人失去了别人尚有、世间尚存的东西时引发的痛苦和绝望，因为那是他极为珍重的东西。

　　这是因为他身上那种奇妙的美，曾经让巴兹尔·霍尔沃德神魂颠倒，也让他身边许多人念念难忘，似乎永远不会离他而去。哪怕有些人听说了他的罪大恶极的行径，关于他生活方式的千奇百怪的流言在整个伦敦城涌动，成了各家俱乐部的话题，可只要目睹了他的英姿，便不会相信任何贬损他声誉的谣传。他总是一脸纯洁，不让自己受到这个世界的玷污。只要道连·格雷走进屋子，那些说话粗鲁的人便一声不吭了。他脸上生就那种一尘不染的表情，让他们自惭形秽，哑口无言。只要他露面，似乎就能让他们想起他们失去的天真。他们嘀咕一个人怎么如此迷人，如此优雅，好像他能够躲避这个肮脏的物欲横流的时代的侵蚀。

常有的是，他的缺席神秘而延期，在他的那些朋友或者自诩是他的朋友的人中间，引发五花八门的猜测，好不容易回到家，他便自己悄悄到楼上那间上锁的屋子，用那把现在永不离身的钥匙把门打开，手拿一面镜子，站在巴兹尔·霍尔沃德为他画的那幅肖像前，一会儿看看画布上那张邪恶的衰老的脸，一会儿看看那面明亮的镜子中那张冲他大笑的俊美的年轻的脸。这种对比的鲜明程度往往增加他享乐的快感。他越来越迷恋自己的美，越来越对自己的灵魂的腐败感兴趣。他会审视那些横刻额头或者爬满大快朵颐的嘴角的讨厌的纹路，有时分秒必争地用心，有时怪异而可怕地高兴，心下还嘀咕是罪孽的标志更恐怖，还是变老的迹象更恐怖。他会把白净的手放在画像上那两只粗糙的鼓胀的手前，会心一笑。他嘲笑畸形的身体和衰退的四肢。

没错，夜里，躺在自己香气四溢的房间，或者躺在码头附近声名狼藉的小旅馆，改名换姓，乔装打扮，有时候却怎么都难以入眠，他便想起他已经带给灵魂的破坏，心头升起因为纯粹的自私而更为强烈的恻隐之心。但是，这样的时刻并不多。那次他和亨利勋爵一起坐在他们朋友的花园里，亨利勋爵最初在身上煽动起来的对生活的好奇心，似乎随着满足感越来越厉害了。他知道得越多，他越渴望知道。他有了发疯的饥饿感，他越进食，饥饿感越厉害。

然而，他并非真的不管不顾了，至少在处理上流社会关系上并非如此。到了冬季，每月有那么一两次，还有是在社交季节持续期间的每个星期三晚上，他都会把自家美丽的住宅向世人敞开，请来当下最吃香的音乐家，用他们艺术的非凡演奏，让他的客人享受。在亨利勋爵一如既往的支持下，他的小规模晚宴安排讲究，引人注意的是细心挑选被邀请的人，为他们安排座位，还有餐桌的装饰显露的高级品位也不同凡响，异国鲜花、刺绣桌布和金饰银饰的古色古香的碟子摆放得相得益彰。确真不假，很多人，尤其很年轻的人，在道连·格雷身上看出来，或者以为看出来，他们在伊顿公学和牛津大学经常梦见的类型真的化蛹成蝶，就是那种把学者的真才实学与上流社会公民应有的那种完美仪表的优雅和名气合二为一的类型。在他们看来，道连似乎就是他们的好陪伴，因为他们不过是但丁①称之为一心寻求"崇拜美自己美"的那种人了。如同戈蒂埃,道连是一个"可视世界为他们而存在"的妙人儿。

没的说,对他而言,生活本身是第一位,天大地大,艺术的首位,别的艺术似乎只是为它做准备的。风尚,真正令人着迷的东西因此风行一时,而华丽②,就其本身来说,是一种力挺美的绝对现代性的尝试,两者当然都令他着迷。他穿戴的式样以及他一次又一次装出来的特立独行的派头,对五月市③舞厅的年轻的时代宠儿和珀尔莫尔俱乐部橱窗,均产生了显而易见的影响,对他亦步亦趋,对他风度翩翩的偶然一露的峥嵘趋之若鹜,尽管对他而言只是半真半假的纨绔做派。

究其原因,他是巴不得接受他一进成年就立即送到他跟前的这种身份,而且,想到他也许真的成为他自己时代的伦敦宠

◇◇◇◇◇◇◇◇◇◇◇◇◇◇◇◇◇◇◇◇◇◇◇◇◇◇◇

① 但丁(Alighieri Dante,1265—1321),意大利诗人,文艺复兴运动的先驱,作品具有人文主义思想萌芽,早年参加反对封建贵族和教皇的斗争,后被判终身放逐,代表作有抒情诗《新尘》和史诗《神曲》。

② 原文为Dandysim,词根是dandy,汉解"花花公子",dandysim因此有"花花公子主义""华丽""时髦"等解,不过都不大贴切;另外,在文学史上也指十九世纪后期英国和法国颓废派的一种娇柔细腻的文艺风格。这两种现象均与王尔德有关系,或者说他深受这两种东西的影响。今天看来,不管"颓废派"是谁强加给这两种现象的,显然都不公正和准确。公正而历史地看,这两种东西是人类社会总体富足后的必然现象,而且相对当代颓废派,例如美国的"垮掉派"和二十世纪七八十年代流行一时的"朋克派",显然要健康而有益得多,是知识分子对社会富足后出现的现象进行的可贵探讨。王尔德是这方面的身体力行者,更为可贵。

③ 五月市(Mayfair),伦敦西区高级住宅区,上流社会形成的地方,源自1708年以前每年五月在这里举行的集市。

儿，确实感到一种美妙的快活，因为这样的身份是《萨蒂利孔》的作者①当初在大权独揽的尼禄②的罗马享有过的，可他内心深处又渴望不仅仅充当一个"时尚风骚人物"，只能对戴珠宝、打领带、挥拐杖之类琐事扮演顾问角色。他还一门心思酝酿某种生活的新计划，既有合理的哲学，又有秩序井然的原则，在感官的精神升华中发现最高级的理想实现。

感官的崇拜经常遭到相当公正的谴责，人们对比他们自己强大的情欲和感知感觉到一种本能的错误，也意识到分享着那种比较低级地组织起来的生存的形式。然而，在道连·格雷看来，感官的真实本性从来没有被人理解，它们还停留在野蛮和动物性阶段，只是因为这个世界一直成心让它们挨饿而就范，或者用痛苦扼杀它们，而不是以促使它们成为新精神境界的元素为目的，因为精神境界的一种美的良好本能将会成为主要特征。他回首人类从历史一路走来，他挥之不去的只有一种失落感。无以数计的东西都被扼杀了！可仅仅为了那么一点点目的啊！历史上曾有过发疯的任意的抵制、自我折磨与自我克制的怪异的形式，根源只是惧怕，其结果是无限的堕落，较之想象的堕

---

① 即佩特罗尼乌斯（GaiusPetronius，?—66），古罗马作家，著有欧洲第一部喜剧式传奇小说《萨蒂利孔》，描写当时罗马社会的享乐生活和习俗，现仅存部分残篇。

② 尼禄（Nero，37—68），罗马皇帝（54—68年在位），即位初期施仁政（54—59），后转向残暴统治，处死其母（59）及其妻子（62），终因帝国各地发生叛乱（68），逃离罗马，途穷自杀，一说被处死。

落更为可怕，人们因为无知从此只能寻求逃避。造物主，极尽其奇妙的嘲弄，把修士赶到荒野猎食野兽，却又让隐士与田野的野兽相依相伴。

　　是的；如同亨利勋爵曾经预言的，一种新的享乐主义就要风行了，它将会创造生活，拯救生活于那种残酷的过时的清教徒主义，因为清教徒主义在我们当今的时代，大有反常的复活迹象。不用说，新的享乐主义要充分利用才智的功效；但是，新的享乐主义永远不会接受任何会涉及牺牲激情体验的形式的理论和制度。的确，新的享乐主义的目的就是经历本身，而非经历的种种结果，不管结果是甜还是苦。至于令感官僵死的禁欲主义，至于令感官麻木的庸俗的放荡行为，新的享乐主义将置之不理。但是，新的享乐主义将教会人一门心思过好生命的时时刻刻，因为生命本身就是一时一刻组成的。

　　黎明前醒来的人，为数不少，有的度过了一个让我们几乎醉心于死亡的无梦的夜晚，有的度过了一个恐怖和怪异欢乐的夜晚，比现实还可怕的幻象穿过了脑海，活灵活现的生命的本能潜伏于怪异的形状里，导致了哥特式艺术的持久的活力，因此你不难想象，这种艺术为什么会成为那些脑子患过幻想症的人的专有。渐渐地，煞白的手指伸进了窗帘，它们看起来在抖动。在黑魆魆的怪异的影子里，哑音的影子爬进了屋子的角落，蹲伏在那里。外面，树叶间鸟儿在活动，人们吵吵嚷嚷去干活儿，风儿从山坡如泣如诉吹下来，在无声的住宅周围徘徊，仿佛担心把睡觉的人儿吵醒，却又必须把睡眠从紫色的洞穴唤醒。一层层迷蒙的薄纱被撩起来，万物的形式和颜色依次恢复原来的样子，我们看见黎明把世界重塑成古来已有的图案。灰蒙蒙的镜子映照出模仿的生活。熄灭火焰的小蜡烛还在我们安置它们的地方，旁边摆着那本我们正在研读的半开的书，还有我们在舞会上佩戴的铁丝扎住的花儿，还有我们一直害怕阅读的信，还有我们一遍又一遍阅读过的信。我们觉得一切都没有变化。从黑夜不真实的影子间，我们熟知的生活回来了。我们不得已从我们离开的地方接着生活下去，悄悄地袭上我们心头一种可怕的感觉，持续不断的精力必不可少，依然是令人疲惫的老一套陈旧的习惯，因此产生也许是一种狂热的渴望，那就是某个早上我们睁开眼睛看到一个在黑暗中为我们的享乐变换一新的世界，万物在这个新世界里万象更新，五彩缤纷，日新月异，别有洞天，历史在这个新世界里几乎没有立锥之地，至少在义务或者遗憾的有意识的形式中不能复活，即使欢乐的记忆也有苦涩，享乐的记忆也有痛苦。

对道连·格雷来说，创造这样的世界将是他的生活目标，或者真正的目标之列；他在寻求既新颖又愉快而且占有罗曼司必不可少的陌生的元素的各种感知，因此他经常采纳某些他知道与他的天性相左的思维模式，听任自己受它们的微妙影响，然后，仿佛抓住了它们的色彩，满足了自己智力上的好奇心，便莫名其妙地漠然处之，弃之一边，这倒也与性情的真正热烈并行不悖，而且按照某种现代心理学家的观点，这往往是冷热相容的一种条件。

曾经一度风传，他要加入罗马天主教教会了；当然，罗马天主教仪式对他一贯很有吸引力。每日的牺牲，比古代世界一切牺牲真的更加可怕，却让他蠢蠢欲动，既由于它断然拒绝各种感官的证明，也因为它各种元素的原始简单以及刻意追求象征化的人类悲剧的永恒悲壮。他喜欢跪在冷冰冰的大理石地面上，观看身穿笔挺的绣花法衣的神父，用煞白的手缓慢地把圣餐盘的薄纱揭开，或者高高擎起盛了白圣饼的珠宝灯笼状圣餐盘，有时你会欣然认为那白圣饼就是天使的面包，或者，他还喜欢观看神父身着基督受难的服装，把圣饼捏碎放进圣餐杯，然后因为罪孽拍打胸膛。那些烟气缭绕的香炉，身着蕾丝和大红衣服的神情严肃的男孩们，抛向了天空宛如镶金的花朵，令他迷恋不已，难以言说。他走出教堂时，习惯好奇地打量黑魆魆的忏悔室，渴望坐在忏悔室的那模糊的阴影里，聆听男人和女人通过磨损的格栅倾诉他们生活的真实故事。

然而，他绝不会落入那种有碍他才智发展的错误，正经八百地接受教义和体系，或者把只适合临时过夜的旅店错当生活其中的房子，或者在没有星星、月亮也在分娩中的夜晚打发几个小时。神秘主义，其神奇的力量能让我们在普通之物中领略神奇，而且微妙的唯信仰主义似乎总是与之相伴相随，都让他热衷一时；还有一个时期，他对德国达尔文主义运动的唯物论信条也很倾心，在深入脑海珍珠般细胞或者身体的白色神经里追寻人的思想和情欲时领略奇妙的享乐，津津有味地设想精神绝对地依赖于某些肉体条件，不论病态的还是健康的，正常的还是有病的。但是，如同前面说到他的情况，相比生命本身，生命理论他似乎觉得一点也不重要。他强烈地意识到，所有理性的思考，一旦脱离行动和实验，都是那么贫瘠。他知道感官和灵魂一样，有它们的精神秘密需要揭示。

因此，他现在开始研究各种香水，以及香水制作的秘密，蒸馏香气熏人的油脂，燃烧来自东方的难闻的树脂。他发现，没有什么精神状态在肉体生活中没有对应物，便潜心探讨它们的真实的关系，追寻让人变得神秘兮兮的乳香里有什么东西、搅乱情欲的龙涎香里有什么东西；唤醒死去的罗曼司的记忆的紫罗兰里有什么东西、蛊惑脑子的麝香里有什么东西、阻碍想象力的金香木里有什么东西；因此他经常致力于创立一门真正的香水心理学，弄清楚几种影响的根由，例如馨香扑鼻的根须啦、香气浓浓的花粉嘟噜的花儿啦、溢香的脂膏啦、深色的芳香的木头啦、让人反胃的甘松香啦、令人发疯的枳椇乔木啦，以及据说能够驱除灵魂的抑郁的芦荟啦，等等。

还有一段时间，他一心扑在音乐上，在一间长长的花格窗子的屋子里，朱红与金色相间的天花板，一色橄榄绿的四壁，他经常举行不拘一格的音乐会，放浪形骸的吉卜赛人在小小的奇特拉琴弹拨狂野的乐曲，黄披巾裹身、神情严肃的突尼斯人在绷弦的怪异的鲁特琴上弹奏，而白牙闪烁的黑人一下接一下敲打铜鼓，还有，蹲在红地毯上，方巾裹头的细弱的印度人吹响长长的芦笛或者铜箫，施展魔力或者假装施展魔力，逗弄硕大的眼镜蛇和恐怖的方头蝰蛇。这些野腔野调的音乐刺耳而不和谐，说停就戛然而止，让他心旌摇荡，这时候偏偏是他听腻了舒伯特的优雅、肖邦美丽的哀婉、贝多芬强大的和谐曲了。他从世界各地收集了他能找到的千奇百怪的乐器，不论是消亡的民族的墓中之物，还是少数几个与西方文明格格不入的生存下来的野蛮部落的罕见之物，他都喜欢亲自上手尝试一番。他收集了里奥内格罗[1]印第安人的神秘的拂鲁帕里斯箫，一种不允许女人看的乐器，即使年轻男子也只能在受过斋戒和笞刑后才能看上一眼；还有能发出鸟儿尖鸣的秘鲁陶罐、阿方索·德奥瓦里[2]在智利听说过的人骨笛子、在库斯科附近发现的、音色格外甜美的发声碧玉。他还收集了彩色的石子葫芦，摇晃起

---

[1] 阿根廷一省份。

[2] 阿方索·德奥瓦里（Alfonso de Ovalle，1601—1651），智利历史学家，主要著作是《智利殖民史》。

来哗啦啦作响；还有墨西哥人的长号角，演奏者无须往里面吹气，使劲从里面吸气才嘟嘟作响；还有亚马孙河部落的刺耳的图尔号，是整日坐在高高的树上的哨兵用来吹的，据说三里格[①]之外的地方都能听得到；还有两个颤动木头簧片的特珀纳兹里响板，需用植物乳汁提炼的黏胶粘合的棍子敲击；还有阿兹特克人[②]的约特尔铃铛，悬挂起来如同成串的葡萄；还有巨大的圆筒形大鼓，大蟒皮张的鼓面，伯纳尔·迪亚兹[③]与科尔特斯[④]相伴走进墨西哥寺庙时看见过这种大鼓，他把大鼓发出的苍凉的声音描述得十分翔实。这些乐器独特的特征令他入迷，想到艺术如同造物主，有其怪物，形状千奇百怪，声音五花八门，不禁异常快乐。然而，过了一些时间，他就玩腻这些乐器，坐在歌剧院的包厢里，独自一人或者与亨利勋爵一起，聆听歌剧《唐豪塞》[⑤]，如痴如醉，并在这部伟大的艺术作品的序曲中，看出来他自己灵魂的悲剧也在上演。

　　不知从什么时候开始，他开始研究珠宝了，并且在一次化

---

① 长度单位，约等于三英里，五公里。
② 墨西哥的印第安人。
③ 迪亚兹（Bernal Diaz，1492—1581），西班牙历史学家，参加过西班牙对墨西哥的战争。
④ 科尔特斯（Cortes，1485—1547），西班牙殖民者，1519年率领众人占领墨西哥城，建立了殖民统治。
⑤ 德国著名作曲家瓦格纳的一部歌剧，写游吟骑士唐豪塞受维纳斯诱惑，尔后努力摆脱她的魔力的故事。

装舞会上露面，如同安宁·德·乔耶斯①将军一样，服装上缀满了五百六十颗珍珠。这一爱好让他迷恋了多年，而且，确实，也可以说他再也没有中断过。他经常一整天在他收藏的五花八门的宝石盒子里，反反复复地把珠宝摆来摆去，例如在灯光下变成红色的橄榄绿金绿宝石啦，银色线条攒起来的猫眼石啦，淡黄中泛绿的橄榄石啦，玫瑰红与酒黄色相间的黄玉啦，火红色相配四颗闪烁星星的红玉啦，火焰色黄棕色宝石啦，橘黄色与紫色相间的尖晶石啦，以及红宝石与蓝宝石色层叠交的紫水晶啦，等等。他喜爱太阳石的金红，月亮石的珍珠白以及蛋白色的红晕。他从阿姆斯特丹弄到超大的色彩斑斓的绿宝石，并且得到一颗采自古老岩层的绿松石，让行家见了甚为眼红。

他还发现了各种珠宝的神奇的传说。在阿方索的《教士戒律》中，说到一条大虫，眼睛是真正的红锆石，在亚历山大大帝②的传奇故里，据说这位马其顿的征服者在约旦河谷发现了一种蛇，"背上生长着真实的翡翠项圈"。费罗斯特拉图斯③告诉我，恶龙

〰〰〰〰〰〰〰〰〰〰〰〰〰〰〰〰〰〰〰

① 法国国王亨利三世的宠幸，同性恋者，有时穿着女人的服饰在公共场合出入。值得一提的是，王尔德儿时一直被母亲当女儿打扮并在公共场合出入，不知王尔德借用这个典例有什么想法？

② 亚历山大大帝（Alexander the Great，356—323），马其顿国王（336—323在位），即位后，先后征服希腊、埃及和波斯，并侵入印度，建立亚历山大帝国。

③ 费罗斯特拉图斯（Philostratus，460？—370？），古希腊的作家。

的脑袋里有宝玉，"展示金字和大红袍"便可以把恶龙引入一种中魔的睡眠状态，把它杀死。根据伟大的炼丹师皮埃尔·德·伯尼法斯的说法，钻石能让一个人隐身，印度玛瑙能让人口若悬河，光玉髓可平息怒气，红锆石可增进睡眠，紫晶可驱散酒气，石榴石可以驱邪降恶，水生鸟石可以让月亮暗淡无光，水晶石膏随着月亮盈亏而盈亏，球柱掌石识别小偷，只能用小羊羔的血破其魔力。里奥纳多·卡密勒斯见过一块从新杀死的蟾蜍的脑袋里取出的白玉，是一种解毒剂。在阿拉伯鹿的心脏发现的毛粪石具备消除瘟疫的魔力。在阿拉伯鸟窝里，有无针骨鱼石据德谟克利特①的说法，这种宝石可以让携带者免除火灾。

锡兰国王手持一颗很大的红宝石，骑马穿过城市，举行加冕仪式。牧师约翰②的殿门是用"肉红玉髓制作的，镶嵌了蝰蛇的角，这样一来无人能带了毒药入宫"。山墙上是"两个金苹果，内置红玉两个"，于是，金子在白天闪光，红玉在夜间发光。洛奇③的志异传奇小说《美洲一粒珍珠》中写道，在王后的寝宫里，你可以看到"世上所有贞洁淑女的银子雕像，在橄榄石、红玉、青玉以及绿宝石的宝镜里顾影自怜"。马可·波

① 德谟克利特（Democritus，460？—370），古希腊唯物主义哲学家。

② 中世纪传奇中的基督教国王和牧师。

③ 洛奇（Thomas Lodge，1558—1625），英国戏剧家、小说家和诗人。

罗看见过日本国居民往死者口中置放珍珠。传说中一海怪看中了一颗珍珠，采珠人献给了皮鲁士王，海怪便杀死了采珠人，为失去珍珠哀痛了七个月之久。匈奴人把那个国王引入一个大坑里，他扔掉了珍珠——普罗科皮厄斯①交代这个故事里说——就再也没有找到，尽管安纳斯塔西厄斯②皇帝悬赏五百镑金币求之。马拉巴国王向一个威尼斯人展示了三百零四颗珍珠攒成的念珠，每一颗珍珠代表一位他敬奉的神灵。

　　亚历山大六世③的公子瓦伦提诺伊斯公爵谒见法国的路易十二时，据布兰托姆④的说法，他的马驮了金叶，而他的帽子镶嵌了双层红宝石，光焰逼人。英国的查理王⑤在马镫上缀有四百二十一颗钻石。理查二世⑥有一件缀了玫瑰红尖晶石的外衣，价值三万马克。在霍尔⑦的笔下，

① 普罗科皮厄斯（Procopius, 499？—565），拜占庭帝国的历史学家。
② 安纳斯塔西厄斯（Anastasius, 430？—518），拜占庭皇帝，491—518 年在位。
③ 亚历山大六世（Alexander Ⅵ, 1431—1503），西班牙籍罗马教皇，出身贵族，极端荒淫，曾为葡萄牙和西班牙划定扩张殖民地势力分界的"教皇子午线"，1442—1503 年在位。
④ 布兰托姆（Brantome, 1535？—1614），法国作家，多写宫廷和贵族生活，著有回忆录多卷。
⑤ 查理一世（Charles Ⅰ, 1600—1649），英国斯图亚特王朝的国王，詹姆斯王之子，在位期间与议会对抗，迫害清教徒，引起内战，战败后作为"暴君、叛徒、杀人犯和公家的公敌"被议会处死，是英国历史上唯一被处死的君王。
⑥ 理查二世（Richard Ⅱ, 1367—1400），英国国王（1377—1399 年在位），十岁继承王位，朝政由其叔父刚特操纵，成年亲政后鲁莽无能，刚特之子亨利·博林布洛克纠集贵族将其废黜，监禁，并自立为亨利五世。
⑦ 霍尔（Edward Hall, 1499—1547），英国历史学家，以《兰开斯特与约克两大家族的联合》一书闻名。

亨利八世①加冕之前前去伦敦塔②的路上，身穿了一件"凸金提花锦衣，胸铠上镶满钻石和其他名贵宝石，脖子上戴了一条缝了硕大的玫瑰红尖晶石的饰带"。詹姆斯一世③的宠幸佩戴金丝线攒成的绿宝石耳坠。爱德华二世④送给皮尔斯·盖维斯顿一套钉满红锆石饰钉的盔甲，一条金玫瑰嵌绿松石的护颈，还有一顶点缀珍珠的头盔。亨利二世⑤长及胳膊肘的手套珠宝成串，一只猎鹰手套缝上了十二颗红宝石和五十二颗东方明珠。"鲁汉查理"，他家族的最后一位勃艮第⑥大公，他那顶公爵帽上面悬垂了梨形珍珠，钉满了蓝宝石。

生活曾经多么不可思议啊！生活的浮华和装饰是多么令人眼花缭乱啊！即便阅读死者的奢侈也令人神往。

①　亨利八世（Henry Ⅷ，1491—1547），英国国王（1509—1547 年在位），不顾教皇反对，与王后凯瑟琳离异，与安妮结婚，为加强王权，议会通过"至尊法案"，确立国王为英国教会首领，对英国近代史产生影响。

②　建于 1078 年，原为一古堡，中世纪为囚禁政治犯的监狱；1820 年起改为兵器库。

③　詹姆斯一世（James Ⅰ，1566—1625 年在位），英国斯图亚特王朝第一代国王（1603—1625 年在位），1567 年起统治苏格兰，称詹姆斯六世。

④　爱德华二世（Edward Ⅱ，1284—1327），英国国王（1307—1327 年在位），爱德华一世之子，宠信佞臣，权力受制于贵族，入侵苏格兰失败，其妻联合贵族将其废黜，被囚禁至死。

⑤　亨利二世（Henry Ⅱ，1133—1189），英国国王（1154—1189 年在位），金雀花王朝（又称安茹王朝）创始者，扩展大陆领土，加强财政管理，健全司法制度，企图控制教会，遭到坎特伯雷大主教贝克特的反对。

⑥　位于法国东南部和瑞士西部的一个历史地区，曾数度建立王国，"鲁汉查理"企图恢复勃艮第王国，与法国国王路易十一抗争，终不敌强大的法国而身死。

后来，他把注意力转向了刺绣，转向了欧洲北方民族寒气袭人的屋子里当作壁画功能的挂毯。当他钻研这个题目时——他一贯具备非凡的本领，不管开始什么活动，在很短时间里便能一心扑了进去——他几乎伤心欲绝，因为想到时间老人对美好和稀世的好东西毫不留情，说毁就毁。不管怎样，他算是侥幸逃脱了。炎夏一个接一个过去了，黄灿灿的长寿花开了又谢，往复循环，恐怖的黑夜不顾廉耻，重复这样的故事，然而他一点没有变化。严冬没有冻坏他的面容，没有把他花儿一样的容貌损坏。时间破坏有形有色的万物的程度是多么不一样啊！那些稀世宝贝都去哪里了呢？那件了不起的橘黄色长袍哪里去了？长袍上诸神与巨人打仗的图案可是褐色的姑娘们为了取悦雅典娜而精工细作的。那方巨大的天幕哪里去了？那可是尼禄铺展在罗马大剧场的，那条超大的紫色风帆般的幕布，上面呈现了群星闪烁的天空，阿波罗驾了镀金鞍辔的白马驾驶的战车在驰骋。他渴望领略那些为太阳祭司①织造的奇妙的餐巾，上面展示了一顿美餐想吃到的所有美味佳肴；还有奇尔佩里克王的那条灵衾，上面绣了三百只金蜜蜂；还有那令庞图斯②主教大为震怒的迷人的袍服，栩栩如生地刺绣了"狮子、豹子、狗

---

① 即艾拉伽巴鲁斯（Elagabalus，1433—1477），罗马皇帝（218—222年在位），少年时曾在叙利亚做太阳神的最高祭司。

② 庞图斯（The Bishop of Pontus，1511—1605），法国一主教，诗人。

熊、狗儿、森林、石头、猎人——事实上凡是画家能够模仿造化的东西，应有尽有"；还有奥尔良的查理①曾经穿过的那件外套，袖子上绣了诗歌，头一句是"夫人，我喜不自胜啊"，词句的乐谱是用金线绣成，当初使用的方形音符每一个都是用四颗珍珠组成的。他还读到过勃艮第王后琼使用的兰斯②宫里的那间寝室，装饰了"一千三百二十一只鹦鹉，刺绣而成，全是国王的徽章，还绣了五百六十一只蝴蝶，蝴蝶的翅膀则别出心裁地装饰了王后的徽章，一色金丝线"。凯瑟琳·德·梅迪西③命人为她制作的灵床，黑绒布布满了月牙儿和太阳。灵床的帘子用锦缎做成，叶冠和叶圈点缀，底色是金子和银子，沿边流苏都有珍珠相配，摆放灵床的屋子悬挂着一排排用黑丝绒布剪裁的、缀在银线锦缎上的王后的纹章。路易十四④寝宫竖立的金线绣的女像柱，高达十五英尺。波兰国王索别斯基⑤的御用床，用土麦那金线锦缎做的，以绿松石为材料绣出了古兰经的诗文。这张大床的床腿全部镀银，精雕细作，装饰了大量珐琅和珠宝的圆形浮雕。那是从维也纳城前的土耳其兵营中获得的，而且

① 奥尔良的查理（Charles of Orleans，1391—1589），法国公爵，诗人。

② 法国一地名。

③ 凯瑟琳（Catherine de Medicis，1518—1589），法国王后，亨利二世的妻子，亨利王死后，她摄政多年。

④ 路易十四（Louis XIV，1638—1715），法国国王（1643—1715年在位），绰号"太阳王"，建立绝对君权，推行重商主义政策，企图称霸欧洲而连年征战（1667—1714），保护莫里哀、拉辛，营建凡尔赛宫，促成过文艺黄金时期。

⑤ 索别斯基（Sobieski，1624—1696），波兰统帅，后被选为波兰国王（1647）。

穆罕默德旌旗曾矗立在它的华盖的闪闪金光下飘拂。

就这样，整整一年，他专心收集他能够找到的纺织品和刺绣品之中的稀世样品，比如德里的精致的麦斯林纱，工艺精湛，既有金线棕榈叶，也有虹色的甲虫翅膀；比如达卡的纱罗，透明清灵，因此有东方"织气""流水"以及"夜露"的美称；比如爪哇的图像怪异的花布；比如精致的中国黄色幔子；比如用茶色缎子或者浅蓝丝绸装订的书，配有百合花、百鸟、图样等插图；比如匈牙利风格的刺绣花边；比如西西里的锦缎；比如笔挺的西班牙天鹅绒；比如格鲁吉亚金币图案的织物，以及日本的彩色绸缎，绿色调子的金丝线绣出的羽毛生动的飞禽图案。

他对基督教法衣别有一种激情，一如他对教堂的仪式息息相关的每样东西都很上心一样。在他住宅西廊一长溜摆开的雪松木柜子里，他保存了许多可谓基督新娘正宗的服装的稀有而美丽的样品，她们必须穿戴紫色装、珠宝、精细亚麻内衣，把她们施行苦行糟践的苍白的消瘦身体遮挡起来。他收藏了一件大红丝线和金线锦缎制作的华丽袍子，花饰是在六瓣形花朵中反复安排了金石榴图案，两侧各有细珍珠组成的凤梨纹饰。法衣的金线刺绣饰边分割成了代表圣母玛利亚生平的活动场面的格子，圣母加冕的场面用彩色丝线修在了帽兜上。这是十五世纪意大利的工艺品。另一件长袍是绿色天鹅绒制作的，上面绣了老鼠簕叶组成的心形组图，伸展出了长柄的白花，银线和彩色水晶表现了那种精细之处。法衣的嵌宝金扣子上有一六翼天使的头，金线编织成凸显花纹。法衣饰带用红丝线和金丝线编织成菱形图案，星星般地点缀了许多圣人和殉道者的小像，其中有圣塞巴斯蒂安①。他还有一些绣品，琥珀色丝绸、蓝丝和金缎子、黄绸锦缎和金布各种料子做的都有，图案是基督被钉在十字架受难的场景，刺绣了狮子、孔雀和别的徽章；他还有一些白缎子以及粉红绸锦缎做的加冕服，配有郁金香、海豚和百合花图案；他还有大红天鹅绒以及蓝色亚麻布做的圣坛桌布；他还有许多圣餐巾、圣餐杯罩和擦脸巾，其中一些东西让他神思飞扬，想象丰富。

因为，这些宝物，以及他的住宅里收藏的每样东西，对他来说都是忘却的手段，是他暂时可以逃避担惊受怕的形式，因为那种惧怕他似乎觉得有时简直不堪承受。在那间他度过了童年很多时间的孤独的上锁的房间的墙壁上，他已经用自己的双手把那幅可怕的画像悬挂起来，画中人改变的面貌让他看出来他生活的真正堕落程度，而且他已经在画像前面把那块紫色与金色相间的罩枢布挂起来当帘幕。接连几个星期，他都不会上楼去看，会忘掉那个讨厌的画像，找回轻松的心情，找回美妙

---

① 圣塞巴斯蒂安（St. Sebastian），三世纪的罗马教徒，系一不愿意放弃基督教信仰的殉道者。

的喜悦，找回生活中的感情专注。然后，突然间，某个夜里，他又会悄悄溜出住宅，找到蓝门田野附近那些可怕的去处，待在那里，一天接一天，直到被人轰走。返回家里，他便会坐在那幅画像前，有时对画像很厌恶，有时却对掺入了一半犯罪迷恋的个人主义感到自豪，目睹那个不得已负担他自己本该承受的重负的怪影，暗自快活地微笑起来。

几年之后，他长时间离开英格兰感到难以忍受，放弃了和亨利勋爵过去在特鲁维尔一起享用过的那所别墅，以及他们在阿尔及尔不止一次过冬的那座带围墙的小房子。他极不情愿和那幅成为他生活中有关重要的画像分开，生怕他不在期间，有人会闯进那个屋子，尽管他已经请人在门上装了用心良苦的门闩。

他相当清楚，这不会告诉他们什么东西。确真不假，那幅肖像依然保持着与他本人的明显相似，脸上的邪恶和丑陋还不碍事；但是，他们能从脸上的变化看出什么来呢？谁要是试图奚落他，那他会一笑了之。他并没有画出这幅画儿。画像看上去多么邪恶、多么可耻，与他有什么干系？即使他向他们说出事情，他们会相信吗？

然而，他还是害怕。有时，他到位于诺丁汉郡那所大豪宅招待他的主要同伙，一些级别相当的时髦青年，他的生活方式体现出来的那种放肆的奢侈和糜烂的华丽，让郡里人目瞪口呆，他便会突然丢下客人，赶回城里，看看那屋门是不是被人撞开过，看见那幅画像好端端挂在那里才安心。画像要是被人偷走了可怎么办？只是这么一想，就让他恐惧得浑身发冷。一旦被人偷走，世人就会知道他的秘密了。也许，世人已经怀疑到了。

因为，尽管他让许多人着迷，可是不相信他的人也不在少数。他在一家西区俱乐部差一点遭到排斥，那可是他的出身和社会地位有足够的资格跻身其成员的，可据说有一次他被一个朋友带入丘吉尔俱乐部的吸烟室时，伯维克公爵和另一个上等人显然不屑与伍，站起来出去了。他过了二十五岁后，关于他的莫名其妙的故事盛传一时。有流言说，他在惠特查佩尔（Whitechapel）偏远的地方一个下流去处竟然与一个外国水手大吵大闹，他还和小偷和假币制造者同出同进，对他们的勾当很了解。他不可理喻地缺席，变得名声很臭，而且，等他重新在上流社会露面，人们会在角落里互相喊喊喳喳议论不休，或者从他面前走过时讥笑几声，或者用探寻的冷眼打量他，仿佛他们打定主意要搞清楚他的秘密似的。

对于这样的无礼行为和轻蔑举动，当然，他没有放在心上，在多数人的心目中，他坦率的文雅的仪表、迷人的孩子般的微笑以及那种永远不会离他而去的奇妙青春的无限风采，它们本身对那些恶意中伤就是最好的回答，因为他们把关于他的种种传言统统称之为"恶意中伤"。但是，明摆着的是，那些和他曾经极为亲密的人，不久看起来也躲避他了。那些疯狂地爱慕他的女人，而且为了他勇敢面对所有社会非难以及无视世间陋习的女人，如今一看见道连·格雷走进屋子，竟也当众变得脸色煞白。

　　这些窃窃议论的丑闻在许多人眼中，只会变得增添他的奇怪而危险的魅力。他的巨大财富是相安无事的砝码。社会，至少文明社会，是永远不会相信有损那些既富有又迷人的人的风言风语的。社会显然觉得，形容举止要比道德更要紧，而且，在他看来，德高望重远不如得到一个厨子更实惠。毕竟，一个人请人吃了一顿难吃的晚餐，或者喝了呛嗓子的酒，不过他私生活无可挑剔，这种安慰话还不如不说。即使基本的道德也换不来一道冷却一半的主菜，亨利勋爵有一次讨论这个问题时如是说；他这话可能还有许多说辞来加强。因为，上流社会的种种准则就是或者应该是艺术的同一准则。形式对艺术来说绝对必要。艺术应该享有仪式的尊严，也享有其不真实性，应该把浪漫剧的不真诚的性质与使得这样的戏剧让我们欣喜的巧智和美结合起来。难道不真诚真的是一种可怕的东西吗？我认为没什么。它不过是一种能令我们的个性多样化的方法而已。

　　这些至少是道连·格雷的看法。他过去对那些把自我当作人的一种简单、长久、可靠的一种本质的人的肤浅心理感到奇怪。在他看来，人是一种拥有无数生活和无数感知的东西，一种复杂的多种多样的生物，内心世界潜藏了奇怪的思想和激情的遗传，他们的肉体本身沾染了死者的可怕的种种疾病。他喜欢在他乡村住宅那条阴冷荒凉的画廊里散步，端详那些血液在他的血管里流动的人的姿态各异的肖像。比如菲利普·赫伯特，弗兰西斯·奥斯本在其《伊丽莎白女王和詹姆斯王两朝回忆》中，把他描述得"因其面相俊美而深得朝廷宠幸，可惜美貌陪伴他不够长久"。莫非他有时过的就是年轻赫伯特的生活吗？莫非某些奇怪的细菌从一具肉体爬向另一具肉体，最终会来到他自己的肉体上吗？莫非就是某种毁掉的风采的模糊感觉，让他那么突然地在巴兹尔·霍尔沃德的画室，几乎毫无缘由，说出了那个如此改变他生活的发疯的祷告吗？又比如这位站立的安东尼·舍拉德，身穿金线刺绣的大红马甲，缀满珠宝的短衣，金边圆领和金边袖口，银色和黑色相间的铠甲堆放在他的脚边。这位男子的遗传是什么？那不勒斯女王乔万娜的情人，把某种罪孽和耻辱作为遗产传递给他了吗？莫非他自己的行动只是那个作古之人没有实现的梦吗？还比如，在那块褪色的画布上，伊丽莎白·德福洛夫人笑容盈盈，轻纱头巾，珍珠胸衣，粉红色的开衩式袖口。她右手持一束鲜花，左手攥着一个白玫瑰和红蔷薇相映的上釉项圈。她身边的桌子上，摆了曼陀铃和苹果。她小巧的尖鞋上刺绣了绿色玫瑰花饰。他了解她，知道关于她的众多情人的口口相传的奇怪故事。莫非他身上有她的某种性情吗？她那两只浓眉毛丹凤眼好像在好奇地打量他。瞧瞧乔治·威洛比往头发上扑香粉、往脸上贴怪片的模样如何？他看上去是多么不正经啊！那张脸冷漠阴沉，黑不溜丢，肉嘟噜噜的嘴唇撇得歪歪扭扭，表情不屑。精致蕾丝的袖口跌落在了戴了无数个戒指的干瘦的黄手上。他算得上十八世纪的纨绔子弟，年轻时交上了费拉尔斯勋爵这个朋友。瞧瞧贝肯曼勋爵二世德行如何？他可曾经是放浪形骸的摄政王子①的陪同，见证过王子与菲茨赫伯特太太那桩秘密婚姻呢。满头栗子状鬈发，目空一切的姿势，瞧他多么傲气和英俊吧！他传下来的是什么样的情欲？世人认为他无恶不作。他在卡尔顿王府带头纵欲作乐，无所不为。嘉德勋章的那颗星，在他胸脯上闪闪发光。他身边悬挂了他妻子的画像，一个脸色苍白的薄嘴唇女人，一身黑衣服。她的血液也在他身上跳动吧。这一切多么不可思议啊！再瞧瞧他的母亲那张汉密尔顿夫人②似的脸，湿漉漉的酒迹斑斑的嘴唇——他知道他从他那里继承了什么东西。他继承了她的美，以及他对别人的美的欲望。她身穿宽松的酒神女祭司服装，冲他大笑。她头发上插了藤叶。她手中的酒杯溢出了紫色的酒汁。画像的肤色已经衰退，但是那双眼睛深处神色飞扬，依然

◇◇◇◇◇◇◇◇◇◇◇◇◇◇◇◇◇◇◇◇◇◇◇◇◇◇

① 当指乔治四世（the Prince Regent, 1762—1830），曾以王储身份摄政；下文提到的"卡尔顿王府"即他的府邸。

② 汉密尔顿夫人（Lady Hamilton, 1765？—1815），英国海军上将纳尔逊的情妇，那不勒斯王后的密友，运用其交际能力使得纳尔逊的舰队获准在西西里得到补给，从而在尼罗河战役（1798）中击败法军。

不同凡响。它们紧盯着他，他走哪里跟到哪里。

不过，一如人有其种族祖先一样，人也有文学上的祖先，其中很多人没准儿在类型和性情上更相近，当然就是一种更加彻底意识到的影响了。有时，道连·格雷明显觉得出，整个历史不过是他自己生活的记录，不是他在行为和环境中过的生活，而是他的想象力为他创造的生活，因为它就在他脑子里，就在他的欲望里。他觉得他早对他们了如指掌，那些怪异而吓人的人物在世界的舞台——亮相，犯下了十恶不赦的罪孽，邪恶得那么出神入化。他似乎觉得，他们的生活以某种神秘的方式，已经成了他自己的生活。

那本稀世小说的主人公，影响他的生活如此之深，而那位主人公本人早已悟透这种奇妙的想象。在第七章中，他头戴桂冠，生怕闪电击毙他，如同提比略①，坐在卡普利的花园里，阅读艾利芬迪斯②的猥亵淫秽的书，矮子们和孔雀在他身边走来走去，笛子吹奏者嘲笑那个香炉舞动人；还有，如同卡里古拉③，先与他们马厩里的绿衫马夫一起痛饮，后与珠光宝气的马儿一起在象牙马槽共进晚餐；还有，如同图密善④，在一条

---

① 提比略（Tiberius，公元前42—37），古罗马皇帝（14—37年在位），长期从事征战，军功显赫，五十六岁上继承岳父奥古斯都的帝位，后渐渐变得暴烈，引起普遍不满，在卡普里岛被禁卫军长官杀害。

② 公元前一世纪希腊女作家，以淫艳的词句为后世所知。

③ 卡里古拉（Caligula，12—41），古罗马皇帝（37—41年在位），专横残暴，处决将他扶上皇位的禁卫军长官，屠杀犹太人等，后被刺杀。

④ 图密善（Domitian，51—96），古罗马皇帝（81—96年在位），专横暴戾，穷兵黩武，对内实行恐怖统治，导致众叛亲离，终被其妻和廷臣谋杀。

一排大理石镜子的通道里漫步，用一双憔悴的眼睛寻找那把即将结束他生命的匕首的影子，心中倍感厌世，是那种自己的生活对什么都没有感觉的人患上的可怕的厌世感；还有，他通过一块清晰的翡翠，窥视角斗场血淋淋的杀戮，随后，坐在一个珍珠和紫幔装饰的轿子中，由银子钉掌的骡子拉着，穿过石榴街来到金殿，一路上听见人们在叫骂罗马皇帝尼禄；还有，如同埃拉加巴卢斯①，用颜色涂抹自己的脸，在女人中间纺纱捻线，从迦太基引来月亮女神，让她与太阳神结成神秘的婚姻。

道连·格雷一遍又一遍地阅读这奇妙的一章，以及紧随其后的两章，其中内容如同形形色色的挂毯或者巧夺天工的珐琅，描绘出了那些被邪恶、血液和疲态搞成了魔鬼和疯子的可怕而美丽的人生状态；例如，米兰公爵菲利普，虐杀妻子，用红色毒药涂抹在她的嘴唇上，让她的情人触及那种致命的毒物一命呜呼；威尼斯人皮埃特洛·巴蒂，以保罗二世②闻名，为了浮名浮利而接替福尔摩苏斯③的封号，其价值二十万佛洛林④的皇冠，是靠一桩滔天大罪获取的。吉安·玛利亚·维斯孔

---

① 埃拉加巴卢斯（Elagabalus, 204—222），古罗马皇帝（218—222年在位），荒淫放荡，臭名昭著，强令罗马人崇拜太阳神，处决几名持异议的将军，引起社会不满，被禁卫军所杀。

② 保罗二世（Paul the Second, 1417—1471），意大利籍教皇，惩罚并废除波西米亚国王乔治，与法兰西王路易十一发生冲突，解散罗马学院并逮捕院士，在罗马创办印刷所，赞助学术活动。

③ 福尔摩苏斯（Formosus, 816—896），意大利籍教皇（891—896年在位）。

④ 十三世纪佛罗伦萨使用的金币。

蒂①曾唆使猎狗追猎活人，他被谋杀的尸体被一个爱恋他的妓女撒满了玫瑰花；博尔吉亚②骑在白马上，与弗拉特里赛德并辔而行，而他的大氅上还溅满佩罗托的鲜血；皮尔特洛·利阿里奥，年轻的佛罗伦萨红衣大主教，希克斯图斯四世③的孩子和宠臣，他的美只有他的放荡可以一争高下，在一个白色和红色丝绸修建的亭子里接待阿拉贡的里奥诺拉，亭子里装饰了仙子和人头马，并给一个男孩裹了金色，让他在宴会上充当侍酒俊童伽倪墨得斯和海拉斯④；艾泽林，他的抑郁只能通过观看死人得到治愈，对鲜血一往情深，如同别人迷恋红葡萄酒——据记载，他就是魔鬼的儿子，在赌桌上以自己的灵魂为赌注欺骗他的父亲；贾姆巴蒂斯塔·西伯，出于嘲弄取名英诺⑤，一个犹太医生在他麻痹的血管里注入了三个小伙子的鲜血；西吉斯蒙多·马拉特斯塔，伊索塔的情人，里米尼的领土，他的肖像在罗马当作上帝和人类的敌人被燃烧，用一条餐巾把坡里塞娜勒死，用一个翡翠酒杯盛了毒药给基尼弗拉喝，以可耻的情

◇◇◇◇◇◇◇◇◇◇◇◇◇◇◇◇◇◇◇

① 意大利米兰一带一贵族的后裔。
② 博尔吉亚（Cesare Borgia，1475—1507），教皇亚历山大六世的私生子，曾任巴伦西亚大主教、枢机主教，为教皇的主要顾问。
③ 希克斯图斯四世（Sixtus，1414—1484），意大利籍教皇（1471—1484 年在位），涉及陷害梅迪齐家族以及对佛罗伦萨的战争。
④ 二者均为希腊神话里的倒酒的美少年。
⑤ 英诺森特八世（Innocent Ⅷ，1433—1492），意大利籍罗马教皇，曾任耶路撒冷牧首、枢机主教，在位两个月即殁。

欲的名誉，为基督教徒的礼拜修建了一座异教徒教堂。查理六世[①]，不顾一切地爱恋他弟弟的媳妇，竟是一个麻风病人提醒他不久要患神经错乱，后来脑子果真生病，变得十分乖戾，只有画了爱情、死亡和疯狂图像的阿拉伯卡片能缓解他的病症；身穿合体的短上衣，戴了镶了珠宝的帽子，老鼠簕叶般的鬈发，格里佛奈托·巴格利奥尼杀死了阿斯托雷与他的新娘，还杀死了西莫内托和他的童子，可他的风采实在非同一般，当他躺在佩鲁贾[②]黄色的拱廊行将就木时，那些憎恨他的人却忍不住为他哭泣，曾经诅咒过他的阿特兰塔也为他祝福。

　　他们所有的人都有一种恐怖的引人之处。他在夜里端详他们，而他们在白天扰乱他的想象力。文艺复兴时期流行一些下毒药的奇怪方法——头盔下毒，燃烧的火炬下毒，刺绣的手套下毒，镶珠宝的扇子下毒，镀金的香盒下毒，琥珀链子下毒，等等。道连·格雷被一本书下了毒药。不少时刻，他把邪恶索性当作一种形式，借此实现他关于美的概念。

◇◇◇◇◇◇◇◇◇◇◇◇◇◇◇◇◇◇◇◇◇◇◇◇◇◇◇◇◇◇

① 查理六世（Charles Ⅵ，1368—1422），法兰西国王（1380—1422 年在位），通称疯子查理或可爱的查理，1892 年患间歇性神经病，王权衰落，因战败签订英法《特鲁瓦条约》（1420），规定其死后由英王亨利五世继承。
② 意大利一地名。

第十二章

那是在十一月九日，他自己三十八岁生日的前夕，事后他经常记起这个日子。

大约十一点的样子，在亨利勋爵家一起吃过晚餐，他步行回家，厚厚的皮衣裹得紧紧的，因为夜间很冷，雾气很大。到了格罗斯福诺广场与南奥德利的拐角处，一个男人在雾中从他身边走过，行色匆匆，他那灰色的厚大衣领子翻了起来。他手里提了一个包。道连认出他来了。行人是巴兹尔·霍尔沃德。一种奇怪的惧怕感，他竟无法描述，袭上了他心头。他做出不认识的样子，加快了步子，向自己家的方向走去。

然而，霍尔沃德认出了他。道连听见他先是在人行道停下步子，然后从身后赶上来。不一会儿，他的手搭在了道连的胳膊上。

"道连！真是得来全不费工夫啊！我在你的书房从几点钟一直等你。最后，我不忍心打扰你疲乏的仆人，告诉他把我送走后赶紧睡觉去了。我坐半夜的火车去巴黎，走之前特别想见见你。我觉得是你，或者确切地讲是你的皮大衣，从我身边过去了。不过，我不敢确定。难道你没有认出我来吗？"

"瞧这大雾，亲爱的巴兹尔？唉，我连格罗斯福诺广场都没有认出来。我只知道我的住宅就在这一带，可是我心里一点底也没有。很遗憾你要走了，我很久没有看见你了。不过，我想你会很快回来的吧？"

"不，我要离开英格兰六个月。我打算在巴黎弄个画室，把自己关起来，非完成一幅我了然于心的伟大作品不可。不过，我想说的不是我自己。我们已经来到你家门口了。让我进去坐一会儿吧。我有些事情要和你说说。"

"我求之不得的。不过,你不会误了火车吧? "道连·格雷说，无精打采的样子，一边上台阶，一边用手里的钥匙开门。

灯光从雾气里吃力地照出来，霍尔沃德看了看他的手表。"有的是时间，"他回答道，"火车要在十二点十五开，现在才十一点。实际上，我碰见你时就是要去你的俱乐部找你。你看，我已经送走了大宗行李，不会因为行李耽误事儿。我身边只有这个提包，我可以很容易地在二十分钟内就赶到维多利亚火车站。"

道连看了看他，莞尔一笑。"时髦画家出门就是这个样子啊! 一个手提包，一件夹大衣! 进来吧，要不雾气就钻进来了。你当心不要谈什么严肃的事儿。如今什么事儿都不严肃了。至少没有什么事儿应该严肃。"

霍尔沃德一边进屋一边摇头，跟着道连进了书房。明亮的木柴在敞开的大壁炉里燃烧。灯都亮着，一箱开启的荷兰银酒箱、几瓶苏打水和几个雕花玻璃大酒杯，摆在一张镶嵌精细的小桌子上。

"你看看，你的仆人让我如待在家中，道连。我想什么，他就给了我什么，还有你最好的金嘴儿香烟呢。他最是一个会招待人的人。我喜欢他，可比你原来使唤的那个法国人强多了。随便问问，那个法国人后来怎么样了？"

道连耸了耸肩。"我相信他娶了拉德利夫人的女仆，在巴黎给她开了裁缝店，用了英国裁缝的招牌。我听说，英国货在那里很吃香。法国人好像很傻，不是吗？不过——你知道吗？——他可不是一个坏仆人。我一直不喜欢他，但是没有什么可抱怨的。人经常联想一些很荒谬的事情。他真的对我一心一意，他离开时似乎很遗憾。再来一杯白兰地兑苏打水吗？要么你喜欢白葡萄酒兑矿泉水？我自己一直喜欢喝白葡萄酒兑矿泉水。隔壁肯定还有一些。"

"谢谢，我什么都不再喝了，"画家说，把帽子和外衣脱下来，把它们都扔在他已经放在角落里的那个手提包上，"那么现在，我亲爱的老兄，我想跟你严肃地谈谈。别这样皱眉头。你把眉头皱起来，我敞开谈就很困难了。"

"到底是什么事儿？"道连大声说，一副任性的样子，一屁股坐在了沙发上，"我希望不是说我本人吧。我今天夜里很讨厌自己。我要是另一个人就好了。"

"是说我自己的，"霍尔沃德回答道，口气庄重，深沉，"我一定要给你说说。我只占你半个小时。"

道连叹了口气，点上了一根香烟。"半个小时啊！"他喃嗫道。

"并不是求你什么，道连，完全是为了你好我才要讲一讲。我想应该让你知道，伦敦城传说的最可怕的事情，都是冲你来的。"

"我不希望知道那些乱七八糟的东西。我喜欢听别人的丑闻，我对自己的丑闻却一点没有兴趣。它们没有那种新鲜劲儿。"

"一定会让你感兴趣的，道连。每个上等人都对自己的好名声感兴趣。你不想让人们把你说成什么邪恶的东西，堕落的东西吧。不用说，你有你的身份，你的财富，诸如此类的好东西。可是呢，身份和财富并不是一切。你听好了，我根本不相信这些流言蜚语。起码，我看见你时，我就不相信它们是真的。罪孽这种东西是写在人脸上的。那玩意儿藏不住。人们有时搬弄一些私下的罪孽。那样的东西是编造出来的。如果一个肮脏的人犯了罪，那罪过就在他的嘴角上，在耷拉的眼皮上，甚至在他的手型上。有个人——我就不提他的名字了，不过你认识他——去年来找我画肖像。我过去从来没有见过他，当时也没有听说过他的任何事情，尽管后来我听说了很多传闻。他给我的价格不菲。我拒绝了他。他的手指上有种东西我很不喜欢。我现在知道我当时对他的想法是很对的。他的生活很可怕。但是你，道连，长了一张纯洁、明亮、天真的脸，还有你的无忧无虑的青春——我不相信任何对你不利的传闻。然而，我很少看见你了，你现在也从来不来我的画室了，因此我不在你身边时，我就总听说那些人们对你搬弄是非的讨厌的东西，我这下不知道说什么好了。道连，像贝里克公爵这样的人怎么会在你走进那家俱乐部时就愤然离去，到底怎么回事儿？伦敦城那么多上等人都不去你的府上，也不邀请你去他们府上，到底怎么回事儿？你曾经是斯特夫利勋爵的好朋友的。上个星期我在饭局碰上了他。你的名字碰巧在谈话时提起来了，因为说到你把一些袖珍肖像送到杜德利收藏馆①去展出。斯特夫利撇了撇嘴，说你可能最具有艺术的品位，但是你却是心地纯洁的姑娘不准接近的人，贞洁的女人也不可以和你待在同一间屋子里。我提醒他，我是你的朋友，追问他说这种话什么意思。他就跟我讲了。他当着大家的面就跟我讲了。真是恐怖啊！你和年轻人的友谊为什么那么要命呢？那个在皇家禁卫军服役的倒霉的孩子自杀了。你是他的好朋友。还有亨利·阿什顿爵士，不得不离开英格兰，声名狼藉。你和他可是形影不离的。还有阿德里安·辛格尔顿，那种可怕的结局？肯特勋爵的独生子，他的生涯又怎么样了？我昨天在圣詹姆斯街碰上了他父亲。他看样子羞愧难当，伤心欲绝。年轻的珀斯公爵又是怎么回事儿？他现在过着怎样的生活呢？什么样的上等人还会和他来往呢？"

---

① 伦敦的一家私人美术馆，为杜德利勋爵成立。

"快得了吧，巴兹尔。你说的这些事情，你一点也不了解。"道连·格雷说，咬了一下嘴唇，声音里无限轻蔑的调子，"你问我，为什么贝里克在我进门时就起身离去了。那是因为我了解他生活的一切，而不是因为他知道我的什么事情。他血管里流着那种血，他的记录怎么能是干净的呢？你问我亨利·阿什顿和年轻的珀斯。我能教会一个人作孽多端，却教会另一个人纵欲放荡吗？要是肯特的傻儿子在大街上找了一只野鸡做媳妇，这和我有何相干？要是阿德里安·辛格尔顿在账单上冒签了他朋友的名字，我又不是他的管家？我知道人们在英格兰嚼什么舌头。中产阶级在他们乌七八糟的饭桌上奢谈他们的道德偏见，对比他们优秀的人的他们所谓的放荡生活搬弄是非，窃窃私语，为的是极力装出他们才属于潇洒的人堆儿，和他们诽谤的人们假装近乎而已。在这个国家，一个人只要有名声有脑子，一准会让每条普通的舌头都说三道四。这些道貌岸然的人，他们自己究竟过着什么样的生活呢。我亲爱的老兄，你忘记了我们就在伪君子的老家生活呢。"

"道连，"霍尔沃德惊叫道，"这就是问题所在啊。英格兰坏到家了，我知道，而且英格兰的上流社会全不是东西。这正是我要你洁身自好的原因。你过去冰清玉洁。一个人对自己的朋友产生了影响，人家是有权利评判的。你的那些朋友似乎把一切荣誉感、行善感、纯洁感都置之不顾了。你就让他们心里装满寻欢作乐的疯狂念头。他们深陷泥淖不能自拔。你把他们引到那里的。是的，你把他们引到了那里，可你还笑得出来，如同你这会儿还在笑一样。后面还有更糟糕的。我知道你和亨利形影相随。哪怕只为这个原因，不为别的什么，你也不应该让他的妹妹的名声成为笑柄啊。"

"小心嘴巴，巴兹尔。你扯得不着边儿了。"

"我一定要一吐为快，你也一定要好好听着。你也应该好好听着。在你见到格温多琳太太时，丑闻的影子都不会找到她。可现在伦敦城还有哪个正派的女人愿意驾车与她一起在海德公园活动吗？唉，就连她的孩子都不允许和她一起生活了。随后别的传闻又来了——那就是你让人看见黎明时分从那些可怕的房子悄悄溜出来，乔装打扮，鬼鬼祟祟钻进伦敦城那些最肮脏的贼窝去了。这些传闻是真的吗？它们可能是真的吗？我开始听到它们时，不禁哈哈一笑。我现在听到它们，却让我浑身哆嗦。你乡下那所住宅是怎么回事，在那里过着一种什么生活？道连，你不知道人家都在说你什么啊。我跟你说，我不会假装不准备对你说教。我记得哈里有一次说过，每个临时让自己充当业余助理牧师的人，都会以这句话开头，随后接下来出尔反尔。我就是要对你说教一通。我想要你过上一种让世人尊敬的生活。我想要你有个干净的名声，光明的记录。我想要你摆脱那些和你搅在一起的可怕的人。别那样耸你的肩。别什么都不当回事儿。你有一种奇妙的影响力。让影响力有好作用，而不是坏作用。人们说，凡是跟你搅在一起的，都会让你腐败，你一走进一所房子，某种耻辱就会接踵而至，灵得很。我不知道这话是确有其事还是耸人听闻。我怎么能知道呢？可人家就是这样说你的。我听说的一些事情，似乎无法怀疑。格洛斯特是我在牛津最亲近的朋友之一。他让我看了一封信，是他妻子在芒通①她的别墅里弥留之际写给他的。你的名字在这封我读到过的最可怕的忏悔信中提及了。我跟他说这毫无根据——说我太了解你，你不可能做出那种事情。了解你吗？我怀疑我真的了解你吗？在我回答这话之前，我不得不看清你的灵魂。"

"看清我的灵魂！"道连·格雷喃喃道，一下子从沙发上站起来，惊吓得脸色煞白。

"是的，"霍尔沃德回答说，很严肃，声音里悲痛万分——"看清你的灵魂。可是，看清灵魂只有上帝做得到。"

嘲弄的苦笑从这个年轻人嘴里发出来。"今天晚上，你自己会看清楚的！"他叫道，从桌子上端起一盏灯，"来吧，那是你亲手画出来的。为什么你不应该看一看它呢？你以后可以把一切告诉这个世界了，如果你愿意的话。没有人会相信你。如果世人真的相信了你，那么他们会因此更喜欢我的。我对这

———

① 法国一地名。

个时代比你更了解，尽管唠叨了它半天，让人听烦了。来吧，我跟你说。你唠叨了半天腐败。现在，你就要和腐败面对面了。"

他说出的每个词儿都带着傲慢的疯狂劲儿。他在地上使劲跺脚，还是他那种孩子般无礼的样子。他想到另有人分享他的秘密，感觉一阵狂喜，而且这个人还是创作那幅所有他的耻辱的根源的画像的人，他后半辈子会对他所犯下的罪恶记忆犹新，挥之不去。

"是的，"他接着说，凑近了他，死死盯着他那严厉的眼睛。"我要让你看看我的灵魂。你会看见你以为只有上帝能看见的东西。"

霍尔沃德吓得直往后缩。"这是亵渎，道连！"他惊叫道，"你千万别说这种话。这种话很恐怖，没有什么意思。"

"你这样认为吗？"他又大笑起来。

"我这样认为。至于今天夜里我所说的，我都是为你好才说的。你知道，我一直以来都是你一心不二的朋友。"

"别动我。把你不得已想说的话，统统说出来。"

一丝痛苦的表情在画家的脸上掠过。他停顿了一会儿，万般怜悯的感情占据了他。说到底，他有什么权利窥探道连·格雷的生活呢？如果他干了传言他所作所为的十分之一，那他一定遭受了不少痛苦！然后，他站直身子，走到壁炉前，站在那里凝视燃烧的木头出现了白霜一般的灰烬，火苗依然忽忽地往上蹿。

"我在等你，巴兹尔。"年轻人说，声音刺耳，清晰。

他转过身来。"我说了半天，就这点意思，"他喊道，"那就是你一定要对那些攻击你的恐怖谣言，给我一个答复。如果你告诉我，那些流言自始至终都绝对不真实，那我是会相信你的。否定它们，道连，否定它们吧！难道你看不出来我在受什么熬煎吗？天哪！别跟我说你变坏了，腐败了，厚颜无耻了。"

道连·格雷莞尔一笑。他的嘴角露出了一丝鄙夷。"上楼吧，巴兹尔，"他平静地说，"我每天都坚持写日记，日记里所写的内容，从来没有离开那间屋子。你要是随我来，我让你看一看。"

"我跟你去，道连，要是你希望的话。我看我已经误了火车了。这没有什么。我可以明天走。不过今天夜里别要求我看什么东西。我所想要的，只是你对我的问题做出回答。"

"到了楼上就回答你。我不能在这里回答。你不用看多长时间。"

第十三章

道连·格雷走出屋子，开始上楼，巴兹尔·霍尔沃德紧紧地跟在后面。他们走得轻脚轻步的，如同人们夜里不由自主地蹑手蹑脚一样。灯笼在墙上和楼梯扶手上投下了怪影。刮起来的风把几扇窗户吹得哗啦作响。

他们上到顶层的楼梯平台时，道连把灯笼放在了地上，拿出钥匙，把锁打开。"你非要知道吗，巴兹尔？"他问道，声音很低。

"是的。"

"正合我意。"他回答过，微微一笑。随后他有点生硬地找补说："你是这世上唯一有资格知道我全部底细的人。你和我的生活关系非同一般，连你都想不到。"随后，他拿起灯笼，把门推开，走了进去。一股冷气从他们身边穿过，深黄色灯焰瞬间忽闪了几下。他哆嗦了一下。"把身后的门关上。"他小声说，一边把灯笼放在了桌子上。

霍尔沃德瞅了他一眼，表情有些迷惑。这屋子看上去仿佛有人住过了很多年。一条褪色的弗兰德斯挂毯，一条遮住画像的帘子，一个意大利大箱柜，还有几乎空着的书架——似乎就是屋子里所有的东西，另外就是一把椅子和一张桌子了。在道连·格雷点燃一根放在壁炉架上燃烧一半的蜡烛时，他看见整个地方都布满了灰尘，地毯上还有一些窟窿。一只耗子在护壁板后面跑动。屋子里有一股发霉的潮气味儿。

"你不是认为只有上帝能看见灵魂吗，巴兹尔？拉开这帘子，你会看见我的灵魂的。"

他说话的声音冰冷而残忍。"你疯了，道连，要么在扮演疯子。"霍尔沃德嘟哝着，眉头皱起来。

"你不动手吗？那么我必须自己动手了。"年轻人说，他从杆子上把帘子扯下来，扔在了地上。

画家的嘴里发出了恐怖的惊叫，因他在昏暗的灯光下看见画布上那张可怕的脸，在向他狞笑。脸上的表情里有一种东西，让他倍感恶心，只想呕吐！老天爷！他看到的是道连·格雷自己的脸啊！恐怖的表情，不管怎样，还没有完全破坏那种稀世的美。薄薄的头发里还有一些金黄色，那张肉感的嘴上也还有些红色。浑浊的眼睛保持了一些蓝色的可爱之处，高贵的曲线还没有彻底从笔挺的鼻子和柔和的脖子上消失。是的，这是道连·格雷本人。但是，是谁把这画像弄成这样的？他似乎辨认出了他自己的手笔，那画框是他自己设计的。这个念头怪吓人的，可是他感觉害怕。他抓起那支蜡烛，拿到了画像前。在左边角上，有他自己的签名，长长的字母笔迹清楚，朱红鲜亮。

这是一种低级下流的拙劣模仿，一种鲜廉寡耻的下三滥的讽刺。他从来没有画过这种玩意儿。然而，这就是他自己的画像！他认得，他觉得仿佛他的血液瞬间从烈火降到了寒冰。他自己的画作！这究竟是什么意思？为什么它改变了？他转过身来，打量道连·格雷，眼睛像病人的一样。他的嘴在抽搐，他干涩的舌头似乎说不出话来。他用手按住了额头。额头阴湿潮腻，汗津津的。

那年轻人倚靠在壁炉架上，端端地看着他，那种表情恰似那些观看某个伟大的艺术家在表演的观众全神贯注、津津有味的样子。他表情里没有真正的悲哀，也没有真正的欢喜。他只有观众才有的激情，也许眼睛里有一种胜利的得意之色。他已经从外衣里掏出了花朵，正在闻，或者做做样子。

"这是什么意思？"霍尔沃德终于大叫道。他自己的声音自己的耳朵听来都尖啸，陌生。

"多年前，我还是个男孩，"道连·格雷说，手把那朵花儿捏得粉碎，"你遇上了我，奉承我，教会我为生得好看而得意。一天，你把我引见给你的一位朋友，他又向我灌输了青春的奇妙，而你画完了我的画像，让我看见了美的奇迹。在一个发疯的时刻，就是现在，我不知道我是否后悔了，我许了一个愿，也许你会称之为祷告……"

"我记起来了！嗷，我记得还很清楚！不，那是不可能的！这屋子潮湿。画布发霉了。我使用的涂料有某种可怕的矿物质毒素造成的。我跟你说，这种事儿是不可能发生的。"

"啊，什么不可能？"年轻人嘟哝着，走到了窗子前，额头抵住了冰冷的雾蒙蒙的窗玻璃。

"你告诉我你毁掉它了。"

"我错了。是它毁掉了我。"

"我不相信它是我画的画儿。"

"难道你从中看不出你的理想吗？"道连挖苦地说。

"我的理想，你称它是……"

"是你把它称作理想的。"

"画像里原来没有邪恶，没有无耻。你对我来说是那种我以后再也遇不上的理想。这是一张好色之徒的脸。"

"这是我的灵魂的脸。"

"基督啊！我崇拜的竟是这样一个玩意儿啊！它长了一双撒旦的眼睛。"

"我们每个人身上既有天堂也有地狱，巴兹尔。"道连嚷嚷道，做了一个绝望的狂野的动作。

霍尔沃德再次向那幅画像转过去，注视着它。"天哪！如果这是真的，"他大声说，"这就是你用自己的生命折腾的结果，你的所作所为一定比那些说你坏话的人想象得到的还要糟糕。"他把灯再次举起来，凑近画布，仔细检查。画像的表面似乎相当完好无损，与他送走时一样。显然，腐败和恐怖是从里面开始的。通过某种奇怪的内部生活的加快活动，罪孽的腐败慢慢地吃掉了画像。灌满水的墓穴里的尸体被泡烂，都没有如此可怕。

他的手在发抖，蜡烛从烛台上掉到了地上，倒在那里噼啪作响。他一脚踩上去，把蜡焰踩灭了。随后，他跌坐在桌子旁边的那把摇晃的椅子里，两手把脸捂起来。

"天哪，道连，报应啊！多么可怕的报应啊！"道连没有回答，但是画家听见那个年轻人在窗户边哭泣。"祈祷，道连，祈祷吧，"他喃喃道，"一个人小时候是听人家怎么说的？'别把我们引向诱惑。宽恕我们的罪过。清洗我们的邪恶。'让我们一起祈祷吧。你自尊的祈祷已经得到了回答。你忏悔的祈祷也将会得到回答。我崇拜你崇拜得太过分了。我们两个都受到了惩罚。"

道连·格雷慢慢地转过身来，泪水模糊的眼睛看着他。"太晚了，巴兹尔。"他吞吐道。

"祈祷没有太晚的时候。我们一起跪下，试试我们能不能记起来那句祈祷词儿。什么书里不是有一句赞美诗吗？'你的罪孽虽然鲜红，不过我会让罪孽变得像雪一样洁白'。"

"那些词句现在对我没有意义了。"

"嘘！别这样说话。你一生中已经干了足够的坏事。天哪！难道你没有看出来那幅该诅咒的东西在讥笑我们吗？"

道连睃了一眼那张肖像，对巴兹尔·霍尔沃德的憎恨涌上心头，突然变成了难以控制的情绪，仿佛画像上那个形象向他做出了暗示，狞笑的嘴唇在他耳边窃窃私语。被追猎的动物的那种疯狂的情欲在他内心翻腾，他对坐在桌子旁边的那个人厌恶至极，比他一生中厌恶任何东西的情绪都更猛烈。他失控地环视四周。他对面那个彩绘箱子顶上有什么东西闪烁了一下。

他的目光被吸引住了。他知道那是什么东西。那是前些日子他带来的一把刀，用来割断绳子的，忘记拿回去了。他慢慢地走向那把刀，经过了霍尔沃德身边。他刚刚走到霍尔沃德的身后，他便把刀拿起来，转过身来。霍尔沃德在椅子里动了动，仿佛要站起来。道连向他冲了过去，把刀一下子插进了霍尔沃德耳朵后面的大动脉里，把他的头按在了桌子上，一下又一下地抡刀乱捅。

霍尔沃德发出了沉闷的呻吟，被血呛住的声音十分恐怖。伸直的胳膊痉挛地向空中伸了三次，走形的僵直的手指在空中乱抓。他又捅了两刀，但是那个人没再动弹。有东西开始往地板上流淌。他等待了一会儿，仍然把那个脑袋死死按住。然后，他将那把刀扔在了桌子上，聆听。

他什么也听不见，只有掉在旧毯子上的滴答滴答的声音。他打开门，出门站在楼梯平台上。整座房子寂静无声。没有人走动。有一阵子，他站在楼梯栏杆前向下俯视，看见黑魃魃的楼梯井在翻腾着往上冒黑气。然后，他掏出来钥匙，返回屋子，像以往一样把自己反锁在里面。

那个东西还坐在椅子上，趴在桌子上，头顶着桌面，隆起的背，长长的扭曲的胳膊。倘若不是脖子上有一道血红的破烂的刀口，稠凝的黑血摊在桌子上慢慢地洇大，你会以为那个人在睡觉。

干得多么干脆利落！他感觉到罕见的平静，走向了窗户，把落地窗子打开，走到外面的阳台上。风把雾气吹散了，天空像怪异的孔雀的尾巴，点缀了无数金色眼睛的花点。他向下看去，看见一名警察在巡逻，在寂静的住户门前摇晃灯笼那长长的光线。一辆行走的小马车的红灯在街角亮起来，随后便消失了。一个女人身穿飘动的披肩，沿着栏杆缓慢地蹒跚而行，抬脚迈步摇摇晃晃。时不时，她停下来向后窥探。一次，她引喉唱曲，声音沙哑。那个警察走过去，对她说了几句。她磕磕绊绊地走开，大笑不已。一阵凛冽的大风刮过广场。煤气街灯纷纷闪动，变得蓝莹莹的，落叶的树枝摇摆起黑色的铁一般的枝丫，忽东忽西。他打了个寒战，返回屋里，把身后的窗户关上了。

走到门边，转动钥匙，把门打开。他甚至没有再看一眼那个被谋杀的男人。他觉得整件事情的秘密就是不去理会环境。朋友画出了那幅要命的肖像，给他招来所有的痛苦，这下从他的生活里消失了。这就够了。

随后，他想起了那盏灯。那是一盏稀世的古董，北非摩尔人的工艺品，亚银打造，构思奇巧的抛光钢架，镶嵌了一些粗糙的绿松石。也许，它让他的仆人丢了，如果有人问起的话。

他犹豫少许，然后返回来，从桌子上把灯拿走了。他还是忍不住了看了看那个死东西。瞧它多么安静啊！瞧那两只长长的惨白的手多么恐怖！那死东西像一尊可怕的蜡像。

他把身后的门锁上，不声不响地走下了楼梯。木楼梯吱吱呀呀作响，仿佛疼痛不已，好像在喊叫。他停下来好几次，等待。不：万籁俱寂。只是他自己的脚步声。

他进了书房，看见墙角里的手提包和外衣。它们一定要藏在什么地方。他用钥匙打开护壁板里的秘密壁橱，他把自己的稀奇的化妆物都藏在里面，这次把那提包和外衣塞了进去。他以后很容易就把它们烧掉了。然后，他拉出怀表。一点四十分了。

他坐下来，开始想事儿。每年——每个月，几乎每个月——英格兰总有人因为自己所干的事情而被绞死。空气里流淌着谋杀的疯狂之风。某颗血红的星星距离地球太近了吧……不过，有什么证据对他不利吗？巴兹尔·霍尔沃德十一点离开这所房子。没有人再看见过他。多数用人都在赛尔比皇家庄园。他的贴身男仆已经上床睡了……巴黎！是的。巴兹尔已经去了巴黎，而且是坐午夜火车去的，是他早安排好的。因为他奇怪的内向的生活习惯，任何猜疑都要在几个月后才能出现。几个月！用不了几个月，一切都会销声匿迹的。

一个念头突然袭上他的心头。他穿上皮衣，戴上帽子走进了过厅。他停下来，听见外面人行道上警察的缓慢而沉重的步子，看见牛眼巡捕灯在窗子闪过。他等待，大气都不敢出。

过了一会儿，他把门闩拉开，溜出门，把身后的门轻轻地关上。然后，他开始按响门铃。大约五分钟后，他的男仆披了衣服站在门口，看上去睡意正浓。

"对不起，这么晚叫你开门，弗兰西斯，"他说着，跨进门来，"我忘记带钥匙了。几点了？"

"两点十分了，先生。"男仆回答道，看了看钟表，眨了眨眼睛。

"都两点十分了吗？这么晚了啊！明天早上九点钟你一定叫醒我。我有件事情要做。"

"好的，先生。"

"今天晚上有人来访吗？"

"霍尔沃德先生来了，先生。他一直待到十一点，然后去赶火车了。"

"噢！很遗憾没有见上他。他留下什么话儿了吗？"

"没有，先生，只说他到巴黎会给你写信来的，如果他在俱乐部找不到你的话。"

"就这么着吧，弗兰西斯。别忘了明天九点钟叫醒我。"

"不会的，先生。"

男仆趿拉着拖鞋，嚓嚓地穿过了过厅。

道连·格雷把帽子和外衣扔到了桌子上，走进书房。十五分钟里，他在书房里走来走去，一会儿咬嘴唇，一会儿想事儿。然后，他从书架上取下那本蓝皮书①，开始翻看。"艾伦·坎贝尔，赫特福德街一百五十二号，五月市。"是的，他要见的就是这个人。

---

① 名人录。现代英美政府发表一些专门报告，也用蓝皮书。

第十四章

第二天早上九点钟，他的仆人用盘子端了一杯巧克力进来，把百叶窗打开。道连睡得很安静，身子向右躺着，一只手放在他的脸腮下。他看上去像一个玩耍累了或者学习累的男孩。

男仆在他肩膀上摇了两次他才醒来，睁开眼睛，嘴角浮起微笑，仿佛他一直在做愉快的梦。然而，他根本没有做梦。他酣睡一夜，没有快活的形象打扰，也没有痛苦的形象折磨。但是，青春微笑无须理由。这就是青春一种最主要的魅力。

他翻过身来，胳膊肘支起身子，开始小饮巧克力。柔和的十一月的阳光照进了屋子。天空明亮，空气暖融融的。这简直像一个五月的早上。

渐渐地，昨天夜里发生的事件，迈着无声的血污的脚，走进了他的脑海，在脑子里清晰无比地重新构造出来。想到他遭受的一切，不由得一哆嗦，一时间他对已经被自己杀死在椅子里的巴兹尔·霍尔沃德的厌恶之情又来了，一点没有变，激动的情绪变得冷冰冰的。那个死人还坐在那里，现在也沐浴在阳光下了。多么恐怖啊！那么毛骨悚然的东西只配在黑夜里存在，不可以在白天里待着。

他感觉，如果他对自己经历过的事情瞎琢磨，他要么生病，要么发疯。有些罪孽的魔力在记忆里，而不在过程中；满足自尊而非欲望的那些非同寻常的胜利，会给理智带去刺激的喜悦感，比它们给予感官或者带给感官的任何喜悦都要大。但是，这一喜悦却不属于它们。那是一种被赶出脑子的东西，与罂粟一起吸掉了，被勒死了，因为你害怕它把你勒死。

九点半钟响过，他用手拍了一下脑门儿，然后匆忙站起来，比平常更加用心地穿戴起来，格外精心地挑选领带和领针，一次又一次更换戒指。他吃早餐也花了很长时间，各种菜肴都品尝一番，和男仆谈论他想给塞尔比庄园的仆人们制作新制服的事儿，随后把他的信件读了一遍。他读到其中一些信件微笑起来。另有三封信令他不快。还有一封他读了好几遍，然后脸上掠过一丝烦恼，把它撕掉了。"可怕的事情莫过于一个女人的记忆！"如同亨利勋爵有一次说过的。

他把黑咖啡喝完后，用餐巾慢悠悠地把嘴唇擦了擦，吩咐他的仆人等着，尔后过去在桌旁坐下，写了两封信。一封装在他的口袋里，另一封递给了那个男仆。

"把这封信送到赫特福德街一百五十二号，弗兰西斯，如果坎贝尔先生出城了，那就把他所去地方的地址要来。"

只剩他一个人时，他立即点燃了一支香烟，开始在一张纸上素描，先是画了一些花朵，几处建筑物，然后几张人脸。猛然间，他看出来，他画的每一张脸都酷似巴兹尔·霍尔沃德。他紧锁眉头，随后，站起来，走到那个书柜前，随意取出一本书。他决意不去想已经发生的事情，除非到了万不得已的时候。

他展开身子躺在沙发上时，他端详那本书的扉页。这是戈蒂埃的《珐琅和玉雕》，夏庞蒂埃①的日本纸版本，雅克马尔②的蚀刻版插图。柠檬色绿的皮封面，金色网格结构图案，虚线石榴树。阿德里安·辛格尔顿送给他的。他翻了几页，目光落在了一首关于拉斯奈尔③的手的诗上，写那只冷湿干黄的手还没有洗去肉刑的污迹④，棕红色的汗毛，农牧神的指头⑤。他瞅了一眼自己的白皙纤细的指头，不由自主地哆嗦了一下，接着往下看，一直读到了描写威尼斯的那几首美妙的诗歌：

那亚得里亚海的维纳斯，

从水中露出粉色的身子，

伴随了半音阶嘀嘀响起，

胸间淌下珍珠似的水滴。

湛蓝的波涛筑成了天穹，

如饱满的乳房高高隆起，

伴随着轮廓完美的乐曲，

一回回发出了爱的叹息。

◈◈◈◈◈◈◈◈◈◈◈◈◈◈◈◈◈◈◈◈◈◈◈◈◈◈◈◈◈

① 夏庞蒂埃（Charpentier，1837—1880），法国出版家。
② 雅克马尔（Jacquemart，1800—1836），法国版画家。
③ 拉斯奈尔（Lacenaire，1800—1836），法国一恶名在外的杀人犯，1836 年被处死。
④ 原文为法语。
⑤ 原文为法语。

　　　　船儿把我运送到了岸边，

　　　　　木桩上把船缆安置妥帖，

　　　在那红桃花色的正门前，

　　　　　我漫步走上大理石台阶。

　　这些诗句多么精致啊！读着它们，你似乎坐在银色船头和飘拂的帘子的黑漆凤尾船①上，在粉红的珍珠闪烁的城市那些碧绿的水道上漂浮。他觉得这些诗句，好比一路划船奔向里多②激起的绿松石般翠蓝的笔直线条。颜色斑斓，或隐或现，让他想起了如同彩虹绕脖的鸟儿在高耸的蜂窝状的钟楼上翻飞，或者优雅庄重的在模糊的尘封的拱门下昂然阔步。靠在沙发上，眼睛似睁非睁，他一遍又一遍地对自己吟诵：

　　　在那红桃花色的正门前，

　　　　　我漫步走上大理石台阶。

威尼斯全城，都在这两行诗句里了。他想起来他在威尼斯度过的那个秋天，激荡心旌的爱情把他搅动得神智颠倒，欣喜的蠢事一桩接一桩。浪漫的爱情无处不在。然而，如同牛津，威尼

───────────────

① 意大利威尼斯城的一种游览船，狭长，平底，由训练有素的船工驾驭，是水城威尼斯的象征之一。

② 威尼斯附近的一个旅游岛。

斯才是爱情发生的催发地，而且对不折不扣的浪漫情调，催发地就是一切，或者近乎一切。巴兹尔当时和他在威尼斯度过了部分时光，他对丁托列托①迷恋得如痴如狂。可怜的巴兹尔啊！一个人竟然这样恐怖地死去了！

他一声叹息，把那本书又拿起来，努力忘掉那件事儿。他读到燕子在士麦拿②的那个小咖啡馆翻飞，出出进进，那些朝圣者坐在那里默数琥珀念珠，头缠纶巾的商人抽着长穗摇摆的烟袋，板着脸互相交谈；他读到协和广场的方尖碑③在孤独的暗无天日的流放中暗垂花岗岩的泪水，渴望回到炎热的莲花遍地的尼罗河畔，那里有斯芬克斯④、玫瑰红的灵鹭、金爪白身的秃鹫，还有眼如小绿玉的鳄鱼在绿汪汪热气缭绕的泥淖里爬来爬去；他开始品味那些诗句，从吻痕斑斑的大理石汲取音乐，倾诉那尊被戈蒂埃比作女低音的稀世雕像，就是那个陈列在卢浮宫⑤斑岩展厅的"迷

---

① 丁托列托（Tintoretto, 1518—1594），意大利文艺复兴后期威尼斯画派画家，早期作品受米开朗琪罗的影响，后转向风格主义，代表作有《圣马克拯救奴隶》《最后的审判》以及天顶画《蛇洞的勃起》等。

② 土耳其一地名。

③ 原在尼罗河畔阿蒙那神庙里的一块花岗岩，整块，红色，一八三一年移至法国最大的协和广场。

④ 即古埃及的狮身人面像，位于埃及吉萨地方金字塔附近；在希腊神话中，斯芬克斯是一个长了翅膀的狮身女怪，传说她常叫过路行人猜谜，猜不出者即遭杀害。斯芬克斯是王尔德情有独钟的形象之一，他写过专咏斯芬克斯的诗。

⑤ 法国最大的博物馆，也是世界最大的博物馆。

人怪物"①。但是，没有过多久，那本书便从他手里掉下去了。他变得紧张兮兮，一阵可怕的恐惧痉挛袭击了他。倘若艾伦·坎贝尔出了英格兰呢？也许数天过去他才能回来。也许他一口拒绝来也未可知。真要这样，那他可怎么办呢？时时刻刻都至关重要。五年前，他们曾经是至交——几乎形影不离。后来，他们的亲密来往突然中断了。现在他们在上流社会碰上了，只有道连·格雷露露笑脸；艾伦·坎贝尔从来不动声色。

艾伦·坎贝尔是一个极其聪明的年轻人，不过他对视觉艺术没有真正的欣赏力，就是对诗歌不足挂齿的美感，也完全是从道连那里获得的。他主要的才情都用在了科学上。在剑桥，他把大量时间都花在了实验室，在他那一届自然科学荣誉学位考试中一直是佼佼者。的确，他依然对研究化学全力以赴，自己拥有一个实验室，经常整天把自己关在里面，对一片苦心在议会给他谋位置的母亲感到恼火，因为母亲模模糊糊地认为，化学家不过是一个配药的而已。但是，他还是一个杰出的音乐家，比大多数业余选手拉提琴和弹钢琴都高出一截。事实上，让他和道连·格雷当初走在一起，也正是音乐——音乐以及道连似乎能够随时施展出来的那种难以界定的吸引力，而且确真是毫无意识地就施展出来了。他们是在汉普希尔夫人府上认识

━━━━━━━━━━━━━━━━━━━━━━━━━━━━

① 即维纳斯雕像。

的，那天晚上鲁宾斯坦[①]到场助兴，后来他们便如影随形地出入歌剧院，只要有好歌剧演出便双双到场。他们的亲密无间的交往持续了十八个月。坎贝尔不在塞尔比庄园就在格罗夫纳广场道连的家中。在他看来，如同很多人眼中，道连·格雷就是生活中一切奇妙和迷人的东西的代表。他们之间是否发生过争吵，没有人知道。但是，人们突然间传说他们两个见了面很少说话了，而且坎贝尔似乎总是在道连·格雷到场的聚会上提前离去。他也发生了变化——有时很奇怪地闷闷不乐起来，看样子几乎不喜欢听音乐，自己也不再演奏了，要是有人邀请他露一手，他借口说，他被科学迷住了心窍，无暇练习乐器。这话倒也不假。他每一天似乎都对生物学更增一份兴趣，他的名字在一些科学杂志上出现了一两次，和某些罕见的实验相提并论。

道连·格雷苦苦等待的就是这个人。他每秒钟都会看看钟表。分分秒秒地过去了，他变得极度烦躁不安起来。最后，他站了起来，开始在屋子里来回走动。他看上去像一只美丽的笼中之物。他蹑手蹑脚地大步走动。他的手异常冰冷。

悬而未决，不堪忍受。他觉得时间似乎拖着铅步爬行，而他却被巨大的阵风吹向某个黑色悬崖的犬牙交错的边缘。他知

---

① 鲁宾斯坦（Anton Rubinstein，1829—1891），俄国作曲家、钢琴家，彼得堡音乐学院创立者和院长（1862—1867；1887—1891），作品有歌剧《恶魔》《马卡维伊斯》及交响曲、钢琴曲、室内乐等。

道前面等待他的是什么；似乎看见它了，而且，浑身哆嗦，用潮湿的手揉了揉烧灼的眼皮，仿佛会把视觉的脑子剥夺，把眼球塞进眼眶深洞里。没有用。脑子自有食物喂养，而惧怕引起的千奇百怪的想象力，如同一个疼痛难忍的活物扭来扭去，又像难看的傀儡在台子上跳舞，透过活动的面具苦笑。随后，他感觉时间突然停顿了。是的，那个瞎眼的慢慢呼吸的东西不再爬行了，而且因为时间死了，恐怖的念头活泼地跳到了前台，从坟墓里拽出来一个可恶的未来，摆在了他的眼前。他瞪眼看着未来。未来的恐怖让他变成了僵石。

终于，门开了，他的男仆走了进来。他把茫然的眼睛转向了他。

"坎贝尔先生到了，先生。"男仆说。

发干的嘴唇发出了如释重负的叹息，红晕回到了他的脸颊。

"叫他立刻进来，弗兰西斯。"他感觉他又是原来的他了。他提心吊胆的心绪过去了。

男仆鞠了一躬，退下去了。不一会儿，艾伦·坎贝尔走了进来，看上去非常严峻，甚至有几分脸色惨白，在他煤黑的头发和黑黑的眼睛衬托下，脸色越发煞白煞白的。

"艾伦！你真够意思。谢谢你的光临。"

"我本来打算再也不登你的家门的，格雷。可是，你说是一件生死攸关的大事儿。"他说话的声音很刺耳，很冷淡。他把话讲得慢条斯理。他转向道连的目光里有一种轻蔑，一种坚定的追寻的注视。他的手一直揣在阿斯特拉罕羔羊皮衣[①]的兜里，似乎没有注意到他迎接他的那个姿势。

"是的，攸关生死的大事儿，艾伦，不只涉及一个人。快坐下吧。"

坎贝尔在桌边一把椅子上坐下，道连坐在他的对面。两个人的眼睛对上了。道连的眼睛里有的是无限怜悯。他知道他所要做的，是很可怕的事情。

一阵紧绷的沉默过后，他探过身子，非常平静地说起来，一边观察他每说出来的一个词儿会在坎贝尔的脸上产生什么反应。"艾伦，这所住宅顶层的一间上锁的屋子，一间除了我自己别人都进不去的屋子，里面一个死人坐在桌子旁边。他是在十个小时前死去的。别动，别用那样的目光看着我。那人是谁、为什么死去、怎么死的，都与你毫不相干。你所要做的是——"

"打住，格雷。我不想知道任何更多的情况了。你告诉我的是真是假，我不关心。我根本无意掺和你的生活。你把你的秘密留给自己吧。我对它们一点兴趣也没有。"

"艾伦，它们会让你感兴趣的。这件事儿会让你产生兴趣的。我很对不起你，艾伦。可是我没有办法。你是唯一可以救我的人。

---

① 产于俄国阿斯特拉罕的一种黑色卷毛的小羊皮，柔软，暖和。

我是万不得已才把你叫来的。我别无选择。艾伦，你是从事科学的。你对化学一类的东西了如指掌。你做过各种实验。你所要做的是把楼上那个东西摧毁了——摧毁它，一丝痕迹也不留。

没有一个人知道这个人走进了这所房子。真的，此时此刻，人们都以为他在巴黎。在几个月内不会有人想起他。等有人想起他来，一点痕迹都找不到了。你，艾伦，一定要彻底把他变成我可以撒向天空的灰烬，属于他的所有东西都要变成灰。"

"你疯了，道连。"

"啊！我在等的就是你叫一声'道连'。"

"你疯了，我告诉你——你疯了，竟然想到我会染指帮助你，竟然做出这番阴森可怕的忏悔。我和这件事情没有任何关系，不管性质如何。你以为我会为了你毁掉我的名声吗？你在干什么鬼名堂，与我有何相干？"

"是自杀的，艾伦。"

"我很庆幸。不过，谁逼他自杀的呢？我看就是你逼的吧。"

"你拒绝为我做这件事情吗？"

"当然拒绝。我绝对不会参与这种事情的。我不管你会得到什么羞耻。你活该。我看见你在社会上身败名裂，毫不足惜。你怎么敢在芸芸众生中要求我参与这种恐怖的事情呢？我本以为你对人的性格了解比别人多呢。你的朋友亨利·沃顿勋爵不能教会你一些心理学的东西，那他就什么都传授不给你了。任凭什么都不能引诱我动恻隐之心帮助你。你找错人了。快去找你的朋友吧。别来打扰我。"

"艾伦，是一起谋杀。我把他杀害的。你不知道他让我吃了什么苦头。不管我的生活成了什么样子，他参与或者教唆的程度，远比可怜的亨利厉害。他也许不是成心的，但是结果是一样的。"

"谋杀！天哪天哪，道连，你竟然走到了这一步吗？我不会去告发。这不是我要做的事儿。再说了，就算我不插手这件事情，你也难逃法网。人犯了罪，总会一错再错的。但是，我和这件事情毫不相干。"

"可你必须和这件事儿发生点瓜葛。等等，稍等一会儿，听我说。只管听听，艾伦。我所要求你的，只是进行一种科学实验。你到医院去，到太平间去，你在那些地方干的那些恐怖的事情，并没有影响你什么。如果在某个可恶的解剖室或者难闻的实验室，你看见这个人躺在一张铁皮桌子上，内脏掏出来，血水在流淌，你也只是把他看作一个难得的实验品。你没有丝毫不爽的感觉。他不会相信你在干什么错误的事情。恰恰相反，你也许会觉得你在做有利于人类的事情，或者在为世界积累知识，或者满足知识分子的好奇心，或者干诸如此类的好事。我要你干的事情，只不过是你自己过去经常干的事情。的确，摧毁一具尸体，远没有你过去习以为常的事情那么可怕。而且，记住，这是唯一对我不利的证据。如果东窗事发，我就完了；可只有你帮助我，才绝不会有东窗事发的时候。"

"我没有帮助的心情。你忘记这点了。我对整件事情根本无动于衷。这跟我毫不相干。"

"艾伦，我求你了。想想我所处的境地吧。就在你进来之前，我差一点吓得晕过去。你自己也许有朝一日会知道恐惧的厉害。不！别想什么恐惧了。纯粹从科学的观点，审视一下这件事情吧。你不必追问你要做实验的东西来自什么地方。现在别追问了。事实上我跟你说的太多了。不过我在恳求你干这件事情。我们曾经是好朋友，艾伦。"

"别提那些日子，道连；那些日子死去了。"

"可死去的东西有时赖着不走啊。楼上那个人就赖着不走。他坐在桌前，头抵桌面，两臂伸展。艾伦啊！艾伦！如果你不伸出援助之手，我就没救了。唉，他们会把我绞死的，艾伦！难道你不明白吗？他们会因为我所干的事情，把我吊死的。"

"这场戏一直拖延下去没有好处。我在这件事情上绝对拒绝干任何事情。你脑子出了毛病才要我来的。"

"你拒绝吗？"

"是的。"

"我恳求你啦，艾伦。"

"求也没用。"

道连·格雷的眼睛里又呈现了可怜的神色。然后，他伸出手去，拿起一张纸，在上面写了些什么。他读了两遍，把纸小心翼翼地折叠起来，从桌面上推了过去。事毕，他站起来，走到了窗前。

坎贝尔吃惊地看着他，随后把那张纸拿起来，打开了。他看内容时，脸色变得死灰一般，跌坐在了椅子里。一阵恐怖的恶心感袭击了他。他觉得仿佛他的心在空空的胸腔里乱跳，往死里跳。

可怕的静默持续了两三分钟，道连转过身来，走过来站到了他身后，把手放在他的肩膀上。

"我实在对不住你，艾伦，"他喃喃道，"可是，你逼得我无路可走啊。我已经写好了一封信。这就是。你看清上面的地址了。如果你不帮助我，我只好把它寄出去了。如果你不帮助我，我一定会寄出去的。你很清楚寄出去的结果是什么。但是，你会帮助我的。现在你不可能拒绝我了。我原本竭力放你一马。你只要公正对待我就能认识到这点。你刚才表现得严厉、狠心、伤人。你这样对待我，过去换个人谁敢——至少活着的人没有谁敢这样对待我。我全都忍了。现在该我提条件了。"

坎贝尔双手把脸捂上了，浑身打了一个寒战。

"是的，现在该我提出条件了，艾伦。你知道是些什么条件。事情很简单。行了，别把自己搞得像发疟子。事情非干不可。

面对它，干去好了。"

坎贝尔的嘴唇发出了一声呻吟，周身哆嗦起来。壁炉架上那只钟表的嘀嗒声，他似乎觉得把时间分割成了痛苦的原子，每个原子都可怕得不堪承受。他觉得仿佛一个紧箍正在慢慢地把他的脑袋箍住，仿佛威胁他的那种耻辱已经落在了他身上。搭在他肩膀上的那只手，像一只铅手一样沉重。不堪承受之重啊。看来要把他压垮碾碎了。

"得了，艾伦，你必须立即拿定主意。"

"我不能干那种事儿啊。"他机械地说，仿佛空话能改变事实似的。

"你必须干。你别无选择。别耽搁了。"

他犹豫片刻。"楼上那间屋子有火炉吗？"

"是的，有一个石棉煤气炉。"

"我得回家，从实验室里拿些东西来。"

"不行，艾伦，你一定不能走出这所房子。把你想要的东西写在一张纸条上，我的仆人会坐公共马车把那些东西取回来。"

坎贝尔草写了几行，用吸墨器吸干，给他的助手写了一个信封。道连接过短信，仔细看了看。然后，他摇响铃，把信交给了他的男仆，吩咐尽快赶回来，并且随身带回来那些东西。

过厅门关上时，坎贝尔吓得神经兮兮，从椅子里站起来，走到壁炉前。他哆嗦得像打摆子。将近二十分钟时间，这两个男人谁都没有说话。一只苍蝇在屋子里嗡嗡飞行，那只钟表的嘀嗒声像一把锤子在锻打。

一点钟敲响了，坎贝尔转过身来，打量了一眼道连·格雷，看见他的眼睛里充满了泪水。那张悲哀的脸上有某种纯洁和清纯的东西，似乎让坎贝尔怒从中来。"你厚颜无耻，厚颜无耻到家了！"他嘟哝说。

"别声张，艾伦；你救了我的命。"道连说。

"你的命？老天爷啊！那是一条什么命！你一再堕落，现在你堕落到了犯罪的地步。在你的威逼下，我所以要去干那种事情，我想到的不是你的命。"

"啊，艾伦，"道连小声嘟哝着，叹息一声，"我对你的怜悯，我希望你有千分之一就行了。"他说着把身转了过去，站在那里张望花园。坎贝尔没有回答。

十分钟后，敲门声响起，那个男仆走进来，提来了一个化学品大胡桃木箱子、一长卷合金铝丝以及两个奇形怪状的铁钳子。

"我把这些东西放在这里吗，先生？"他问坎贝尔。

"是的，"道连说，"还有，弗兰西斯，恐怕我还有事情要你去做。里士满①那个往塞尔比庄园送兰花的人，他叫什么名

---

① 位于大伦敦西边一地方。

字来着？”

“哈登，先生。”

“是的——哈登。你得立即去里士满一趟，见见哈登本人，告诉他照我预订数量的两倍送来兰花，尽量别送白兰花。实际上，我不想要白兰花。天气很好，弗兰西斯，里士满又是个非常迷人的地方，要不然我是不会麻烦你跑一趟的。”

“没事儿的，先生。我什么时间回来？”

道连看了看坎贝尔。“你的实验要用多长时间，艾伦？”他问道，声音既平静又随意。屋子里有第三者在场，似乎让他平添了许多胆量。

坎贝尔皱起眉头，咬住了嘴唇。“要用大概五个小时。”他回答说。

“这么说时间足够了，要是你七点半钟赶回来的话，弗兰西斯。要不就留那里，只用把我的衣服准备出来就行了。你晚上自己看着办，想干什么都行。我不在家里用餐，因此我不会要你干什么了。”

“谢谢你，先生。”男仆说着，离开了屋子。

“行了，艾伦，时间不等人。这箱子真够沉的！我来给你拿上去。你把别的东西带上来就行了。”他讲话很快，口气不容商量。坎贝尔感觉被他控制了。他们一起离开了屋子。

他们上到楼梯平台上，道连掏出来钥匙，把锁打开。然后，他停住了，眼睛里出现了迷乱的眼神。"我不想进去了，艾伦。"他嘟哝说。

"我倒没什么。我也不需要你。"坎贝尔冷冷地说。

道连把门打开一半。尽管只打开一半门，他还是看见了他那幅画像的脸在阳光下很狰狞。画像前面的地板上，那条拽下来的帘子堆在那里。他记起来，昨天夜里他生平第一次忘记了把那要命的肖像藏起来，正要赶过去覆盖上，却不由自主地哆嗦一下，直往后撤。

肖像的一只手上出现了湿漉漉亮晶晶闪动的恶心的红露珠，仿佛是画布上渗出了血滴，到底是什么东西？多么恐怖啊！——此时此刻对他来说更加恐怖，远远胜于那个他知道趴在桌子上的那个一声不吭的东西，尽管那个东西怪模怪样的影子落在血迹斑斑的地毯上，他一看就知道不曾活动过，依然在那里，如同他当初离开它的样子。

他深深地吸了一口气，把门开得更大一些，眯起眼睛，头扭向一边，快步走了进去，决心再也不看那个死人一眼。然后，他弯下腰，捡起那条金紫色的帘子，不偏不倚地扔在了画像上。

他站在那里，害怕转过身来，眼睛盯着面前那帘子上精巧的图案。他听见坎贝尔带进来沉重的箱子和铁器以及他那可怕的活儿需要的其他工具。他开始嘀咕他是不是曾经和巴兹尔·霍尔沃德见过面，如果见过，他们当时是怎么想对方的。

　　"现在走开吧。"他身后的一个声音生硬地说。

　　他转过身来，急匆匆出去，立即意识到那个死人已经被推回了椅子里，坎贝尔正在冷眼打量那张湿汲汲的黄脸。他还在下楼梯，便听见了钥匙在锁孔里转动的声音。

　　七点钟过去好一会儿，坎贝尔回到了书房。他脸色煞白，但是平静如铁。"我把你要求的活儿干完了，"他嘟哝说，"行了，再见了。我们彼此永远都别见面了。"

　　"你把我从毁灭边缘救过来了，艾伦。我不会忘记的。"道连简短地说。

　　坎贝尔刚刚离去，他便上到了楼上。屋子里有一股强烈的硝酸味儿。但是，那个曾经坐在桌子旁的东西不见了。

第十五章

那天晚上，八点钟的样子，穿戴得异常讲究，胸前别了一束帕尔玛①紫罗兰花，道连·格雷被点头哈腰的仆人领进了纳伯勒夫人的客厅。他的脑门儿突突直跳，神经失控，感觉异常亢奋，但是当他弯腰亲吻女主人的手时，他像以往一样神态自若，彬彬有礼。也许，一个人不得已扮演角色时，形容举止似乎再坦然不过吧。确实，那天晚上见过道连·格雷的人，谁都不会相信，他经历了一幕悲剧，如同我们这个时代所有的悲剧一样可怕。那些形状优美的指头怎么都不会拿起一把罪恶的利刀，那两片儿微笑的嘴怎么都不会向上帝呼叫开恩。他自己不禁为自己平静的举止感到纳闷儿，一时间强烈地感觉到这种双重生活带来的极度快活。

这是一次小型聚会，是纳伯勒夫人临时召集起来的，因为这个女人有股精明劲儿，亨利勋爵经常把这种劲头说成真正地道的丑陋的遗风。不过，她嫁给了我们最无聊的一位大使，倒成了一个八面玲珑的妻子，已把丈夫体面地埋葬在一个她一手设计的大理石陵墓里，又把自己的一个个女儿嫁给了那些已有一把年纪却很富有的男人，她自己则一头钻进了法国小说、法国烹调以及她能领悟到的法国式诙谐，从中获得乐趣。

道连是她特别另眼相看的红人儿，总是跟道连说，她没有

---

① 意大利的一个城市。

及早遇上他算是三生有幸。"亲爱的，我知道，要是早碰上你，我一准会发疯地爱上你，"她一次又一次说，"为了你我会把我的帽子扔过磨坊①。谢天谢地，那时候你还不知道在哪里呢。

276

事实上，我们的帽子都戴上不合适，磨坊又都为了赚钱忙得不亦乐乎，我才没有机会和什么人掉媚眼儿。不过，这都是纳伯勒的错儿。他是大近视眼，玩弄一个什么都看不见的丈夫，实在是也没有什么乐趣。"

这个晚上她的客人大都毫无情趣可言。实际情况是，如同她用一把旧扇子遮挡起来和道连透露的，她的一个已婚的女儿突然来和她暂住，而且，更要命的是，实际上还把她丈夫带来了。"亲爱的，我认为她真是不知道疼人，"她小声说，"当然，每年夏天我从霍姆堡②回来，都要去和他们住一段，可是像我这样一把年纪的女人，必须经常享受新鲜空气，再说了，我也真的是想让他们打起点儿精神。你不知道他们在那里过着一种什么生活。那是纯粹的土老帽生活。他们起得很早，因为他们有很多活儿要干，晚上早早就上床了，又因为他们什么都不想。自从伊丽莎白女王③时代以来，左邻右舍没有出过一桩丑闻，因此晚饭吃过他们就都睡下了。你别坐在他们两个身边。你坐

---

① 法国成语，意思是不管不顾，不怕议论等。

② 德国一胜地。

③ 当指伊丽莎白一世。

在我身边好了，让我快活快活。"

　　道连小声说了一句不失风度的恭维话，把屋子打量了一下。是的；这确实是一个无聊的晚会。两个他从来没有见过面的人，其余还有欧内斯特·哈罗登，一个中年凡夫俗子，伦敦各家俱乐部比比皆是，没有敌人，却也令他的朋友反感透了；卢克斯顿夫人，一个四十七岁还穿戴得花里胡哨的女人，鹰钩鼻，总是上赶着往人身上贴，但是只因生得毫无可取之处，没有人会相信她丢过什么丑，这令她大感失望；艾琳太太，一个到处凑趣的无名之辈，口齿不清令人好笑，偏偏还长了一头威尼斯红①头发；爱丽思·查普曼，女主人的千金，一个邋遢而无趣的姑娘，长了一张特征明显的英国人的脸，见过一次便再也记不起来了；她的丈夫，一个两腮通红却胡子花白的怪人儿，如同他所属阶级中的很多人，满以为无节制的取乐能够弥补全然的思想匮乏。

　　他很后悔来凑这份热闹，赶巧纳伯勒夫人正在打量红丝绒装饰的壁炉架上那座俗丽曲线散射的锡合金大座钟，大声嚷嚷说："亨利·沃顿勋爵真是要命，这么晚了还没有来！我早上就派人去他家碰运气，他答应得好好的，说不会让我失望的。"

　　道连总算有了些许安慰，哈里要到这里来，因此屋门打开时，他听见了缓慢悠扬的声音传来，说了些言不由衷却别有魅

---

① 一种颜料，褐红色。

力的抱歉话，他才不觉得太无聊了。

但是，在晚宴上，他什么都吃不下去。一碟又一碟，均食之无味。纳伯勒夫人在一旁不停地责怪他，说他这样是"对可怜的阿道夫的不敬，因为他专门为你发明了这个菜单"，而亨利勋爵则时不时隔着餐桌打量他，对他少言寡语、心不在焉的样子倍感不解。管家一次又一次为他往杯子里添香槟。他喝得很急，他的干渴好像有增无减。

"道连，"亨利勋爵终于开口说，这时那道肉冻正在传递，"今天晚上你怎么回事儿？你完全魂不守舍的样子。"

"我看他是爱上什么人了，"纳伯勒夫人叫道，"他害怕告诉我，是因为我会吃醋。他很对。我当然会吃醋的。"

"亲爱的纳伯勒夫人，"道连嘟囔说着，微微一笑，"我整整一个星期都没有掉进爱河了——实际上，费罗尔夫人离开伦敦城后，我就无人可爱了。"

"你们男人怎么会跟那种女人相爱呢！"这个老女人嚷嚷道，"我真的是难以理解。"

"那完全是因为你还是个小姑娘时她就记住你了，纳伯勒夫人，"亨利勋爵说，"她是我们和你的短童装之间的唯一联系啊。"

"她根本记不得我们的短童装，亨利勋爵。不过，我可记得三十年前她在维也纳的样子，她当时穿得袒胸露背。"

"她现在还穿得袒胸露背啊，"亨利勋爵长长的手指拿着一个橄榄，接话说，"她穿上一件盛装礼服，看上去像一个精装本的三流法国小说。她真的不同凡响，每每令人吃惊。她热衷家庭亲情的能力同样不同凡响。当她的第三任丈夫死掉时，她悲痛得头发都金灿灿了。"

"你怎么能说这种话，哈里！"道连叫道。

"你说得太有浪漫色彩了，"女主人哈哈大笑道，"她的第三任丈夫，亨利勋爵！你不是说费罗尔是她的第四任丈夫吧？"

"当然，纳伯勒夫人。"

"我才不相信你半个字呢。"

"哦，问问格雷先生。他可是她最亲密的朋友。"

"真的吗，格雷先生？"

"她亲口跟我说过的，纳伯勒大人，"道连说，"我还问过她，是不是像那瓦尔的玛格丽特一样，把丈夫们的心涂了防腐油，统统挂在裤腰带上了。她告诉我没有，因为她的丈夫中没有一个有心肝。"

"四个丈夫！老天爷，那也太豁得出去了。"

"是太敢干了，我跟你说。"道连说。

"嗷！她什么都敢干，我亲爱的。费罗尔怎么样？我不了解他。"

"漂亮女人的丈夫都属于犯罪的阶级。"亨利勋爵说，喝了一小口酒。

纳伯勒夫人用扇子敲了他一下。"亨利勋爵，世人都说你坏透了，我今天算是领教了。"

"不过，哪个世界的人说这种话呢？"亨利勋爵问着，把两条眉毛挑起来，"那只能是另一个世界的人。这个世界和我相处得如鱼得水。"

"我认识的所有人都说你很坏。"那老女人叫道，不停地摇头。

亨利勋爵一脸严肃绷了一会儿。"简直没治了，"他终于说，"如今的人处世之道，就是当面一套背后一套，背后所说的话才是绝对的完全的真话。"

"这人难道不是无可救药了吗？"道连喊着，在椅子上往前倾了倾。

"救不过来才好呢，"女主人说着，大笑起来，"不过，说真的，如果你们都这样怪里怪气地崇拜费罗尔夫人，那我不得不再嫁一次，赶一赶时髦了。"

"你永远不会再嫁的，纳伯勒夫人，"亨利勋爵不由分说道，"你过去生活得太美满了。一个女人要再嫁，那是她厌恶她的第一个丈夫了。一个男人要是再娶，那却是因为他尊敬第一个妻子。女人嫁人靠运气；男人娶妻需冒险。"

"纳伯勒算不上完美。"那个老女人叫道。

"要是他完美，那你就不会爱他，我亲爱的夫人，"亨利勋爵对答如流，"女人爱我们，爱的是我们的缺点。如果我们缺点多多，那她们就会原谅我们的一切。恐怕，我说了这种话，你就再也不会请我吃饭了吧，纳伯勒夫人；不过我说的是大实话。"

"当然是大实话，亨利勋爵。如果我们女人爱你们不是因为你们一身毛病，那你们男人可怎么活呢？你们谁都娶不到老婆了。你们早成了一群倒霉的光棍了。不过，那倒也改变不了你们什么。当今之日，所有结婚的男人都像光棍，所有的光棍又都像结婚的男人。"

"这就是世纪末嘛。"亨利勋爵嘟哝说。

"是世界的末日。"女主人回答说。

"但愿这就是世界末日，"道连长叹一声，说，"生活就是无穷的失望。"

"啊，我亲爱的，"纳伯勒夫人喊着，把她的手套戴上，"别跟我哭诉你过着油灯耗尽的生活。亨利勋爵坏到家了，有时我希望我也坏到家；但是你生来就是好东西——你看起来也是好东西。我一定给你找个好妻子。亨利勋爵，难道你不认为格雷先生应该结婚吗？"

"我总是这样跟他说的，纳伯勒夫人。"亨利勋爵说，点了点头。

"那好啊，我们一定给他找一个般配的妙人儿。我今天夜里就仔细翻一翻德布雷特编辑的豪门名录①，把所有符合条件的年轻小姐开出一张名单。"

"写明她们的芳龄吗，纳伯勒夫人？"道连问道。

"当然，要有她们的年龄，多少编辑一下。不过，什么事儿都不可操之过急。我想把这事儿办得像《晨邮报》所说的，男女般配天生一对，我就想让你们美满幸福。"

"人们谈起美满婚姻怎么净是胡说八道！"亨利勋爵嚷嚷说，"男人只有不爱女人时，才能和任何女人幸福生活。"

"啊呀！你这个玩世不恭的主儿！"那个老女人叫道，把椅子往后挪了挪，向卢克斯顿夫人点了点头，"你一定要再来和我一起用餐。你是一剂名副其实的好补药，可比安德鲁勋爵给我开的补药强多了。不过，你一定要告诉我你喜欢和什么人相聚。我想举办一次开心的聚会。"

"我喜欢未来看好的男人，过去丰富的女人，"他回答说，"或许你认为那会办成一次清一色女人的晚宴吗？"

"恐怕会的。"她说，哈哈大笑着，站了起来。"真是对不起啊，我亲爱的卢克斯顿夫人，"她补充说，"我没有看见你已经把烟吸完了。"

---

① 即《德布雷特贵族年鉴》，1803年由英国出版家德布雷特（John Debrett, 1752—1822）编纂出版，后每年都有修订版本。

"千万别在意，纳伯勒夫人。我吸烟太厉害了。我今后要限制一下自己了。"

"别介啊，卢克斯顿夫人，"亨利勋爵说，"节制是要命的东西。适量如同吃饭一样糟糕。过度才像一次盛宴一样过瘾呢。"

卢克斯顿夫人好奇地瞄了他一眼。"哪天下午你一定要来跟我说道说道，亨利勋爵。这种说法听起来很有趣。"她小声说着，一阵风一样出了屋子。

"喂，你们别说起政治和丑闻来没完没了，"纳伯勒夫人在门边喊道，"如果你们还在说，我们在楼上可就争吵起来了。"

男人们大笑起来，查普曼先生从餐桌边严肃地站起来，坐到了餐桌首席。道连·格雷趁机换了座位，来到亨利勋爵身边坐下。查普曼先生开始大声谈论下议院的局面。他对他的政敌大肆攻击。空谈家这个词儿——一个英国人一听就心惊肉跳的词儿——一次又一次在他的爆笑中惊现。一个很顺口的口头词儿，算是讲演的一种修饰。他在思想的尖顶上高擎不列颠旗帜。英国这个种族沿袭的愚蠢——他兴致勃勃地把它说成是健全的英国式良好判断力——他表明就是上流社会牢靠的堡垒。

亨利勋爵的嘴角出现了笑意，他转过身来看了看道连。

"你好点了吗，我亲爱的老兄？"他问道，"你这顿饭吃得好像魂不守舍。"

"我很好，哈里。我就是累了。没什么。"

"你昨天夜里很迷人。那个小公爵夫人完全被你迷住了。她跟我说她要到塞尔比庄园去。"

"她说好二十日那天就来。"

"蒙茅斯也去吗？"

"噢，是的，哈里。"

"我烦透他了，简直如同公爵夫人讨厌他一样。她很机灵，对一个女人来说简直是过分机灵了。她缺乏那种难以描述的纤弱的魅力。正是泥做的脚让一尊金像格外珍贵。她的脚很纤巧，但是可惜不是泥做的。你倒可以说成是白瓷脚。它们经过了火炉烧制，可连大火都烧不坏的东西，一定坚硬无比。她的经历很丰富。"

"她结婚多长时间了？"道连问道。

"她跟我说很久了。从贵族名录上看，我相信有十年了，不过跟蒙茅斯过十年一定跟永久差不多吧，把青春时光都搭进去了。还有谁来？"

"噢，威洛比夫妇、拉格比勋爵和妻子、我们的女主人杰弗里·克劳斯顿，还有常来的那群人。我请了格洛特里安勋爵。"

"我喜欢他，"亨利勋爵说，"很多很多人都不喜欢他，可是我发现他很有意思。他受的教育不同一般，即便偶尔穿戴得花哨一些，可以两相抵消。他是一个非常摩登的那种人。"

"我不知道他到底能不能来，哈里。他也许不得已和父亲到蒙特卡洛去。"

"啊！人有亲人真是一大累赘！想办法让他来。对啦，道连，你昨天夜里早早地匆匆跑掉了。你不到十一点就离去。后来你都干了些什么？你直接回家了吗？"

道连匆匆瞅了他一眼，眉头紧锁。"没有，哈里，"他终于说，"我快三点才回到家。"

"你去俱乐部吗？"

"是的。"他回答道。然后他咬起嘴唇。"不，我不是那个意思。我没有去俱乐部。我漫游来着。我忘记我干了些什么……你多么喜欢包打听，哈里！我总是想知道人家干过什么。我总是想忘记我干过什么。我两点半进的家门，如果你想知道确切的时间的话。我把钥匙丢在家里了，我的仆人给我开的门。如果你在这事上想得到旁证的话，你可以问问他。"

亨利勋爵耸了耸肩。"我亲爱的老兄，我操那份心干吗！让我们到楼上客厅坐坐吧。不要雪利酒了，谢谢你，查普曼先生。你出了什么事儿了，道连。告诉我到底是什么事儿。你今天夜里魂不守舍。"

"别管我了，哈里。我很烦躁，总想发脾气。我明天或者后天过去看你吧。在纳伯勒夫人跟前为我开脱一下。我不上楼去了。我要回家。我必须回家去。"

"好吧，道连。我估计明天吃茶点时就能看见你。公爵夫人要来。"

"我尽量去吧，哈里。"他说着，离开了屋子。他坐马车回到自己的府邸时，他意识到他强压下去的那个恐怖感又回来了。

亨利勋爵不经意地询问，让他一时失控，慌了神儿，他想让神经安静下来。凡是危险的东西都不得不毁掉。他哆嗦了一下。他想到要碰那些东西，心头恨恨的。

然而，他必须毁掉它们。他认识到这点了，于是他反锁上了书房的门，打开那个他把巴兹尔·霍尔沃德的外衣和提包塞进去的秘密柜子。大火呼呼地燃烧。他在火炉里又添加了一根原木。烧布味儿和燃烧的皮革味儿让人恐怖。他花了三刻钟才把所有的东西烧净了。到了最后，他感觉眩晕和恶心，在一个漏洞铜火盆里点起了阿尔及利亚香柱，随后把手和脑门儿用麝香凉醋洗了洗。

他突然一惊。他的眼睛变得出奇地明亮，紧张地咬上嘴唇。在两个窗户之间立着一个佛罗伦萨大柜子，乌木做的，镶嵌了象牙和天青石。他瞪着那柜子，仿佛它是一样能让人着迷又让人害怕的东西，又仿佛它藏了什么他渴望却憎恶的东西。他的呼吸加快。发疯的劲头袭击了他。他点燃了一根香烟，随后又扔掉了。他的眼皮深深垂下来，长长的流苏般的眼睫毛几乎要触到他的脸颊了。但是，他仍然盯着那个大柜子。最后，他从一直躺着的沙发上站起来，走到了那个大柜子前，把锁打开，按下了一个暗弹簧。一个三角形抽屉慢慢地打开了。他的手指本能地伸过去，探下去，摸到了什么东西。那是一个黑色描金中国小匣子，做工精良，外面画了波浪纹图案，丝线上吊着几个圆水晶球和流苏辫形金属丝。他把小匣子打开。里面是一支绿色膏，有蜡光，气味出奇地浓郁，持久。

他犹豫了几分钟，脸上浮起了一种奇异的呆滞的微笑。接着他就哆嗦了一下，尽管屋子里的空气非常热，然后他定了定神，看了看钟表。十二点四十分。他把盒子放回去，把柜子门一一关上，随后进了他的卧室。

铜钟敲响了午夜的钟声，在黑幽幽的空气里回响，道连·格雷像平常一样穿戴起来，脖子上围了一条围巾，悄悄地走出了宅子。到了邦德街，他找到了一匹良马拉的马车。他把马车招呼过来，低声地告诉了马车夫要去的地址。

马车夫摇了摇头。"太远，我去不了。"他嘟哝道。

"付你一个金镑，"道连说，"如果你快马加鞭，另加一个。"

"好吧，先生，"马车夫说，"你一个小时就到那里了。"等他把车费接过来，立即掉转马头，迅速地向泰晤士河方向奔去。

第十六章

一阵冷雨开始下起来，昏暗的街灯在雨雾中看上去鬼影摇曳。酒店正在关门，模糊不清的男男女女三五成群，在酒店门前道别。有些酒吧里传出了可怕的笑声。另一些酒吧里，醉汉们在喧闹，在嚎叫。

仰靠在马车座上，帽子深深地压在脑门上，道连·格雷眼光无精打采，打量着这个大城市的肮脏的羞耻，不断跟自己反复念叨亨利勋爵在他们第一天相见时对他说的话："依靠感官手段治疗灵魂，依靠灵魂手段治疗感官。"是的，这话是一剂秘方。他过去屡试不爽，现在又要去尝试了。那里有鸦片馆，在里面花钱能买到遗忘，鸦片馆听起来恐怖，但是在那里不管不顾地重新犯罪，可以把过去的罪孽摧毁。

月亮低垂在夜空，如同一个黄色的骷髅。一次又一次，一块巨大的奇形怪状的云团，伸展长长的臂膊把月亮横空遮住。煤气灯越来越稀了，街道越来越窄、越来越阴暗了。有一回，马车夫走错了路，不得不返回半英里。马儿身上冒出了热气，在泥泞的地上啪啪行走。马车两边的窗户蒙上了一层灰蒙蒙的法兰绒一样的雾气。

"依靠感官手段治疗灵魂，依靠灵魂手段治疗感官！"这两句话在他的耳际回响！不用说，他的灵魂病得要死。真的感官能拯救它吗？纯洁的血已经流失。什么能够救赎呢？啊！纯洁的血无法救赎了；可是，尽管宽恕已经绝望，但是遗忘还是有望的，他决心忘掉过去，把那东西踩死，如同你踩死一条咬伤你的毒蛇一样。的确，他巴兹尔有什么权利对他说那番话？谁赋予他评判别人的权力？他说的那些话很可怕，很恐怖，难以忍受。

马车在泥水里跋涉，他似乎感觉走得慢下来，一步慢似一步。他推开马车前窗，催促马车夫把马赶快些。对鸦片的极度渴望开始咬噬他的心肺。他的喉咙在灼烧，他纤细的两手在一起绞来绞去。他忍不住用自己的拐杖敲打那马儿。马车夫大笑起来，甩了一鞭。道连大笑作答，马车夫没有吭声。

路好像没有尽头，街道好似一只张开的大蜘蛛织成的网。行路的单调变得不堪忍受，而且，随着雾气越来越浓，他害怕起来了。

后来，他们路过了一些孤零零的砖厂。大雾在这一带稀薄了很多，他能看见怪模怪样的瓶子状的砖窑，冒起橘黄色的扇形的火苗。他们走过时，引来一阵狗叫，黑暗的远处传来漫游的海鸥的尖叫。马儿在一个小坎儿上磕绊一下，一个趔趄，突然嘚嘚跑起来。

不多会儿，他们离开了泥路，又在路面粗糙的街道上得得赶路。多数窗户都黑魆魆的，但是时不时总有一些迷人的窗户，灯光映出来影影绰绰的侧影。他好奇地端详那些窗户。那些侧影如同怪异的提线木偶，像活物一样姿态多变。他憎恨这些侧影。他心里窜动着了一股怒气。他们拐过一个街角时，一个女人从敞开的门冲他们叫嚷，两个男人在马车后面追了一百多码。马车夫只好用鞭子抽开他们。

据说，欲望可以让人在一个圆圈里想事儿。不用说，道连·格雷咬过的嘴唇没完没了念叨的，只是关于灵魂和感官的那些微妙的词儿的车轱辘话，一会儿这样一会儿那样，终于觉得他的情绪似乎得到了充分的表达，而且从理智上理所当然地认为欲望即使没有这样那样的正当性，也会依然控制他的脾气。他脑子的一个个细胞都悄悄潜入了那一个想法；强烈的生存欲望，一切人类欲望中最可怕的一种，加快了每一种颤动的神经和纤维的力量。他曾经一度对丑陋憎恶，因为丑陋让万物露出真面目，现在为了那个理由，他对丑陋另眼相看了。丑陋就是赤裸的真头。那个粗话连篇、乌烟瘴气的鸦片馆，那种扭曲生活的粗暴的违法乱纪，那种小偷和流浪汉的龌龊行为，是那么充满活力，印象真真切切，远远胜出了一切优雅的艺术形态，胜过了曼妙歌儿的梦幻的影子。它们正是他遗忘所需要的东西。三天过后，他就自由自在了。

突然，马车夫在一条黑魆魆的小巷口勒住了马头。一片房子的低矮屋顶和高高低低的烟囱那边，黑乎乎的船桅林立。一团团白色雾气，如同幽灵闪动的风帆，紧紧贴在船桁上。

"就在这一带，先生，对吧？"他通过马车前窗低声问道。

　　道连吓了一跳，从窗口向外张望。"就是这里。"他回答着，急匆匆走下马车，付给了他说好给的那一份额外的车费，快速地向码头的方向赶去。一些大商船的船尾这里那里闪现着灯光。灯光在路面的水坑反射出光亮。一道闪闪红光从一艘正在烧煤随时出发的汽轮上映照出来。那条泥滑的人行道看上去像一块湿淋淋的防水胶布。

　　他向左边急慌慌赶去，一边时不时回头看看有没有人跟踪他。走了七八分钟，他来到一所寒碜的小房子前，两边各有一家荒凉的工厂。一面楼窗亮着一盏灯。他站住，用暗号敲响了门。

　　过了一会儿，他听见过道响起了脚步声，有人在把门链解开。屋门悄悄地打开，他没有跟那个躲在阴影里的矮小的畸形人说话，径直进去。过厅那头挂着一个破烂的绿门帘，在他从街道上带进来的阵风中摇摆抖动。他把门帘撩往一边，走进了一个长长的低矮的屋子，看上去仿佛曾经是一个三流的舞厅。嘶嘶鸣响的闪烁的煤气灯，安装在四面的墙壁上，映在对面几面苍蝇屎斑斑的镜子里混沌而扭曲。波纹铁皮的油腻腻的反光罩在煤气灯后面支撑着；煤气灯的灯光如同闪烁的光盘。地上散布着赭色锯末，这里那里被踩进了泥里，泼洒的酒滴在锯末上糟蹋得狼藉一片。几个马来人蹲在一个小小的炭炉边，正在玩骨头筹码，交谈时露出了白白的牙齿。一个角落里，一个水手脑袋埋在胳膊里，趴在桌子上，而在占满一侧的油漆得华丽的酒吧旁，站着两个憔悴的女人，正在嘲笑一个一脸厌恶表情地刷外衣袖子的老头儿。"他还以为红蚂蚁爬到他身上了呢。"道连走过去时，其中一个女人大笑道。那个老头儿看了她一眼，一脸恐怖，开始哭声哭气地抱怨起来。

屋子的顶头有一架小梯子，通向了一个黑暗的房间。道连急匆匆登上三级摇晃的台阶，浓烈的鸦片味儿迎面扑来。他深深地吸了一口气，鼻孔十分过瘾地颤动起来。他走进去时，一个光溜溜一头黄发的年轻人，凑在一盏灯上点燃一支长长的细细的烟袋，抬头看了看他，有些犹疑地朝他点了点头。

"你在这里啊，阿德里安？"道连小声问道。

"我还能到哪里去呢？"他无奈地回答说，"现在没有一个伙伴搭理我了。"

"找以为你离开英格兰了。"

"达林顿不再搭理干任何事情了。我的兄弟最后把账还上了。乔治也不跟我说话了……我不在乎，"他找补说，长叹一声，"只要你有这玩意儿，朋友不朋友没有什么关系。我想我的朋友够多的了。"

道连哆嗦了一下，环视一周，看见这些怪模怪样的人躺在那些破烂的床垫上，个个姿势怪异，触目惊心。扭曲的四肢、大张的嘴巴、呆瞪的无神的眼睛，深深吸引着他。他知道他们正在何等奇怪的天堂里遭受折磨，何等无聊的地狱正在教给他们新的享乐的秘密。他们比他的情况好得多。他囚禁在思想的牢笼里。记忆，如同一种恐怖的疾病，正在吞噬他的灵魂。一次又一次，他似乎看见巴兹尔·霍尔沃德的眼睛在看着他。他觉得他不能久留。阿德里安·辛格尔顿也在这里令他不安。他想去一个没有人认识他的地方。他想把自己的影子都甩掉。

"我正在赶往另一个地方。"他停顿少许，说。

"是去码头吗？"

"是的。"

"那只疯猫儿一定在那里。他们现在不让她在这儿了。"

道连耸了耸肩。"我腻歪那些喜爱我的女人。心怀憎恨的女人倒是更有味道。再说了，这玩意儿更过瘾。"

"大同小异。"

"我更喜欢那玩意儿。过来喝点什么吧。我得喝点什么。"

"我什么都不想喝。"那个年轻人嘟哝说。

"别强扭了。"

阿德里安·辛格尔顿懒洋洋地爬起来，跟着道连来到酒吧前。一个混血儿，头缠破旧的头巾，身穿旧长褂，满脸堆笑地表示欢迎，把一瓶白兰地和两个酒杯摆在了他们面前。女人们磨磨蹭蹭地过来，开始搭讪。道连转身背朝她们，低声地向阿德里安·辛格尔顿说了些什么。

一个女人的脸上抽动了一下，露出了歪扭的微笑，如同一个马来人的褶皱。

"我们今天晚上很了不起嘛。"她讥笑道。

"看在上帝的分上，别跟我说话，"道连嚷道，在地板上跺了一脚，"你想要什么？钱吗？拿去好了。只是别跟我搭讪。"

那个女人呆滞的眼睛里一下子闪出了两颗红红的火花，随后便消失了，两眼顿时黯淡起来，呆滞无光。她甩了一下头，伸出油腻腻的手指，把柜台上的钢镚儿拿去了。她的同伴在一旁眼巴巴地看着她。

"没有用啊，"阿德里安·辛格尔顿说，"我不想回去。回去又能怎么样？我在这里很开心。"

"你想要什么，就写信给我，行吗？"道连停顿少许，说。

"也许吧。"

"那么晚安。"

"晚安。"这个年轻人回答说，走上台阶，用手绢儿擦了擦枯干的嘴唇。

道连一脸痛苦神情，走向了门边。他把那门帘撩开时，一阵浪声浪气的大笑从那个拿走他的钱的那个女人的涂满口红的嘴里爆发出来。"魔鬼讨价来的东西走掉了！"她打了一个嗝儿，声音沙哑地说。

"你这个该死的！"他回击道，"敢这样叫我。"

她打了一个榧子。"你倒是喜欢人家叫你'迷人王子'啊，对不？"她在道连身后大声嚷道。

这个女人喊叫时，那个昏昏欲睡的水手一跃站起来，拼命地四下张望。过厅门乒乓关上的声音惊动了他的耳朵。他冲了

出去，仿佛在追赶。

道连·格雷在蒙蒙小雨中急匆匆赶往码头。他与阿德里安·辛格尔顿不期而遇莫名其妙地触动了他，他心下嘀咕那个年轻生命的毁掉，是不是真的是他一手造成的，如同巴兹尔·霍尔沃德那样毫不客气地对他说过的。他咬住了嘴唇，他的眼睛有那么一会儿变得很凄凉。可是，这怎么会与他有关系呢？人生苦短，不堪负重的肩上承担不了别人的过错。每个人都有自己的活法，为自己的活法付出自己的代价。一个人为了一个错误没完没了地付出代价，才是可悲呢。真的，你不得不一次又一次地付出代价。命运与人类打交道，从来不会结清账目。

心理学家告诉我们，有很多时候，犯罪的欲望来了，就是世人所谓的罪孽，一下子就能把天性掌控住，身体的每根纤维，头脑的每个细胞，都似乎会本能地产生可怕的冲动。无论男女，在这种时候，都会失去他们的意志的自由。他们走向他们不堪设想的终极，如同自动机器一样运转。他们的选择被剥夺，良心也被掐死，或者，如果良心还活着，活着却只会给反叛带来迷惑力，给反抗增添魅力。如同神学家们不厌其烦地提醒我们

的，一切罪过都是反抗之罪。那个傲慢的神灵①，那个邪恶的晨星，从天空降落时，正是因为犯了叛逆之罪。

无情，专注于罪孽，面容不整，灵魂却渴望反叛，道连·格雷行走得越来越快，但是，他拐进一个昏暗的拱门，原本是他要去的那个臭名昭著之地的近道，这时他感觉背后有人抓住了他，他还来不及反抗，早已被推搡到了墙上，一只蛮力的手卡住了他的喉咙。他拼命地挣扎，费了吃奶的力气才把那几根死掐的手指掰开。还来不及喘气，他听见左轮手枪的扳机声，只见光滑的枪筒一闪，正对着他的脑门儿，一个五短身材的男人那黑乎乎的轮廓面对着他。

"你想要什么？"他喘着粗气问道。

"别吭声，"那个人说，"你要是乱动，我就开枪打死你。"

"你疯了。我怎么你了？"

"你要了西比尔·范尼的命，"那人回答道，"西比尔·范尼是我的姐姐。她自杀了。我知道。可她的死是你一手造成的。我曾发誓我会要你的命来偿还。我寻找你很多年了。我没有线索，没有踪迹可循。两个能够说出你的模样的人都死了。我对你一无所知，只听我姐姐叫过你的爱称。今天夜里我无意中听到了。快向上帝祈祷吧，今天夜里你必死无疑。"

◇◇◇◇◇◇◇◇◇◇◇◇◇◇◇◇◇◇◇◇◇

① 当指撒旦。

道连·格雷吓得浑身发软。"我从来不认识她，"他磕磕巴巴地说，"我从来没有听说过她。你疯了。"

"你还是忏悔你的罪孽为好，正如同我是詹姆斯·范尼一样，你死定了。"恐怖时刻挥之不去。道连不知道说什么好，干什么好。"跪下！"那个人吼道，"我给你一分钟时间祷告——一秒都不多给。我要连夜出发去印度，我必须先把要干的事情干了。一分钟。没有商量。"

道连两条胳膊垂下来。吓得浑身发软，他不知道该干什么。突然间，他脑海闪过一个绝处逢生的念头。"慢着，"他喊叫道，"你姐姐死去多长时间了？快说，告诉我！"

"十八年了，"那人说，"你干吗问我这种问题？多少年头又有什么关系？"

"十八年了，"道连·格雷大笑道，声音里有一丝胜利的得意，"十八年了！带我到灯下看看我的脸吧！"

詹姆斯·范尼犹豫了片刻，不明白道连话中的意思。然后，他抓住了道连·格雷，把他从那个拱门拉回来。

尽管风吹的灯光昏暗，摇曳，但是光线足够让他看清楚他已经犯下的可怕错误，因为他一心要打死的这个人脸，绽放着孩童般的花蕾，一脸青春的清纯。他看起来不过一个二十来岁的小青年，不会更大，再大也超不过很多年前他们姐弟话别时他姐姐的年龄。显然，这不会是那个毁掉他姐姐性命的人。

他松开了掐紧的手，向后趔趄了几步。"我的天！我的老天爷！"他惊叫道，"我差一点把你打死！"

道连·格雷长出了一口气。"你就在犯罪的边缘，一桩弥天大罪，我的老兄，"他说着，严厉地看着他，"这件事儿是在警告你，别自己动手图谋复仇，铸成大错。"

"原谅我吧，先生，"詹姆斯·范尼小声说，"我受骗了。在那个该死的鬼地方，我无意中听到一句话，差点让我走上岔道。"

"你赶紧回家去，把这枪藏起来，要不你迟早会惹出麻烦的。"道连说着，转过身去，慢慢地向街道走去。

詹姆斯·范尼站在人行道上，后怕不已。他浑身哆嗦。过了一会儿，沿着滴水的墙壁悄悄走来一个黑影，这时走到了灯光下，蹑手蹑脚地来到了他的身边。他感觉一只手搭在了他的胳膊上，吓得一惊，回头张望。来人是那些在酒吧喝酒的女人中的一个。

"你为什么不杀了他？"她咬牙切齿地说着，枯干的脸凑到了他的脸前，"我知道你从戴利烟馆跑出来，是在追他。你这傻瓜！你应该把他杀了。他有的是钱，坏得不能再坏了。"

"他不是我要寻找的人，"他回答说，"我不想要人的钱。我想要人的命。我想索取性命的那个人，现在快到四十岁了。这个人差不多还是个孩子。谢天谢地，我两手没有沾染他的血。"

那个女人发出一阵苦笑。"差不多还是个孩子！"她嘲讽道，"喂，伙计，'迷人王子'把我糟蹋成这副样子，快有十八年了。"

"你说谎！"詹姆斯·范尼说。

她把手伸向天空。"老天在上，我说的句句是真。"她叫喊说。

"老天在上？"

"如果不是真话，你让我变成哑巴。他是到这里来的最坏的人。人家说他把自己出卖给了魔鬼，换到了一张俊脸。我认识他都快十八年了。打那时起，他几乎没有变化。可我变得面目全非。"她补充说，扭捏作态地斜睨了一眼。

"你敢发誓吗？"

"我敢发誓，"她那张瘪嘴发出了沙哑的回响，"别把我出卖给他啊，"她哀求说，"我怕他。给我几个小钱，我今夜好有个栖身的地方。"

他骂了一句，躲开她向街边跑去，但是道连·格雷已经不见踪影。他回头望去，那个女人也消失了。

第十七章

一个星期之后，道连·格雷坐在塞尔比庄园的花房里，在和靓丽的蒙茅斯公爵夫人交谈，公爵夫人是和年届花甲、一脸倦怠的丈夫一起来这里做客的。正是用茶点的时候，桌子上摆了一盏镶满花边的大灯，灯光柔和，公爵夫人正在上茶点，精致的瓷器和银质茶壶闪闪发光。她那白净的手在茶杯间优雅地活动，听见道连在她耳边说的悄悄话，丰满的红嘴唇绽开了微笑。亨利勋爵躺在一把罩了绸布的柳条椅子上，从旁打量他们。纳伯勒夫人坐在一张桃红色长沙发上，假装聆听公爵描述他在收藏中最近增添的那只巴西甲壳虫。三个身穿别具一格的吸烟服的年轻人在向一些女人传递茶点。这次家宴请来了十二个客人，第二天还会有更多的客人到来。

"你们两个在谈论什么？"亨利勋爵问道，溜达到了餐桌边，把他的茶杯放下，"格拉迪丝，我猜道连是在告诉你，我计划为万物重新取名字的事情吧。这是一个很开心的主意。"

"可是我可不想重新取名字，哈里，"公爵夫人插话说，两只好奇的眼睛看着他，"我很满意我自己的名字，而且我敢保证格雷先生也很满意他的名字。"

"我亲爱的格拉迪丝，我无论如何不会更改你们两个的名字。这两个名字十全十美。我主要想给花儿改名字。昨天，我剪了一朵兰花儿做胸花。那是一朵罕见的有斑点的花儿，简直像七大罪过一样让人迷恋。一时心不在焉，我竟问一个园丁那花儿叫什么名字。他告诉我那是名种，属于'罗宾逊尼亚那'科属，或者类似这类可怕的花名。说来是一个可悲的事实，不过我们确实丧失了给万物取好名字的本领了。好名字可是一好百好呢。我从来不和行动较劲儿。我只和言辞争吵。我之所以不喜欢文学上的庸俗现实主义，原因就在这里。一个只会把铁锹叫铁锹的人，只配强迫他使用铁锹。他就只适合使用那种工具。"

"那么，我们应该叫你什么好呢，哈里？"公爵夫人问道。

"他应该叫'诡话王子'。"道连说。

"名如其人，太适合他了。"公爵夫人高声叫道。

"我听不惯它，"亨利勋爵大笑道，坐回到椅子里，"贴了标签就无处躲藏了！我拒绝这个名字。"

"王权是不能拱让的。"公爵夫人标致的小嘴唇警告说。

"这么说，你希望我捍卫我的王座吗？"

"是的。"

"我说出来的都是明天的真理。"

"我倒更喜欢今天的错误。"公爵夫人回应说。

"你逼我缴械了，格拉迪丝。"他叫道，对公爵夫人的机敏执拗甚为折服。

"缴了你的盾，哈里；可没有缴你的矛。"

"我从来不把枪头刺向美。"他说，把手挥了一下。

"听我说，哈里，这就是你的错了。你把美看得过头了。"

"你怎么能这样说话呢？我承认美比善更可取。但是，我同时比任何人都承认善比丑更可取呀。"

"那么说，丑是七大重罪之一了？"公爵夫人喊道，"你刚才把兰花儿比作七大重罪又怎么讲呢？"

"丑是七大美德之一，格拉迪丝。你身为一个坚定的托利党人，务必不可小看它们。啤酒、《圣经》以及七大美德，造就了我们英格兰的一切。"

"这么说，你不喜欢我们的国家了？"她追问道。

"我生活在其中嘛。"

"那就更有利于你指责它了。"

"你是要我认同欧洲对它的界定吗？"他反问道。

"欧洲人怎么说我们来着？"

"他们说答尔丢夫①移居英格兰，开了一家店铺。"

"这是你编造出来的吧，哈里？"

"我把它送给你了。"

"我可用不起它。它太真实了。"

"你不用害怕。我们的同胞从来不承认编造出来的东西。"

"他们讲究实用。"

---

① 法国著名戏剧家莫里哀的代表作《伪君子》里的主人公，"答尔丢夫"已经成为"伪君子"的同义语。

"他们是精明，不是实用。他们结算他们的账目时，总是用财富抹平他们的愚蠢，用虚伪抵消邪恶。"

"尽管如此，我们干出了许多了不起的事情。"

"了不起的事情把我们压得够呛，格拉迪丝。"

"我们承受得了它们的重负。"

"只不过在交易所里逞能而已。"

她摇了摇头。"我相信这个民族。"她叫道。

"它代表了进取精神的残存状态。"

"它有发展。"

"没落更让我感兴趣。"

"艺术呢？"她问道。

"艺术是一种疾病。"

"爱情呢？"

"一种幻想。"

"宗教呢？"

"信仰的时髦代替品。"

"你是一个怀疑论者。"

"哪敢当！怀疑主义是信仰的开始。"

"那你是什么呢？"

"有了定义就有了局限。"

"给我一点线索嘛。"

"线索会断掉。你在迷宫里会迷路。"

"你把我搅迷糊了。我们还是谈论别人吧。"

"我们的主人就是一个让人开心的话题。多年前,他被人称作'迷人王子'。"

"啊!快别让我听见这个。"道连·格雷叫道。

"我们的主人今天晚上特别吓人。"公爵夫人答应着,脸色涨红了,"他大概以为,蒙茅斯娶我纯粹是出于科学原则,他把我当作可以发现的现代蝴蝶的最佳标本了。"

"哦,但愿他没有用大头钉把你钉起来,公爵夫人。"道连大笑道。

"噢,我的女仆早把我钉起来了,格雷先生,因为她不耐烦我了。"

"她对你的什么不耐烦了,公爵夫人?"

"听我说,净是那些琐碎小事,格雷先生。一般情况都是因为我在八点五十分进去告诉她,我要在八点半穿戴现成。"

"她是多么不可理喻啊!你应该警告她才是。"

"哪敢,格雷先生。唉,她为我设计帽子。你还记得我在希尔斯顿夫人的游园会上戴的那顶帽子吗?你记不得了,这倒比你装出来你还记得的好。哦,她没有用什么料子就做成了。所有好帽子都不用什么料子。"

"正如所有的好名声一样,格拉迪丝,"亨利勋爵插话说,"谁只要出人头地，就会招来敌人。平庸做人才能广受欢迎。"

"女人情况不是这样，"公爵夫人说，摇了摇头，"女人统治世界。我敢说我们都容忍不了庸人。我们女人，好像有人说过，是用耳朵恋爱的，正如同你们男人用眼睛恋爱一样，如果你们恋爱过的话。"

"我觉得我们好像除了恋爱就没有干过别的事情。"道连小声说。

"啊！那么说，你从来没有真的恋爱过啦，格雷先生。"公爵夫人应道，故意做出很哀伤的样子。

"我亲爱的格拉迪丝！"亨利勋爵喊道，"你怎么能这样讲话呢？罗曼司只有反复才能活下去，而反复能把欲望转变成艺术。再说了，一个人每次恋爱都只是恋爱过的体味。对象不一样，并不能改变激情的独特性。那只能是火上加油。我们在生活中只能有一次最佳的体验，而生活的秘密是重温这种体验，多多为善。"

"哪怕你被爱情的经历伤害了吗，哈里？"公爵夫人缄默少许，追问道。

"尤其是被伤害的爱情经历难能可贵。"亨利勋爵回答说。

公爵夫人转过身去打量道连·格雷，两眼流露出异样的神色。"你对这番高论有何见解，格雷先生？"她询问道。

道连迟疑了一会儿。然后，他把头往回一甩，大笑起来。"我总是跟哈里看法一致，公爵夫人。"

"哪怕是他错了？"

"哈里是从来不会错的，公爵夫人。"

"是他的哲学让你感到幸福吗？"

"我从来不追求幸福。谁想要幸福？我追求享乐。"

"找到了吗，格雷先生？"

"常有的事儿。都快腻歪了。"

公爵夫人失声叹息。"我追求平静，"她说，"如果我不去穿戴起来，今晚就不会有平静了。"

"我来给你弄些兰花，公爵夫人。"道连喊着，站起身来，向花房走去。

"你和他调情都不顾体面了，"亨利勋爵对他的表妹说，"你还是当心点儿的好。他非常令人看迷。"

"如果他不令人着迷，也就没有仗可打了。"

"那么说，这是两雄相斗了①？"

"我站在特洛伊人一边。他们为了一个女人打仗②。"

"他们被打败了。"

"比当俘虏更惨的事情很多。"她回答道。

---

① 英文是 Greek meets Greek，是一句谚语的上半句，下半句是 then comes the tug of war。全句的意思是"两雄相斗，其斗必烈"，暗含这场恋爱的结局。

② 古希腊神话讲，帕里斯王子拐走了斯巴达王的妻子海伦，战争因此而起。

"你是信马由缰狂奔了。"

"有速度才有活力。"她机敏应对道。

"我会把它写进我今夜的日记里。"

"什么？"

"烧伤的孩子爱玩火①。"

"我没有被火燎着。我的翅膀完好无损。"

"你能用翅膀干任何事情，只是不能飞。"

"勇气已从男人传向了女人。这是我们的一次新体验。"

"你有一个对手。"

"谁？"

亨利勋爵大笑起来。"纳伯勒夫人，"他小声说，"她对道连爱到骨子里了。"

"你总是让我充满焦虑。对我们浪漫主义者来说，诉诸古典是要命的。"

"浪漫主义者！你们都只有科学的方法。"

"男人教育了我们。"

"可是没有给你解释清楚。"

"那就把我们女性描述一番吧。"她不甘示弱地说。

"没有秘密可言的斯芬克斯。"

---

① 英谚语，应是：被烫的孩子害怕火。

他看着她，莞尔一笑。"格雷先生怎么去这么长时间！"她说，"我们一起去帮他挑选吧。我没有告诉他我的上衣的颜色。"

"啊！你应该让你的上衣和他的花儿搭配，格拉迪丝。"

"那可就是提前投降了。"

"浪漫的艺术是从高潮开始的。"

"我必须留一条退路。"

"采取帕提亚人①的策略？"

"他们在沙漠里找到了安全。我不能那样做。"

"女人总是不允许有选择的。"他回答道，但是他还没有把话说完，花房那头就传来一声瓮声瓮气的呻吟，接着是沉闷的重重摔倒的声音。大家都吓了一跳。公爵夫人一动不动站在那里，惊恐万分。亨利勋爵两眼恐惧，从悬垂的棕榈叶间冲了过去，看见道连脸朝下趴在花砖地上，昏死过去了。

他马上被抬进了那个蓝色的客厅，安顿到了一个沙发上。过了一会儿，他苏醒过来，环视左右，一脸茫然。

"怎么回事儿？"他问道，"哦！我记起来了。我这里没有事儿吗？"他开始瑟瑟发抖。

"我亲爱的道连，"亨利勋爵回答道，"你只是晕过去了。

---

① 即西亚古代安息古国人，他们的骑兵在退却或者佯装退却时返身发射冷箭。

没什么大不了的。你一定是太累了。你还是不要到餐桌边陪客人了。我坐你的位置。"

"我,我要去,"他说着,挣扎着往起站,"我怎么也得去作陪。

我不能一个人待着。"

他进自己的屋子穿戴去了。在餐桌边就座时,他喜形于色,无拘无束,然而他心头时不时会袭来一阵惊悸,因为他清楚地记得,他曾看见詹姆斯·范尼的脸紧贴着花房的窗户,如同一块白色手绢儿,正在窥视他。

第十八章

第二天，他没有离开住宅，大部分时间只是待在自己的屋子里，怕死怕得坐立不安，却又不把生命本身当回事儿。他意识到正在被追捕、被诱杀、被跟踪，这种意识开始控制了他。如果挂毯在风中不飘动了，他就哆嗦起来。枯叶飘落在铁窗格上，他却觉得好像是他自己种种决断都白下了，懊悔不已。他闭上眼睛时，便又会看见那个水手的脸，正在透过灰蒙蒙的玻璃窥视，恐惧似乎再次把手伸向了他的心。

但是，也许只是他的幻想唤起了那个黑夜的复仇情景，把惩罚的各种令人胆寒的人影呈现在了他的面前。实际生活是大混沌，然而想象力是某种很有逻辑的东西。正是想象力让悔恨紧紧地尾随在罪过后面。正是想象力使得每桩罪过繁衍其畸形的子孙。在实际的芸芸众生的世界里，恶人没有得到恶报，而好人又没有得到好报。成功被送到了强者的手里，而失败却落在了弱者的头上。这就是一切。何况，倘若什么陌生人在住宅周围晃来晃去，仆人或者管家一准逮个正着。倘若花圃上发现了任何脚印，园丁会马上报告。是的，正是想象在作祟。西比尔·范尼的弟弟不曾来谋杀他。他已经乘船出海，也许葬身在寒冬的海域了。无论如何，他不会受到她弟弟的伤害。对呀，那个人不知道他是谁，也不可能知道他是谁。青春的面具救了他的命。

然而，如果那只是一种幻觉，想到良心竟然能够呈现那样可怕的幻象，并且让各种幻象变成了看得见的形式，让他们在一个人眼前活动，这是多么让人不寒而栗啊！如果无论白昼还是黑夜，他犯罪的影子都在那无声的角落里窥视他，从隐秘的地方嘲弄他，他一坐下来用餐便在他耳边嘀嘀咕咕，他一睡下便用冰冷的指头把他弄醒，那他的生活将会是什么样子啊！这个念头悄然钻进他的脑子时，他恐惧得脸色煞白，他觉得空气一下子变得寒冷无比。噢！那是在一种什么样的疯狂时刻，他竟然杀害了他自己的朋友！那个场景的记忆是多么吓人啊！他又看见了那个场景。每一个瘆人的细节都在他脑海里闪现，更为恐怖。从时间的黑洞里，他的罪过的映像钻了出来，血红裹身，令人胆战。当亨利勋爵六点钟走进来时，看见他在哭，像是一个人就要心碎了。

一直到了第三天，他才斗胆出门了。那个冬天的早晨，清新的松树香溢的空气里有些东西，似乎给他带来精神欢乐和生活热情。不过，不只是物质上的环境条件造成了这种变化。他自己的本性已经不安分起来，对专门打乱和破坏本性平静之完美的过多的痛苦，奋起反抗了。本性具有微妙而精致的气质，往往会奋起反抗。气质的强烈激情一定会受挫或者妥协。它们或者把人杀死，或者它们自己死掉。肤浅的忧愁和肤浅的爱倒是可以活下去。深沉的爱和深沉的忧愁被它们自己的深沉所摧毁。此外，他已经让自己相信，他一直就是吓坏了的想象力的牺牲品，现在回顾他的种种惧怕，难免一些怜悯之心和不少的鄙夷。

早餐后，他和公爵夫人在花园里溜达了一个小时，然后他骑马穿过公园加入了狩猎的团伙。脆薄的白霜像细盐撒在绿草上。天空恰似一个倒悬的蓝色的金属杯子。薄薄的冰花儿结在那个长满芦苇的平湖边缘上。

在那松林的角落，他看见了杰弗里·克劳斯顿爵士，公爵夫人的弟弟，正在退出枪膛里的两个用过的弹壳儿。他从马车上跳下来，吩咐马夫把马牵回去，穿过凋谢的羊齿蕨和荒芜的灌木，径直向他的客人走过来。

"你打猎打得痛快吗，杰弗里？"他问道。

"不怎么痛快，道连。我觉着多数鸟儿都飞到空旷地带了。午饭后我们到新地方去，我想情况会好得多。"

道连走在他的身边。空气里浪漫气息很浓，森林里闪烁着棕色和红色的光斑，帮助打猎的人们一遍又一遍地扯起粗喉喊叫，尖厉的猎枪声此起彼伏，令他深为着迷，让他的心胸充满了愉快的自由感。他被漫不经心的幸福和漠然处之的快乐牢牢掌控了。

突然，一个厚实的枯草堆里，他前面约二十码远的地方，蹿出来一只兔子，黑耳梢高高竖起，长长的后腿向前猛蹬。它向一片茂密的赤杨林奔去。杰弗里爵士把枪端在了肩头，但是那只兔子奔跑的优美姿势奇怪地吸引住了道连·格雷，他立即喊道："别打它，杰弗里。让它活下去吧。"

"什么话，道连！"他的同伴大笑道，眼见那只兔子跳进密林去，他开枪了。立时响起了两声喊叫，一声是兔子的惨叫，令人揪心，而另一声是人的痛苦喊叫，听来更令人揪心。

"老天爷！我打中了一个帮助打猎的人！"杰弗里爵士大声嚷嚷道，"这家伙蠢驴一头，竟然跑到枪口前面去了！停止射击！"他扯尖嗓子喊道，"一个人挨枪打了。"

猎场看守人手拿棍子，跑了过来。

"在哪里，先生？他在哪里？"他嚷嚷道。与此同时，排在一列的猎枪的响声都停下来了。

"在这里！"杰弗里爵士回答道，异常气愤，跑向那片树林，"为什么你不让你的人员往后躲避？把我今天打猎的兴致全毁了吧。"

道连看见人们把那些摇来摆去的树枝扒拉开，冲进了赤杨林里。过了一会儿，他们钻出了树林，把一具尸体拖到了太阳下面。他吓得把脸扭到了一边。他似乎觉得，他走到哪里，霉气就跟到哪里。他听见杰弗里爵士询问那个人是不是真的死了，猎场看守人回答说断气了。他一下子觉得那片树林到处都是人脸。无数只脚在踩踏，低沉的声音嗡嗡不断。一只紫铜色胸脯的大野鸡，拍击着翅膀飞过了头上的树枝。

短短几分钟，他心慌意乱，在他看来却像煎熬了痛苦的几小时；之后，他觉得一只手搭在了他的肩膀上。他吓了一跳，急忙转过身来。

"道连，"亨利勋爵说，"我还是跟他们说，今天就别再打猎为好。看样子继续打猎不会顺利了。"

"我倒希望永远别再打猎了，哈里，"他心痛地回答说，"打猎这事很讨厌，很残忍。那个人……？"

他没有把话说完。

"恐怕是没救了，"亨利勋爵接茬说，"他正好在胸部吃了一枪。他一定当场就毙命了。来吧，我们回家吧。"

他们并排向大路的方向走了五十码，谁都没有说话。然后，道连看了看亨利勋爵，长叹一声，说："这是一个坏兆头，哈里，一个非常坏的兆头。"

"什么？"亨利勋爵问道，"哦，我看这是事故。我亲爱的老兄，事故是防不胜防的。这是那个人的错。他干吗跑到枪口前面去？再说了，这和我们没有干系。当然，杰弗里这下相当难办了。痛骂那些帮助打猎的人也无济于事。人们还会以为那是有人打了野枪。杰弗里可不是打枪没有准头的人；他枪法很好。不过，谈论这事是白费口舌。"

道连摇了摇头。"这是一个坏兆头，哈里。我觉得仿佛什么可怕的事情要冲我们来了。也许，就是冲我来了。"他说着，手在眼前挥了一下，做了一个痛苦的动作。

年长的亨利勋爵大笑起来。"世上唯一可怕的事情是自寻烦恼，道连。这才是一桩不可原谅的罪孽。但是，我们不可能遭受这种罪孽的折磨，除非这些家伙在餐桌上没完没了地谈论这事。我一定要告诫他们免谈这个话题。至于兆头嘛，世上没有什么兆头这种东西。命运女神不会事先给我们打招呼。命运女神要么智慧多多，要么残忍无比，哪会事前给人兆头。再说了，什么事情会冲你来呢，道连？一个人在这个世界上可以拥有的，你应有尽有了。这世上没有哪个人不愿意和你调换位置的。"

"我愿意和所有的人调换位置，哈里。别这样哈哈大笑。我在跟你说实话。刚才被枪打死的那个苦命的农夫，都比我命好。我根本不怕死神。是死神姗姗来迟让我悬心吊胆。死神的巨大翅膀好似铅一般沉重的空气在我身边旋转。老天爷啊！难道你没有看见那些大树后面有一个人在活动，紧紧盯着我，等我就范吗？"

亨利勋爵顺着道连哆嗦的手指着的方向看去。"是的，"他笑道，"我看见园丁在等你。我想那是他要问一问你，晚餐的桌子上你希望摆什么花儿。你这个人真是荒唐，我亲爱的老兄！我们回城后，你务必来见一见我的医生吧。"

道连浩叹一声，如释重负，因为他看见那园丁走了过来。园丁过来碰了碰帽檐儿行了礼，看着亨利勋爵犹豫了一会儿，然后掏出一封信，交给了他的主子。"公爵夫人告诉我，等你的回话呢。"他小声说。

道连把信装进兜里。"告诉公爵夫人我一会儿就去。"他冷冷地说。园丁转过身去，快步向宅邸赶去。

"女人就是喜欢干些危险的事情！"亨利勋爵大笑道，"正是这种品质，我对她们刮目相看。只要有别人在一旁看热闹，女人就热衷与世上的任何人调情。"

"你总喜欢说些危险的事情，哈里！眼下这件事儿，你可没有说对。我非常喜欢公爵夫人，但是我并不爱她。"

"公爵夫人非常爱你，可就是不怎么喜欢你，所以你们是绝配。"

"你在议论丑闻，哈里，可是一点丑闻的根据都没有。"

"每件丑闻的根据都是不道德的铁证。"亨利勋爵说，点上了一支香烟。

"你为了把话说成警句，哈里，你不惜牺牲任何人。"

"这世界是自愿走向祭坛的。"亨利勋爵回答道。

"我很希望我能爱，"道连·格雷喊道，声音里发出一种不胜痛苦的深沉的调子，"但是我似乎失去了爱的激情，忘掉了爱欲。我过于专注我自己了。我自己的人性成为我的负重。我想逃脱，想一走了之，想忘记一切。我到这里来真是犯傻。我想我要给哈维拍一封电报，让他准备好游艇。坐在游艇上总归安全吧。"

"安全什么，道连？你有麻烦了。为什么你不告诉我遇到了什么麻烦呢？你知道我愿意帮助你。"

"我不能告诉你啊，哈里，"他难过地回答道，"大概只是我的幻想。这个不幸的事件搞得我很心烦。我有一种可怕的预感，我也许要出什么事儿了。"

"胡说八道！"

"但愿是胡说八道，可是我就是有这种感觉啊。啊！公爵夫人来了，看样子像一个穿了合身长袍的阿特米丝①。你看我们回来了，公爵夫人。"

"我什么都听说了，格雷先生，"她回答道，"可怜的杰弗里懊恼透了。听说你当时劝阻他别打那只兔子。真是怪了！"

"是啊，真是怪了。我不知道为什么我说出了那样的话。我猜测是一时的怪念头吧。那只兔子看上去真是可爱之极的小东西。不过他们告诉了你那个农夫的不幸，我很抱歉。这是一个讨厌的话题。"

"一个令人恼火的话题，"亨利勋爵插话说，"没有半点心理学的价值。如果杰弗里故意干出了那件事，他倒是很有点意思了。我要是认识一个真正谋杀过人的家伙就好了。"

---

① 希腊神话人物，月亮女神。

"你这人好恐怖，哈里！"公爵夫人叫道，"难道不是吗，格雷先生？哈里，格雷先生又生病了。他要晕过去了。"

道连强打精神稳住神，莞尔一笑。"没有事儿，公爵夫人，"他喃喃地说，"我的神经完全乱套了。就这么回事儿。恐怕是我今天早上走得太远了。我没有听见哈里说了些什么。很糟糕吗？有工夫你得跟我说说。我想我必须去躺一会儿。你会原谅我吧，不是吗？"

他们已经来到了通往凉台上那个花房的大台阶前。道连刚刚把身后的玻璃门关上，亨利勋爵立即转过身来，瞪起两只睡眼惺忪的眼睛，打量着公爵夫人。"你真的爱他很深了吗？"他问道。

公爵夫人没有作答，只是站在那里看景色。"我要是知道就好了。"她终于开口说。

亨利勋爵摇了摇头。"知道了才要命呢。不确定更有吸引力。大雾笼罩的东西妙不可言。"

"大雾笼罩能让人迷路。"

"条条道路都通往同一个终点，我亲爱的格拉迪丝。"

"终点是什么？"

"幻灭。"

"幻灭就是我的起点。"她叹道。

"幻灭来到你这戴了官爵花冠之人的跟前。"

"我厌倦了草莓叶子①。"

"可草莓叶子就是你的身份。"

"只是在公众面前如此。"

"你会惦记它们的。"亨利勋爵说。

"我不会丢掉一个花瓣。"

"蒙茅斯有耳朵哦。"

"上了年纪的人耳背。"

"他从来不吃醋吗？"

"他吃醋倒好了。"

亨利勋爵环视一下，仿佛在寻找什么东西。"你在找什么？"她询问道。

"你剑头上的小皮套②，"他回答说，"你已经把它丢了。"

公爵夫人听了大笑起来，"我还有面罩呢。"

"这下你的眼睛更迷人了。"亨利勋爵答道。

公爵夫人又笑起来。她的皓齿如同一个鲜红果子里那些雪白的种子。

楼上，道连·格雷躲进自己的屋子，躺在沙发上，身体的每根震颤的纤维都沾上了恐怖。生活一下子变得丑陋之极，成

---

① 草莓叶子做公爵爵位的冠饰，是一种象征。

② 英文是 the button from your foil，是从英语成语 the buttons came of the foils（类似"剑出鞘""刺刀见红""来真的"等）演化出来的句子。这里指公爵夫人真的爱上道连，而且不管不顾了。

了他不堪承受的负担。那个倒霉的帮助打猎的人的惨死，在茂密的树林里竟然像一只野兽一样被打死了，他似乎觉得成了他自己会死的预兆。亨利勋爵一时兴起说出那句玩世不恭的话，他听了差一点晕厥过去。

到了五点钟，他摇铃叫仆人来，吩咐仆人把行装打好，连夜乘快车进城，让马车八点半钟在门口等他。他决定不在塞尔比庄园再过夜了。塞尔比庄园是一个倒霉的地方，死神在光天化日之下就大摇大摆来了。森林的青草上滴满了血迹。

然后，他给亨利勋爵写了一封信，告诉亨利他要进城去看医生，他缺席期间请他招待他的客人。他把信装进信封时，门边传来敲门声，他的贴身男仆告诉他，那个猎场看守人希望见见他。他紧锁眉头，咬住嘴唇。"让他进来吧。"稍稍犹豫之后，他小声说。

猎场看守人刚刚进门，道连·格雷便从抽屉里拿出支票簿，摆在了面前。

"我估计你是为上午发生的那件不幸事故来的吧，桑顿？"他说着，拿起一支笔来。

"是的，先生。"猎场看守人答道。

"那个可怜的家伙结婚了吗？有什么人要他养活吗？"道连问道，看上去很烦，"如果身后有人，我不愿意看见他们的生活没有着落，我会按你考虑的需用付给他们赡养费。"

"我们不知道他是谁，先生。我冒昧来求见你，正是为了这个。"

"不知道他是谁？"道连无精打采地问道，"你什么意思？难道他不是你手下的人吗？"

"不是，先生。过去从来没有见过他。看样子像一个水手，先生。"

钢笔从道连·格雷的手里掉落了，他感觉仿佛他的心脏突然停止了跳动。"一个水手？"他惊叫道，"你说像一个水手吗？"

"是的，先生。他看上去很像做过水手的那种人；两条胳膊上都有文身之类的东西。"

"他身上有什么东西吗？"道连问着，向前探过身子来，两眼惊恐，看着那个猎场看守人，"有什么能表明他姓名的东西吗？"

"有些钱，先生——不多，还有一支六响手枪。不过没有名字。一个看样子很正派的人，先生，只是很粗糙。我们都认为是一个水手。"

道连吓得一下子站了起来。一个可怕的愿望在他的心头掠过。他一下子把它抓得紧紧的。"那具尸体在哪里？"他大声问道，"快！我一定要马上看一下。"

"停放在家用农场的空马厩里，先生。人们不喜欢把这种东西放在他们家里。他们说尸体会带来霉运。"

"家用农场！立即到那里去迎我。告诉一个马夫给我牵马来。不，不用了。我自己到马厩去。这样更省时间。"

不到一刻钟，道连·格雷骑马奔跑在那条长长的林荫道上，策马加鞭，一路狂跑。路旁的树木似乎在身边呼啸而过，如同列队而立的幽灵，乱七八糟的影子在他的小道上忽隐忽现。有一次，道连的马儿在一根白色门柱前突然拐弯，差一点把他甩下马来。他由不得在马脖子上抽了一下。马儿像离弦之箭，穿行在尘埃的空气中。马儿的蹄下碎石乱溅。

终于，他赶到了家用农场。两个雇工在院子里溜达。他翻身下马，把缰绳扔给了一个雇工。在最远处的马厩里，有灯光在闪烁。看情形，他感觉那具尸体就在那里，他急匆匆赶到了马厩门前，把手放在了门闩上。

这时他停顿了一会儿，觉得他到了即将摊牌的时刻，延续他的生命或者扼杀他的生命，就要见分晓了。随后，他猛然把门推开，走了进去。

在远角一堆麻袋上，停放着那具男尸，身穿粗糙的衬衫和一条蓝裤子。一条斑驳的手绢儿盖在他的脸上。一只劣质蜡烛插在瓶子里，在尸体旁噼噼剥剥燃烧。

道连·格雷打了一个寒战。他觉得他不能伸手把那块手绢儿取下，便招呼一个农场雇工过来。

"把那东西从脸上取下。我想看看那张脸。"他说，紧紧抓住门框扶稳身体。

那个雇工取下手绢儿，他向前走了走。他唇间不由得发出了尖叫。在树林里被打死的那个人，正是詹姆斯·范尼。

他站在那里打量了一会儿那具尸体。他骑马回家时，眼睛里充满了泪水，因为他知道他这下安全了。

第十九章

"你告诉我你要行善纯属多此一举。"亨利勋爵嚷叫道，一边把白白的手指伸进了一个装满玫瑰露的红色铜碗里，"你够得上完美了。求求别改变什么了。"

道连·格雷摇了摇头。"不，哈里，我一生干了太多的坏事儿。我不能再干坏事儿了。我昨天就开始有善举了。"

"昨天你在哪里？"

"在乡下，哈里。我自己待在一个小酒店里。"

"我亲爱的孩子，"亨利勋爵说，莞尔一笑，"谁在乡下都会有善举的。乡下没有各种诱惑。这就是住在城外的人一点没有开化的原因。文明绝不是可以轻易得到的东西。一个人要达到文明程度，只有两条路。一条是文化熏陶，一条是腐化堕落。乡下人没有任何机会走这两条路，因此他们还在原地踏步。"

"文化和腐败，"道连应声道，"这两条道我都涉足了。现在看来似乎很可怕，两条道竟然殊途同归。因为我有了新理想，哈里。我要重新做人了。我想我已经重塑了不少了。"

"你并没有告诉我你究竟干了什么善举。要不，你是说你干了不止一件善事吗？"他的陪伴问着，一边把带籽的草莓倒进碟子里，堆成了一个小红堆儿，然后又用一个有孔的壳形勺子把白糖撒在上面。

"我可以告诉你，哈里。不过这事儿也不是谁都可以告诉的。我放过了一个人。这话听起来很浮夸，不过你知道我的意思。

她生得很美，和西比尔·范尼简直如出一辙。我想这也正是一见面她就吸引了我的原因吧。你记得西比尔，不是吗？好像是八辈子以前的事儿了！嗯，当然，赫蒂不属于我们这个阶层。

她只是一个村姑。但是，我真的爱她。我很清楚我爱她。整个妙不可言的五月，我们都在一起欢度，我经常一个星期去看她两三次。昨天，她在一个小果园和我相见。苹果花儿不停地掉落在她的头发上，她笑得很开心。我们本打算今天拂晓时分一起私奔。突然间，我决定离开她，一如我发现她时，她还是一朵花儿。"

"我想情感的新奇一定给了你一种真正快活的刺激，"亨利勋爵插话说，"不过我可以把你的田园情事替你讲完。你给她提出了忠告，把她的心击碎。这就是你重新做人的开始。"

"哈里，你这人太恐怖了！你千万不要说这样吓人的事情。赫蒂的心没有碎。当然，她哭了，只是哭了。可是她没有丢人。她可以生活，像潘狄塔①一样，在薄荷和金盏花的花园快活生活。"

"还会为负心的弗罗利泽②哭泣，"亨利勋爵边说边哈哈大笑，仰身靠在沙发上，"我亲爱的道连，你简直就是一种小孩子家的奇怪情绪。你以为这个姑娘今后真的满足于和她自己阶

---

① 莎士比亚名剧《冬天的故事》里的女主人公。
② 莎士比亚名剧《冬天的故事》里的男主人公，和潘狄塔是一对情侣。

层的人结婚吗？我估计她有朝一日会嫁给一个粗鲁的车夫或者傻呵呵的农夫。可是，事实上已经和你相见过，爱上了你，那她今后只会因此看不起她的丈夫，自认倒霉。从道德的观念看，我不能说我就认同你这种伟大的善举。即便是善举的开端，那也够可怜的。再说了，你怎么能认定，赫蒂此时此刻没有漂浮在繁星照耀的磨坊水塘里，像奥菲利娅①一样，身边还漂浮着恬静的睡莲呢？"

"我受不了这话，哈里！你什么东西都敢嘲笑，又随口乱说如此严肃的悲剧。我很遗憾和你讲这件事儿。我不在乎你和我讲了些什么。我知道我的所作所为是正确的。可怜的赫蒂！我今天早上骑马路过那个农场，还看见她在窗户露出了白白的脸蛋儿，如同一朵绽放的茉莉花儿。我们别再谈论这件事儿了，别再告诉我多年以来我干的第一个善举和我有生以来作出的第一次小小的自我牺牲，到头来是一桩罪孽。我想脱胎换骨。我走出了脱胎换骨的第一步。跟我讲讲你自己吧。城里的情况怎么样？我很多天没有到俱乐部去了。"

"人们还在议论可怜的巴兹尔失踪的事情。"

"我还以为他们这时已经厌烦了这件事儿了。"道连说着，给自己倒了一些酒，眉头微微蹙起。

---

① 莎士比亚名剧《哈姆雷特》中的女主人公，在一个水塘里溺死。

"我亲爱的孩子，他们才议论了六个星期，英国公众每三个月谈论一个话题，神经还不至于吃不消。不过，近来他们很走运。他们要议论我自己的离婚案，艾伦·坎贝尔的自杀。这下他们又有了这位艺术家的神秘失踪的话题。苏格兰场①仍声称，十一月九日坐午夜火车去巴黎的那个身穿灰色风衣的男子，就是可怜的巴兹尔，可法国警察却宣称巴兹尔从来没有到达巴黎。我估计再有十几天，我们将会听说他在旧金山露面了。这事儿好生奇怪，但是只要有人失踪了，就会听说有人在旧金山看见了。旧金山一定是个让人开心的城市，具备另一个世界所有的让人神往的东西。"

"你认为巴兹尔到底出什么事儿了？"道连问道，一边把红葡萄酒凑近光下端详，心下嘀咕他怎么能够如此平静地谈论这件事儿。

"我根本就没有动这个脑子。如果巴兹尔愿意把自己藏起来，那和我一点关系都没有。如果他死了，我也不想回顾他。死神是唯一让我害怕的东西。我恨死神。"

"为什么？"更年轻的道连厌倦地问道。

"因为，"亨利勋爵说着，把打开的香醋盒的镀金格子凑在鼻子底下闻了闻，"当今之日你可以熬过去一切，唯有死神这

---

① 英国警察总部的所在地，已演化为英国警方的代名词。

关躲不过。死神和庸俗是十九世纪唯一两样说不清道不明的事实。我们到音乐室喝我们的咖啡吧。你一定给我演奏一曲肖邦，道连。把我老婆拐跑的那个男人把肖邦演奏得绘声绘色。可怜的维多利亚！我真的很喜欢她。家里没有她显得很孤独。当然，婚姻生活只是一种习惯而已，一种坏习惯。不过，一个人即便丧失了最坏的习惯，也会感到遗憾的。也许让人深感遗憾的就是最坏的习惯。它们是一个人个性中基本的成分。"

道连什么都没有说，却从桌边站起来，走进了另一个房间，坐在钢琴前，听任自己的手指在那些黑白象牙键上挥洒自如。咖啡端来后，他停止弹奏，打量了一会儿亨利勋爵，说："哈里，你想到过巴兹尔被人谋杀吗？"

亨利勋爵打了个哈欠。"巴兹尔很有人缘，总是戴一块水货表①。他为什么会遭人暗算呢？他还没有聪明到有敌人的地步。当然，他绘画很有天赋，令人叫绝。但是，他这个人能够像委拉斯贵支②一样画画儿，却无趣得令人受不了。巴兹尔真的相当无趣。他只让我发生过一次兴趣，那还是多年前他告诉我，他对你崇拜得五体投地，你是他的艺术的主要动机。"

"我很喜欢巴兹尔，"道连说，声音里有一种悲伤的调子，"不

---

① 英文为 waterbury，当时一种表的牌子，很便宜，这里利用这个英文词儿前半部分"水"的含义，转译其意。

② 委拉斯贵支（Velazquez，1599—1660），西班牙画家，画风写实，作品有《腓力四世像》《布达雷守军投降》《纺织女》《宫女》等。

过难道没有人说他是被谋杀的吗？"

"噢，有些报纸这样说。可我看来那是根本不可能的。我知道巴黎有很多可怕的地方，不过巴兹尔不是那种到那些烂地方去的人。他没有好奇心。这是他的主要缺点。"

"如果我告诉你我把巴兹尔杀害了，哈里，你会怎么说？"这个年轻人说。他把话说过，专注地观察亨利勋爵。

"我会说，我亲爱的老兄，你是在摆出一种你根本不适合的姿势。所有的犯罪都是下流的，正如同所有的下流行为就是犯罪。你身上没有制造一起谋杀的东西，道连。如果我说这话伤害了你的自尊，我感到抱歉，但是我向你保证这是实情。犯罪是下层人的专利。我没有一点谴责他们的意思。我倒是觉得，犯罪之于他们，如同艺术之于我们，只不过是获得种种超常刺激的方法而已。"

"一种获得种种刺激的方法？那么说，你认为一个人一旦犯下一桩谋杀，就可能再犯同样的罪过吗？别告诉我这是真的。"

"噢！不管什么事情，只要你干得多了，那就会成为快事，"亨利勋爵喊叫着，大笑起来，"这是生活最重要的秘密之一。不过，我觉得，犯罪总是一种错误。凡是茶余饭后不能谈论的事情，一个人千万别干。行了，我们别再谈论可怜的巴兹尔了。但愿我相信他如同你提示的，最后得到了一个真正浪漫的结局；

但是我无法相信。没准儿他从一辆公共马车上掉进塞纳河里，售票员把这种丑事隐藏起来了。是的，我觉得这就是他的结局。我仿佛看见他这时仰身躺在塞纳河那些绿汪汪的水下，深重的驳船在他上面航行，长长的水草和他的头发纠结在一起。你知道，我不认为他还会画出更优秀的作品。最近十年以来，他的绘画掉价不少。"

道连一声叹息，亨利勋爵缓缓走过屋子，伸手抚摸一只珍稀的爪哇鹦鹉的小脑袋，那是一只灰色羽毛的大鸟，粉红的鸟冠和尾巴，栖息在一根竹子上晃晃悠悠的。亨利勋爵细尖的指头触摸它时，它把黑玻璃球一样的眼睛上那皱眼皮的白色小片垂了下来，开始一前一后地游荡起来。

"是的，"他接着说，转过身来，从兜里把手绢儿掏出来，"他的绘画可是今非昔比了。我觉得似乎画中失去了什么东西。失去了一种理想。你和他不再是莫逆之交时，他就不再是一个伟大的艺术家了。什么原因让你们分手的？我估计是他让你烦了吧。如果是这样，那他是永远不会原谅你的。惹人厌烦的人就有这个习惯。对了，他为你画的那张非同寻常的画儿后来怎么样了？我觉得画儿完成之后我还没有看见过呢。噢！我记起来好多年前你告诉过我，你把它送到塞尔比庄园，路上不知去向或者有人偷了。你再也没有找回来吗？多么遗憾！那真是一幅杰作。我记得我曾想买下它来。我现在要是拥有它多好。那是巴兹尔的巅峰之作。从此以后，他的画作就成了那种奇怪的混合物，一方面是糟糕的绘画，一方面是种种足以让一个人被称为代表英国艺术家的良苦用心。你没有登启事寻找它吗？你应该找找的。"

"我忘记了，"道连说，"我想我寻找过了。不过我从来没有真正喜欢过那幅画儿。我很后悔为它坐下来做模特儿。一想起那东西我就恨恨的。你怎么谈起它来了？它总是让我想起某个剧本——我想是《哈姆雷特》吧——里面的两行奇怪的诗句——

> 还是你无非像画上了一副苦相，
>
> 有面无心呢？ ①

是的，就如同这诗句里的意思。"

亨利勋爵大笑起来，"如果一个人艺术性地对待生活，那他的头脑就是他的心。"他回答着，坐进了一把扶手椅子里。

道连·格雷摇了摇头，弹响了钢琴几个柔和的弦。"'还是你无非像画上了一副苦相'，"他重复道，"'有面无心'。"

年长的亨利勋爵仰靠在椅背上，眯起眼睛打量道连。"对了，

---

① 见莎士比亚名剧《哈姆雷特》第四幕第七场，国王问莱阿替斯的话："莱阿替斯，你可是真爱你的父亲？还是你无非像画上了一副苦相，有面无心？"以上引文引自卞之琳的译本。朱生豪的译文是："雷欧提斯，你真爱你的父亲吗？还是不过是做作出来的悲哀，只有表面，没有真心？

道连，"他稍停之后说，"'一个人就是赢得了全世界，却赔上自己的生命，有什么益处呢？①'——这句引语是这样说的吗？"

乐曲戛然而止，道连·格雷一惊，瞪着他的朋友。"你问我这个干什么，哈里？"

"我亲爱的兄弟，"亨利勋爵说，吃惊地抬起了眉毛，"我问你，是因为我以为你能回答我。就为这个。我上星期天穿过海德公园，在大理石拱门②附近站着一小群衣着寒酸的人，在倾听一个低俗的街头布道者宣讲。我路过时，我听见那个人在向他的听众嚷嚷这句发问。我觉那场面很有戏剧性。伦敦城这种古怪的景象比比皆是。一个湿淋淋的星期天，一个身披雨衣的粗俗的基督教教徒，一圈滴滴沥沥破雨伞顶下一张张苍白的脸，歇斯底里的嘴唇喊出来一句奇妙的警句，直冲云霄——这场景本身真的非常不错，很有些寓意。我当时想告诉那个布道者，艺术有灵魂，而人没有灵魂。但是，我担心他听不懂我的话。"

"别说这种话，哈里。灵魂就是可怕的现实。灵魂能被收买、被出卖、用来做交易。灵魂会被毒化，或者修成正果。我们每个人都有灵魂。我知道。"

"你对此深有感触吗，道连？"

---

① 《圣经·新约·马太福音》现代中文译本第 16 章第 26 节；老版《圣经》译本的译文为："人若赚得全世界，却赔上自己的灵魂，有什么益处呢？"
② 位于海德公园东北入口。

"深有感触。"

"啊！那只能是幻觉。一个人绝对有把握的事情，从来都不真实。那是信仰的厄运，是罗曼司的教训。瞧你板起面孔的样子！别那么一本正经。你我这样的人和我们时代的各种迷信有什么关系？没有，我们的灵魂已经放弃了我们的信仰。给我弹奏点什么吧。给我弹奏一曲夜曲，道连，而且一边弹奏，一边小声地告诉我，你是怎么永葆你的青春的。你一定有些秘诀。我只比你大十岁，可我满脸皱褶，精力不济，灰头土脸的。你真是妙不可言，道连。你从来没有今晚看上去这么招人喜欢。你让我想起了我第一次看见你的那天。你那时还不大懂礼貌，很害羞，绝对不同凡响。你变了，不用说，不过相貌没有变化。我希望你告诉我你的秘诀。为了找回我的青春，我可以做世界上的任何事情，只是不要锻炼、早起、让人尊重。青春啊！无可比拟的青春。说什么青春无知，简直是胡说八道。我现在俯首帖耳地倾听人家的观念的人群，只有比我自己年轻的人。他们似乎总走在我的前面。生活向他们展露了最新的奇迹。至于上年纪的人，我总是和他们势不两立。我按原则这样行事。如果你问起他们怎么看待昨天发生的某件事情，他们会一本正经地把一八二〇年盛行的观点告诉你，可那时人们都还戴高级绸领带，相信一切，却绝对什么都不懂。你弹奏的曲子多么可爱啊！我怀疑肖邦是不是在马略尔卡岛①写出这支曲子的，大海在别墅周围咆哮，海水把窗格打得噼啪作响，嗯？曲子极富浪漫氛围。多么侥幸，老天还留给我们一种没有丝毫模仿痕迹的艺术！别停下。我今夜就想听音乐。我似乎觉得你就是年轻的阿波罗②，而我就是聆听你的玛息阿③。我有自己的纷繁愁绪，道连，你是根本一点也体会不到的。老年的悲剧不只是一个人变老了，而是有人还年轻。我有时对我自己的坦诚感到很是吃惊。啊，道连，你是多么幸福啊！你拥有多少美妙的生活！你把所有的葡萄美酒都品尝遍了。你按自己的味觉把葡萄一个个咬破，领略其中妙味。世间一切都没有对你匿藏。一切之于你，如同音乐之声之于你。一切都没有为难你。你还是原来的你。"

"我不是原来的我了，哈里。"

"不，你还是原来的你。我说不准你今后的生活会是什么样子。别放弃这个放弃那个把生活糟蹋了。你目前就是一个完美的典型。别把自己弄残缺了。你现在白璧无瑕。你不需要摇头，你知道你完美无缺。再说了，道连，别欺骗你自己。生活不受意志或者打算支配。生活取决于神经、纤维和缓慢形成的细胞，

---

① 位于地中海，属于西班牙。肖邦和乔治·桑曾在这里居住过，并创作出了杰出的乐曲。

② 古希腊神话人物，守护太阳、音乐、诗歌和健康的神灵；也常被比作太阳和美男子。

③ 古希腊神话人物，因与阿波罗比试音乐才能，失败后被活剥皮而死。

思想在那里藏身，激情在那里做梦。你可以想象你自己很安全，认为你自己很强壮。然而，一种在屋子里或者一个早晨的偶然出现的色调、一股你曾经喜爱并且带来微妙记忆的特殊香气，一句你再次读到的遗忘的诗行，一段你已经不再演奏的乐曲的音乐——我跟你说，道连，就是这样的各种事情，正是你生活的依靠。勃朗宁在什么地方写出过类似的诗作；不过，我们自己的感官会为我们自己把它们想象出来。有些时候，白丁香的香味突然从我面前飘过，我不得不把我生命的最奇怪的月份再体会一次。我希望我能和你换一换位置，道连。这世界在冲我们两个嚷叫，但是世界却总是崇拜你。它将来也总是崇拜你。你是时代正在寻找的那种类型，却又害怕找到的类型。我很高兴你一直没有干过什么事情，从来没有雕过塑像，从来没有画过画儿，从来没有产出过东西，只产出了你自己！生活一直是你的艺术。你把自己谱写成了音乐。你的日子是你的十四行诗。"

道连从钢琴前站起来，用手梳理了一下头发。"是的，生活一直很美妙，"他低声说，"但是我今后不过这种同样的生活了，哈里。你千万别和我说这些夸大其词的话了。你不是对什么都了解。我想如果你对我什么都了解的话，你也会唯恐避我不及的。你又大笑。别笑了。"

"你为什么不弹奏了，道连？快坐回去，给我把这支夜曲再弹一遍。看看那个挂在灰蒙蒙天空的蜜黄色大月亮。它在等待你向它施展魅力，而且如果你弹奏起来，它便会走得离地球更近一些。你不弹奏了吗？那我们去俱乐部吧。这是一个令人着迷的夜晚，我已经要令人着迷地结束它。怀特俱乐部有人急于认识你——年轻的普尔勋爵，就是伯恩默思的长子。他已经模仿了你的领带，求我把你引见给他。他这人讨人喜欢，总让我想起你来。"

"但愿他别学我，"道连说，眼睛里露出一种凄凉神色，"不过，我今天夜里累了，哈里。我就不去俱乐部了。快十一点钟了，我想早点上床睡觉。"

"待一会儿吧。你从来没有像今天晚上一样弹得这么好。你触键的瞬间有一种出神入化的东西。更有表达力，我过去从来没有听到过。"

"这是因为我要学好了，"他回答说，莞尔一笑，"我已经变化一点了。"

"你无法改变你，道连，"亨利勋爵说，"你和我永远是朋友。"

"你过去用一本书让我中毒了。我不会原谅这点。哈里，答应我，你千万不要把那本书借给任何人看。那本书有害。"

"我亲爱的孩子，你真的开始立地成佛了。你很快就会到处充当皈依者，充当福音传教士，告诫人们躲避所有你已经厌烦的罪孽。你这人太阳光了，做不了那样的角色。再说了，做也无用。你我就这个样子了，以后也就这个样子。至于被一本书毒害，世上压根就不会有这种事情。艺术对行动不会造成影响。艺术只会扑灭行动的欲望。艺术光开花不结实。这世界所谓不道德的书籍，不过是揭露世界自身的羞耻的。仅此而已。但是，我们不讨论文学了。明天过来吧。我十一点钟去骑马。我们可以一起去，然后我带你和布兰克索姆夫人一起用午餐。她是一个很有魅力的女人，想和你商议一些她打算添置的挂毯。记住来啊。要不我们和我们的小公爵夫人一起用午餐？她说眼下难得看见你了。也许你厌烦格拉迪丝了？我想你会的。她那张巧舌如簧的嘴，真让人受不了。哦，不管怎样，十一点到这里来吧。"

"我真的非来不可吗，哈里？"

"当然。海德公园现在非常可爱。自打我结识你以来，那里还没有开过那么艳丽的丁香花呢。"

"好吧。我十一点赶来，"道连说，"晚安，哈里。"他走到门口犹豫了一会儿，仿佛他还有话要说。然后，他叹息一声，走出门去。

第二十章

那是一个温馨的夜晚，暖和得发热，他把自己的外衣搭在了胳膊上，甚至把他的绸领带也从脖子上取下来了。他漫步回家，吸着香烟，两个身穿晚礼服的年轻人从他身边走了过去。他听见其中一个悄悄地对另一个说："这人就是道连·格雷。"他记得过去有人指认他或者注视他或者谈论他时，他会感到多么得意。可他现在厌烦听见人家说他的名字。他近来经常光临的那个小村子的一半魅力，便是因为没有人知道他是谁。他经常告诉那个他勾引的姑娘，他很穷，她相信他的话。他有一次告诉她，他很坏，她听了冲他大笑，回答说坏人都是些又老又丑的人。她笑得多么开心啊！——完全像一只画眉在唱歌。她身穿棉服，头戴大帽子，显得何等俊俏！她什么都不知道，但是她却有他已经失去的一切。

他回到家时，看见他的仆人还在等他。他吩咐他睡去，自己在书房的沙发上无力地躺了下来，开始思考亨利勋爵对他说过的一些事情。

真的一个人永远不会改变吗？他感觉极度渴望他童年的那种没有污染的纯真——他那白玫瑰一般的童年，如同亨利勋爵曾经戏称的。他知道他已经把自己污染了，把脑袋里填满了腐败，让幻想里充满了恐惧；他知道他对别人一直是一种邪恶的影响，并且以此体会一种可怕的喜悦；他知道那些和他自己的生命相遇的人们，曾经都是佼佼者，前程无量，他却让他们蒙受耻辱。然而，这一切就这样无法挽救了吗？他也没有一点希望了吗？

啊！那是在什么样的自负和激情的可怕时刻，他竟然祈祷那幅肖像承担他日子的重担，而他保持永久青春的没有污染的灿烂！他的一切失败均因为那次祈祷。他生活中每桩罪过必有应验，惩罚应该接踵而来，对他倒是更可取。惩罚就是清洗罪孽。一个人向无比公正的上帝祈祷，不应该说"原谅我们的罪孽"，而应该说"清算我们的恶行吧"。

很多年前，亨利勋爵送给他的那面珍奇的雕花镜子，摆在桌子上，那白净肢体的丘比特一如既往地笑颜绽开。如同那个恐怖的夜里，他拿起镜子第一次发现那幅要命的肖像有了变化，他这时又拿起镜子，眼泪模糊地端详光亮镜面里的映像。曾几何时，一个爱他发狂的人给他写了一封发疯的信，结尾是这样偶像崇拜般的话："世界因为你是象牙和金子造就而变化。你的嘴唇的曲线重写了历史。"这些话回到了他的记忆里，他一遍又一遍地默念。随后他对自己的俊美憎恨万分，把镜子摔到了地上，用他的脚跟把镜子碾成了银色的碎片。正是他的俊美把他毁掉了，正是他祈祷来的俊美和青春把他葬送了，他的生命本来可以免受污染的。他的俊美在他来说是一个面具，他的青春不过是一种嘲弄。青春最好的东西是什么？一段青涩的时光，一段肤浅情绪和病态思绪的时光。为什么他一直穿着青春的制服？青春把他惯坏了。

　　还是别回顾往事的好。什么都改变不了过去。他不得已考虑的是他自己，是他的未来。詹姆斯·范尼葬在塞尔比教堂墓地一个无名的墓穴里。艾伦·坎贝尔一天夜里在他的实验室里开枪自杀了，但是没有暴露他强迫他知道的那个秘密。巴兹尔·霍尔沃德失踪引起的轰动，好像不久就偃旗息鼓了。这事儿已经是余声零落。他可以说安然无恙了。说真的，巴兹尔·霍尔沃德之死还不是压在他心头最沉重的石头。让他寝食不安的是他自己灵魂的苟延的死亡。巴兹尔画的那幅肖像破坏了他的生活。他因此不能原谅巴兹尔。那幅肖像就是祸根。巴兹尔对他说的事情不堪忍受，可他耐着性子承受下来。谋杀只是瞬间的疯狂。至于艾伦·坎贝尔，他的自杀是他自作自受。他选择了自杀。那与他无关。

　　崭新的生活！这才是他想要的东西。他等待的就是崭新的生活。不消说，他已经开始这种生活了。他毕竟已经放过了一个清纯的姑娘。他再也不会引诱纯真的人了。他会学好的。

　　他想起赫蒂·默顿时，开始纳闷儿那幅锁在阁楼里的肖像发生变化了没有。它一定还是像过去那样恐怖吗？也许要是他的生活变得纯洁了，他能够把那张脸上每一处邪恶的情欲的迹象抵消了。也许那些邪恶的迹象已经消失了。他要去看一看。

　　他从桌子上拿起灯，走上楼去。他打开屋门时，他那异常年轻的脸上掠过微笑的喜悦，嘴唇边的笑意逗留少许。是的，他会学好的，这件他藏匿起来的可恶的东西对他不再是恐惧了。他觉得仿佛这个累赘已经从他身上卸下来了。

　　他悄悄地走进去，把身后的门习惯性地锁上，然后把肖像覆盖的那条紫色盖布取开。一声痛苦和愤怒的尖叫从他嘴里喊了出来。他没有看见任何变化，只有眼睛里闪现的狡猾的神色，嘴边出现了虚伪的翘起的纹路。这东西依然令人厌恶——更加厌恶，如果可能，比过去更要命了——沾在手上的那鲜红的血滴似乎更新鲜了，更像新流出来的鲜血。接着他颤抖了。难道他干的那件善举只是虚荣所致吗？还是如同亨利勋爵指出的，那不过是寻求新刺激的欲望？抑或就是扮演一个角色的激情，有时让我们做出比我们自己高尚的事情？要不，也许这些因素都有？为什么那个红血滴比过去洇得更大了？那血滴似乎在蔓延，如同那些发皱的手指出现了一种可怕的疾病。画像的脚上也出现了血迹，仿佛那滴血垂落下来了——那只没有拿刀的手上也出现了血迹。坦白？莫非那意味着他得去坦白吗？去投案自首，接受死刑？他大笑起来。他觉得这个念头太可怕了。再说了，即便他供认不讳，谁会相信他呢？那个被杀害的人在什么地方都找不到痕迹。属于他的所有东西都毁掉了。他亲自把留在楼下的那些东西都烧掉了。这个世界只会说他神经出了毛病。如果他硬说他的一套，他们只会把他关押起来……然而，他有责任供认，忍受公众的羞辱，向公众低头认罪。上帝有眼，召唤人们向世间坦白罪孽，向天堂供认罪过。除非他说出自己的罪孽，他干什么都无法洗清他的名声。他的罪孽？他耸了耸肩。巴兹尔·霍尔沃德之死在他看来似乎算不得什么。他在思念赫蒂·默顿。因为这是一面不公正的镜子，这面他审视灵魂的镜子不公正。虚荣？好奇？虚伪？他重新做人的行为到头来只有这样的结果吗？应该有更多的东西才是。至少他认为应该有更多的东西。可是，谁能告知呢？……不。就是没有更多的东西。他放过赫蒂只是出于虚荣。他戴起弃恶从善的面具只是虚伪行为。他力图否定自己只是出于好奇。他现在认识到这点了。

但是，这桩杀人案——真的就要他跟随一辈子吗？他永远会被过去重压一辈子吗？他真的要去坦白吗？绝不能。对他不利的证据只有一点点了。那就是画像本身——这是证据。他要摧毁它。他为什么把它保存了这么长时间呢？它曾经给过他享乐，看着它变化并且变老是一种享乐。近来，他却没有了这样的享乐。它只是让他整宿无眠。他出门时，他一直害怕别人会看见它。它已经给他的情欲带来郁闷的干扰。它留下的记忆都会破坏很多欢乐的时刻。对他来说，它就是良心。是的，它一直就是良心。他要把它摧毁。

他环顾四周，看见那把他用来刺死巴兹尔·霍尔沃德的刀子。他把刀子清洗过很多次，上面没有什么血污。刀子明闪闪的，闪着寒光。既然它把画家刺死了，那它也会把画家的作品屠宰，把画作的所有意义都摧毁。它会把过去抹掉，而一旦过去死掉了，他便会自由了。它会把这恐怖的灵魂生命杀死，而且，没有了画像的用意险恶的警告，他便会彻底安宁下来。他把刀子拿起，用力向那幅画像捅去。

只听一声尖叫，接着一声扑通倒地声。这声惨痛的尖叫格外恐怖，把仆人都吓醒了，纷纷从他们的房间里走出来。两个路过下面广场的绅士听见尖叫停了下来，抬头观看这座宅邸。他们向前走去，正好碰上了一名警察，把警察引回来了。警察按了几次门铃，但是没有人应声。只有一个阁楼的窗户亮着，整个宅邸一片漆黑。过了一会儿，他走开，来到毗邻的一个廊子里观察动静。

"这是谁家的宅邸，警官？"两名绅士中的长者问道。

"道连·格雷先生的，先生。"警察回答道。

他们彼此会意地看了看，一边离去，一边冷笑。两位绅士中有一位是亨利·阿什顿的伯父。

宅子里，在仆人的住宅区，衣衫不整的用人们在互相窃窃私语。丽芙老太太一边哭泣，一边不停地绞手。弗兰西斯面如死灰。

一刻钟左右，他叫来了车夫和一个听差，一起蹑手蹑脚地走上楼梯。他们敲门，但是没有回应。他们大声喊叫，没有一点回响。最后，他们费了很大力气也撞不开门，只好上了房顶，从房顶下到了阳台上。窗户很容易打开了；窗户的栓子都老化了。

他们进了屋，发现墙上悬挂着那幅他们主子的漂亮肖像，如同他们过去见过的样子，画像上奇妙的青春和俊美，简直就是奇迹。躺在地上的是一个死人，身穿晚礼服，心脏上插着一把刀子。死人枯槁，皱巴巴的，形容十分可憎。他们把那些戒指仔细检查一番，才认出来那个死人是谁。

王尔德生平与创作年表

1854

奥斯卡·芬格尔·奥弗莱赫蒂·威利斯·王尔德于 10 月 16 日生于爱尔兰首府都柏林，父亲是眼科医生，1864 年被维多利亚女王册封为爵士；母亲是民族主义诗人，王尔德自幼受到文学氛围很浓的家庭熏陶，深爱古典文学，曾因古希腊文成绩优异在都柏林三一学院被授予金质奖章。

1874

进入牛津大学与格德林学院。

1878

以《拉文纳》一诗获纽特吉特奖。

1884

与爱尔兰著名律师之女康斯坦丝·劳埃德结婚，婚后两年先后有两个儿子出生。

1888

《快乐王子》出版。

1891

《道连·格雷的画像》出版。

1891

开始与比他小十六岁的阿尔弗雷德·道格拉斯发生同性恋关系。

1891

《阿瑟·萨维尔勋爵的罪行》出版。

1891

《石榴之家》出版。

1893

《温德米尔夫人的扇子》出版。

1893

《无足轻重的女人》出版。

1894

《理想丈夫》出版。

1894

《认真的重要》出版。

1895

法庭开庭审理王尔德诉昆斯伯里侯爵诽谤罪，被告轻而易举地反证原告确系"好男色者"，从而推翻了王尔德对昆斯伯里侯爵的诽谤指控。王尔德因涉嫌"同其他男子发生有伤风化的肉体关系"被捕，先后在纽盖特、彭敦伟尔、万兹沃斯和雷丁监狱服役，一代才子从此一蹶不振。

1895

阿尔弗雷德·道格拉斯把《莎乐美》翻译成英语。

1895

《莎乐美》首次在英国出版。

1897

写出《自深深处》，他最有思考深度的长篇杂文。

1897

刑满释放后，流亡法国，化名塞巴斯蒂安·梅尔莫斯。

1898

《雷丁监狱之歌》完成。

1898

妻子康斯坦丝去世。

1900

十一月三十日，王尔德因患脑膜炎病逝于巴黎，去世前由接受神父洗礼，实现了他皈依天主教的遗愿。